**여행하는 여성,**

**나혜석과
후미코**

나혜석,
하야시 후미코 지음
안은미 옮김

# 여행하는 여성,

# 나혜석과
# 후미코

## 일등칸에 탄 식민지 여성, 나혜석
## 삼등칸에 탄 제국 여성, 하야시 후미코

　나혜석(1896~1948)은 일제강점기인 1927년 6월 19일 부산
진역에서 출발하여 1년 8개월 23일 동안 유럽과 미국을 여행
한 후 1929년 3월 12일 부산항을 통해 귀국했다. 이후 『삼천리』
(1929~1941)와 「동아일보」 등에 여행기를 연재했다. 나혜석의
인터뷰와 여행기 등을 통해 구체적인 여행 경로를 파악해보면,
1927년 6월 19일 부산진역에서 출발하는 시베리아 열차를 타고
모스크바를 지나 파리로 직행하여 약 7개월간 체류했고, 10일간
스위스 여행 후 파리로 돌아왔다가 벨기에와 네덜란드 여행 후
다시 파리에서 잠시 머문다. 그리고 독일과 런던 등을 한 달간 여
행한 후 마지막으로 파리로 돌아왔다. 이듬해 이탈리아와 스페인
여행 후 기선을 통해 미국으로 건너가 뉴욕, 워싱턴, 필라델피아,
시카고, 그랜드캐니언, 로스앤젤레스, 샌프란시스코 등을 여행한

뒤 1929년 기선을 타고 17일 만인 3월 요코하마에 도착, 부산으로 귀국했다.

　그로부터 2년 후 1931년, 가난을 판다는 혹평에도 불구하고 첫 소설 『방랑기』로 일약 인기 작가가 된 하야시 후미코(1903~1951)는 책 인세를 들고 파리를 향해 출발했다. 태평양전쟁까지만 해도 도쿄에서 파리까지 가는 기차표를 도쿄역에서 살 수 있었다. 그 길을 자세히 살펴보면 1931년 11월 4일 도쿄에서 열차를 타고 나고야, 오사카를 들러 11월 10일 시모노세키에 도착해 연락선으로 부산으로 건너온 다음 단둥, 창춘, 하얼빈을 거쳐 14일 만저우리에 다다른다. 만저우리부턴 시베리아 횡단철도를 타고 모스크바, 바르샤바, 베를린을 거쳐 23일 파리에 도착했다. 14일이 걸린 기차 여행을 마친 후미코는 파리에서 머물다가 해가 바뀌자 런던으로 향했다. 1월 24일부터 2월 21일까지 1개월 남짓 켄싱턴에서 생활하다 파리로 돌아와선 몽모랑시나 퐁텐블로, 바르비종을 찾았다. 그리고 1932년 5월 13일 마르세유에서 배를 타고 나폴리, 포트사이드, 콜롬보 등을 거쳐 6월 15일 고베에 입항했다. 후미코가 방문한 파리에서는 그해, 제국의 절정, 파리식민지박람회가 열렸다.

　1930년대 여성이 세계를 여행한다는 것은 어떤 의미였을까? 같은 시대에 태어난 나혜석과 하야시 후미코는 4년이라는 차이를 두고 시베리아 열차를 타고 러시아를 횡단하여 유럽을 다녀왔다. 그리고 각자 「구미여행기」와 「삼등여행기」를 남겼다. 그러나 둘의 여행은 많이 다르다. 당시 식민지 여성 나혜석은 일등칸으로 다닌 반면 제국 여성 하야시 후미코는 가장 저렴한 삼등칸으로 혹은 짐을 옮기는 수송선으로 이동한다.

식민지 조선 여성인 나혜석은 어떻게 호화로운 여행이 가능했을까. 당시 식민지 조선에서 유럽과 미국, 구미를 여행한다는 것은 극소수만 체험할 수 있었던 데다가 공무원을 비롯한 전문직 남성들이나 가능했다. 주로 시찰을 겸한 그들이 남긴 여행기는 선진적인 사회발전상을 그리고 있으며, 여행기라는 장르는 남성의 전유물이었다. 여성은 교육받을 기회도 신문과 잡지에 글을 발표할 기회도 거의 주어지지 않았다.

나혜석의 구미여행은 만주 단둥현 부영사를 지낸 남편 김우영에게 주어진 포상이었다. 김우영의 부영사 임기가 끝나자 일본 외무성은 벽지 근무를 마친 그에게 위로 출장 명목으로 구미 시찰을 보내준다. 여행하는 동안 쓴 돈이 당시 일반 봉급자가 꼬박 30년을 모아야 하는 금액이었다니 당시로선 매우 큰 돈이다. 부부는 호텔, 기차, 기선 등에서 언제나 일등칸을 이용했다. 나혜석은 당시 도쿄여자미술전문학교 유학을 다녀온 대표적인 여성 지식인으로 주목받는 인물이었다. 1922년 제1회 조선미술전람회 입선, 1926년 제5회 조선미술전람회 특선 등으로 이미 조선 최고의 여류 명사였다. 때문에 그들의 여행은 출발 전부터 신문에 기사가 날 만큼 조선에서 화제가 되었고 가는 곳곳마다 역에는 이들 부부를 환영하는 인파가 모여들었다. 여행 중에도 종종 신문과 잡

지를 통해 나혜석 소식이 전해질 정도였다. 1927년 11월 9일 자
「조선일보」 기사다.

"세계 일주 여행 중에 있는 나혜석 여사는 프랑스 파리를 중
심으로 하고 미술을 연구하는 터인데, 최근에 단발을 하였다는
소식이 있다."

하야시 후미코가 여행을 떠난 1931년은 일본이 9월 18일 류
탸오후 사건을 빌미로 만주사변을 일으키며 제국주의적 야욕을
드러낸 시기였다. 만주 곧 중국 동북부에는 크고 작은 전투가 벌
어졌고 중국인의 반일 감정은 극심했다. 가족과 지인들은 여행을
만류했으나, 나가이 가후의 『프랑스 이야기』를 너덜너덜해질 때
까지 읽으며 오랫동안 동경하던 파리로의 여행을 주저하지 않았
다. 스물여덟 살, 143센티미터의 작은 키였던 후미코는 홀로 트렁
크 네 개를 들고 씩씩하게 출발했다. 그나마 불안한 치안을 고려
해 창춘부터 만저우리까지는 이등 열차로, 그 이후부턴 빠듯한
여행비를 고려해 원래 계획대로 삼등 열차를 타고 제1차 세계대
전의 기억이 아직 생생한 유라시아 대륙을 가로질렀다.

나혜석과 하야시 후미코 두 사람의 여행 교통수단은 시베리
아 횡단열차다. 두 사람 모두 부산역에서 출발한다. 나혜석 부부
가 만난 사람들은 물론 일등칸에 어울리는 여행객이다. 브라질에
가는 귀족 의원, 제네바군축회의에 참석차 가는 중의원 직원, 독
일 시찰로 떠나는 공학자 등이 동행자다. 일등칸을 탄 나혜석이
그리는 열차 안 풍경은 국적이나 남녀의 위계와 상관없이 매우 평

등하고 자유로운 분위기로 열차 안에서 오로라를 발견하고 즐기는 모습이나 함께 탄 일행들의 직업과 해외에 가는 이유도 시대를 앞서가는 사람들 풍경이다.

나혜석이 당시 식민지 조선의 부르주아 계층의 신여성이라는 점을 볼 때 그의 여행기는 보다 복잡한 성격을 갖고 있다. 나혜석만의 특별한 정체성을 배제하고 그를 말할 수 없기 때문이다. 나혜석은 단지 식민지 조선의 여성이 아니다. 우리 근대사의 문제적 인물이었던 만큼 시간이 흐를수록 나혜석에 대한 해석은 다양하다. 경기도 수원 부잣집에서 태어나 1948년 행려병자로 사망한 그의 삶은 결코 일반의 삶이라 할 수 없다.

반면 어린 시절부터 행상을 하는 부모를 따라 떠돌이 생활을 했던 하야시 후미코에게 시베리아 횡단철도 삼등칸 사람들은 동지나 다름없었다. 비좁고 허름한 삼등칸에서 온갖 가재도구를 어깨에 짊어진 채 매서운 추위를 견디는 착하지만 가난한 사람들. 시를 좋아하고 노래를 사랑하는 러시아인 청년, 사진기를 갖고 있단 이유로 부르주아 취급을 받는 독일인, 무척 기구한 사연이 있어 보이는 조선인 등 각기 인종과 사연은 다르지만 서로 음식을 나눠주고 담요를 빌려주며 허물없이 지낸다. 반면 좋은 방에서 자고 식당칸에서 따뜻한 식사를 하는 부르주아 부류를 보며 후미코는 날 선 비판도 서슴지 않는다. 유럽에서도 가난한 생활은 이어졌다. 책 인세 대부분을 파리까지 오는 여비로 다 써버린 후였기에 여행하며 느낀 감상이나 생각을 글로 써 일본의 출판사로 보내 받는 원고료로 근근이 생활했다. 아쉬움을 남기고 8개월 만에 일본으로 돌아왔을 때, 그녀가 가진 돈은 달랑 30전이었다.

　같은 시대를 살았다고 모두 비슷한 삶을 살지 않는다. 제국에서 태어난 사람과 식민지에서 태어난 사람이 꼭 제국인다운 삶, 식민지인다운 삶을 살지 않는다. 이 책은 여행이란 남성만이 누리던 시절, 민족과 계급이 다른 두 여성의 여행 기록이다. '여성'은 한일 근대기에 형성된 하나의 계급이었다. 나혜석의 젠더로서의 고민, 하야시 후미코의 프롤레타리아 여성이 처한 냉엄한 현실 고민은 여행기 곳곳에서 드러난다. 근대로 접어드는 새로운 시대에 태어난 새로운 여성인 나혜석과 하야시 후미코. 비슷하면서도 다른 두 번의 여행을 비교하며 읽으면서 생각해본다. 그 시대에 태어났다면 나는 어떤 인생을 만들어갔을까.

편집부

# 구미여행기

나혜석

노보시비르스크

바이칼호

모스크바

옴스크

암스테르담

런던

베를린

브뤼셀

바르샤바

르아브르

파리

제네바

마드리드

지중해

인도양

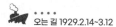

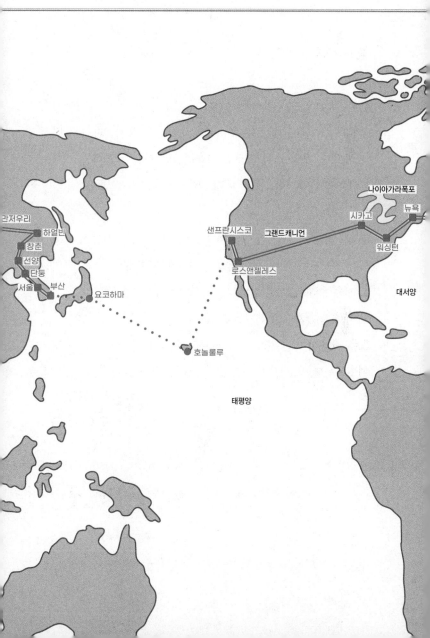

야나기하라* 어르신께

편지, 잘 받았습니다. 감사드립니다. 보내주신 사진도 좋은 기념입니다. 어르신께서 건강하게 지내신다니 무엇보다 기쁩니다. 저희는 별고 없이 지내고 있습니다만 지난달 27일 구미시찰령을 받았습니다. 그 후 여러 가지 준비하는 중인데 어제 남편도 도쿄에서 돌아왔습니다.

18일쯤에는 시베리아를 경유하여 유럽 20개국을 시찰하고 또 저는 프랑스에 체재하여 회화를 연구하려고 합니다. 세 아이는 시어머니와 유모에게 맡기고 부부만 가기로 했습니다. 나중에 여행지 각지에서 편지를 드리겠습니다.

그럼 바빠서 이만 줄입니다. 아무쪼록 댁내 모두에게 안부 전해주십시오.

1927년 6월 15일

조선 경남 동래군 복천동 나혜석

*야나기하라 기치베柳原吉兵衛 일본의 실업가로 고아원 설립, 유학생 후원 등 사회사업에 투신했다.

1927년 4월 나혜석을 찾아 동래를 방문한 야나기하라 기치베 부부
출처: 서정자 편, 『원본 나혜석 전집』, 푸른사상사, 2013

1. 1932년 12월부터 1934년 9월까지 9회에 걸쳐 '구미유기'란 제목으로『삼천리』에 연재한 작품을 엮었습니다.
2. 맞춤법과 띄어쓰기, 외래어, 지명 표기는 현재의 맞춤법 표준안을 따르되 나혜석 특유의 표현이나 문맥상 필요한 부분은 원문을 살렸습니다.
3. 원문의 명백한 오류나 오자는 바로잡은 뒤 편집자 주 형식으로 본문에 병기했습니다.
4. 본문에 사용된 기호의 쓰임새는 다음과 같습니다.
    『  』단행본, 잡지  「  」시, 노래, 영화, 신문, 그림

# 소비에트 러시아행

**여행을 떠나기 전**

내게 늘 불안을 주는 네 가지 문제가 있었다. 즉 첫째, 사람은 어떻게 살아야 잘 사나? 둘째, 남녀 간 어떻게 살아야 평화스럽게 살까? 셋째, 여자의 지위는 어떠한 것인가? 넷째, 그림의 요점은 무엇인가? 이것은 실로 알기 어려운 문제다. 더욱이 나의 견문과 학식, 나의 경험으로는 알 길이 없다. 그러면서도 돌연히 동경하고 알고 싶었다. 그리하여 이탈리아나 프랑스의 회화계를 동경했고 유럽과 미국 여자의 활동을 보고 싶었고 그들의 생활을 맛보고 싶었다.

나는 참 미련이 많았다. 그만치 동경하던 곳이라 가게 된 것이 무한히 기쁘련마는 내 환경은 결코 간단한 것이 아니었다. 내게는 젖먹이 어린애까지 세 아이가 있었고, 오늘 어떨지 내일 어떨지 모르는 칠십 노모가 계셨다. 그러나 나는 심기일전의 파동을 억누를 수 없었다. 내 가족을 위해, 내 자신을 위해 드디어 떠나기로 결정했다.

### 부산진 출발

1927년 6월 19일 오전 11시, 선양행 열차로 부산을 출발했다. 어머니께서 눈물을 띠시며 "속히 다녀오너라" 목이 메어 하시는데, 내가 고개를 들지 못하는 동안 기차는 북을 향해 굴러갔다. 경상도에 가뭄이 심한 때라 아직도 비 올 가망이 전혀 없이 차 속 선풍기가 약간의 바람을 일으킬 뿐이고 산과 들의 나무는 뜨거운 볕 아래 숨 막혀 한다. 오후 1시, 대구에서 내렸다. 많은 벗을 만나고 밤 11시에 대구를 떠났다.

### 3일간 경성

수원역에서 여러 친척을 만나고 경성에 도착했다. 경성은 지인과 친구가 많이 있는 곳이라 마음이 평화로워서 떠날 생각이 들지 않았다. 벗님 중에는 일부러 찾아오시는 분, 전화로 자주 불러내시는 분, 다들 점심을 먹자 저녁을 먹자 청해주셨다. 20여 명 친구가 명월관 지점에서 만찬을 열어주었다. 50여 명 벗님이 전송 나와 목을 붙잡거나 목을 얼싸안거나 혹은 취

해서 혹은 흥겹게 혹은 눈물로 여행 중 평안을 빌어주셨다. 6
월 22일 밤 11시, 경성을 떠났다.


## 5일간 단둥

곽산역에서 여동생을 만났다. 경성부터 함께하며 전송해
준 최은희 씨<sub>당시 조선일보 기자</sub>는 울며 나를 보내준다. 매우 고마
웠다. 그의 귀한 눈물을 받을 만한 아무 충실함이 없거늘 몹시
부끄러웠다. 염주역에서 단둥현 조선인회를 대표해 마중 나온
사람을 만났다. 단둥역에 도착하니 조선인과 일본인 80여 명
이 나와 있었다. 모두 손이 으스러져라 잡아 흔든다.

단둥현<sub>남편 김우영이 1921년부터 1927년까지 부영사로 복무했다</sub>은 예
전에 6년간 살던 곳이라 눈에 띄는 이상한 것은 없어도 길가
에 있는 포플러까지 반가웠다. 실로 단둥현과 우리는 인연이
깊다. 사회적으로 사업이라고 해본 데도 여기요, 개인적으로
남을 도와본 데도 여기요, 인심의 짠맛 단맛을 맛본 곳도 여기
다. 만주 거주 동포의 경제 발전은 오직 금융기관에 있다는 견
해 아래 단둥에 조선인금융회가 설립된 후 이내 단둥에 사는
조선인 금융계의 중심 기관이 되어 그 전도유망함이 우리 눈
에 보일 때 한없이 기뻤다.

총독부와 만철<sub>남만주철도 주식회사</sub>에 교섭한 결과 수백여 명
학생을 수용할 만한 보통학교가 건설되고 이번에 만철 경영이
되어 직원 모두 얼굴에 기쁜 빛이 가득한 모습을 볼 때, 어찌

만족이 없으랴. 과거에 과한 실수 없고 현재에 적 한 명 없으니 단둥현 동포들의 후한 인심에 감사하는 바다. 금곡원 중국 요릿집에서 조선인회 분들이 송영회를 열어주셨다. 실로 100여 명이 출석한 모임은 만주에 있는 조선인의 생활로는 드문 예였다.

다음 날 지인을 방문하고 남편은 오카야마제육고 동창회에서 마련한 환영회에 참석했다. 저녁에는 미쓰마 마키코三瀦牧子 일본 근대 성악가로 추정, 원문은 三저牧子 일행 음악회를 구경했다. 그다음 날 그 일행에 섞여 채목공사 이사장 부인의 초대로 만찬을 먹었다. 6월 26일 아침에 고별인사를 마치고 11시 30분에 친구 50여 명의 배웅 속에서 단둥을 떠나 선양으로 향했다.

## 선양

6월 27일 오후 7시, 선양에 도착하니 오빠 내외와 친구 몇몇이 마중 나와 있었다. 일주일 동안이나 사람에게 삐치고 길에 삐친 몸을 오빠네에서 편하게 쉬었다. 선양은 둥베이헤이룽장성, 지린성, 랴오닝성 중심 도시인 만큼 신시가와 구시가의 굉장한 건축이며 성벽의 사대문, 궁궐의 황금 기와며 청기와, 각국 영사관 깃발이 날리는 등 눈에 띄는 것이 많았다.

## 창춘

밤 9시, 창춘에 도착했다. 야마토호텔 정원에서 더위를 피해 쉬다가 남은 시간을 시가지 구경으로 채웠다. 창춘만 해도 서양 냄새가 난다. 신시가는 물론이고 중국 시가는 선양이나 단둥에 비할 수 없이 정돈되고 깨끗하다. 러시아인이 아침저녁으로 출입하는 만치 러시아식 건물이 많고 러시아 물품이 많으며 러시아인 구역까지 있다. 고무바퀴로 된 소리 없이 세계 구르는 마차는 덜컥덜컥 구르는 중국식 만만디 마차와는 별다른 기분을 느끼게 한다. 여하튼 창춘이란 깨끗한 인상을 주는 곳이다.

밤 11시에 청색 기차(기차 전체가 청색이다)를 탔다. 부산부터 신의주까지 정거장마다 백색 제복에 빨간 테두리 제모를 쓴 순사가 한 명 혹은 두 명씩 번쩍이는 칼을 잡고 소위 불령선인 일제강점기 일본을 따르지 않는 조선인을 이르던 말이 타고 내리는지 주시한다. 단둥에서 창춘까지는 누런 복장에 약간 붉은빛 띤 누런 제모를 쓴 만철 지방 주임 순사가 피스톨 가죽 주머니를 혁대에 차고 서서, 이곳이 비록 중국이나 기차 연선은 만철 관할이라는 자랑과 위엄을 드러낸다. 창춘에서 만저우리까지는 검은 회색 무명을 군데군데 누빈 복장을 입고 어깨에 삼등 군졸 별표를 붙이고 회색 제모를 비스듬히 쓰고 메이지유신 시대 일본이 버린 칼을 사다가 질질 길게 차고는 가슴이라도 찌를 듯한 창검을 빼든 중국 보병이 멀거니 휴식하다가 기차가 도착할 때와 출발할 때 두 발을 꼭 모아 차렷을 한다. 이는 몽고를 침략하려는 마적을 방어하는 모양새겠다. 러시아 관할 정거장 매표소에는 종이 하나씩 매달려 있다. 기차가 도착하면 그 즉시 종을 한 번 때린다. 그리고 출발할 때는 두 번 울린다. 곧 호각을 불자 어떻게 할 새 없이 바퀴가 움직이기 시작한다. 이 종소리와 호각 소리는 호의로 보면 간단 명백하고, 악의로 보면 방정맞고 까부는 것 같다. 늘씬한 러시아 사람과는 도무지 어울리지 않는다.

하얼빈 정거장에 도착하니 이상우 씨가 마중 나와 있었다. 그만해도 사람이 그리워 반가웠다. 우리는 북만호텔에 투숙했다.

## 6일간 하얼빈

하얼빈은 북으로 러시아와 유럽 각국을 잇는 세계적 교통로이자 남으로 창춘과 남만주철도로 연결된 곳이라 세계인의 출입이 끊이지 않는다. 러시아혁명 이후 구파 즉 백군파가 망명해 다수 모여 살았다. 당시 세계적 음악가, 미술가, 그 외 기술자가 많이 모여들어 곳곳에서 좋은 구경을 할 수 있었다. 과연 하얼빈은 시가가 반반하고 인물이 번화한 곳이다. 그러나 도로에 사람 머리만큼씩 한 돌이 깔려 굽 높은 구두로 걸으려면 매우 힘이 든다. 마침 7월, 몹시 더운 때라 돌발적으로 검은 구름이 하늘을 덮으며 대륙성 폭우가 맹렬히 쏟아진다. 곧 모피 외투라도 입을 만치 선선하다가 삽시간에 볕이 쨍쨍하게

나서 다시 푹푹 찐다. 오후 4시쯤 나가 보면 형형색색 모자와
살이 비치는 옷을 입은 미인들이 길가에 늘어섰다.

## 부녀 생활과 오락 시설

부녀 생활의 일부분을 쓰면 이러하다. 아침 9시쯤 일어나
서 식구 모두가 빵 한 조각과 차 한 잔으로 아침밥을 먹는다.
주부는 광주리를 옆에 끼고 시장으로 간다. 점심과 저녁에 필
요한 식료품을 사 가지고 와서 곧 점심 준비를 한다. 대개는
소고기를 많이 쓴다. 12시부터 오후 2시까지 식탁에 모여 앉
아 한담하며 점심을 진탕 먹는다. 이 시간에 각 상점은 철문을
꼭꼭 닫는다. 그리하여 점심시간에는 인적이 끊어진다. 주부
는 가사를 정돈해놓고 낮잠을 한숨 잔다. 저녁은 점심에 남았
던 것으로 때운 뒤 화장을 하고 활동사진관, 극장, 무도장으로
가서 놀다가 새벽 대여섯 시경에 돌아온다. 부녀의 의복은 자
기 손으로도 해 입지만 그보다는 상점에서 만든 것을 많이 사
서 입는다. 겨울철에는 여름철 옷에 외투만 입으면 그만이다.
여름이면 다림질, 겨울이면 다듬이질로 일생을 허비하는 조선
부인이 불쌍하다.

오락 시설이 많이 생기는 원인은 구경꾼이 많아져서다. 구
경꾼 중에 남자보다 여자가 많은 것은 어느 사회나 마찬가지
다. 서양 각국에서 오락 시설이 번창하는 이유는 오직 부녀 생
활이 그만치 여유가 있고 시간이 있기 때문이다. 나는 전에 경

성에서 어느 극장 앞을 지나면서 동행하던 친척에게 말한 적이 있다. 극장 경영을 하려면 근본 문제 즉 조선 부녀 생활을 급선무로 개량할 필요가 있다고. 실로 여자 생활에 여유가 없는 사회에서 오락 시설은 번영할 수 없다.

## 인도 극과 영국 활동사진을 보고

친구 몇 명과 더불어 제일 번화가에 있는 상무구락부 부두 공원에 갔다. 이 공원은 동포 최 모와 러시아인의 합자 경영인 관계상 출입구에는 러시아인과 조선인 각 한 명씩 서 있었다. 정원에는 꽃이 무늬를 그리며 피어 있고 극장, 식도락을 즐기는 무도장이 있고 저편 수풀 사이에는 활동사진 관중으로 가득하다. 초인종 소리가 나자 서고 앉고 걷고 놀던 사람들이 일시에 모여들어 극장으로 들어간다. 극장 내 의자는 입장권에 따라 앉는다.

극은 인도 극이었다. 인도 왕자는 프랑스 유학을 갔다가 졸업을 하고 돌아온다. 인도 국민 전체가 환영하나 오직 교회 문지기만이 국법에 외국을 출입하는 자는 역적이라 하였다며 왕자를 조소한다. 왕자가 프랑스 미인을 데리고 와서 부왕께 연애 철학을 아뢴다. 이때 부왕이 대로하며 그 여자를 발로 차는 장면에서 조선 사회 과도기를 연상하지 않을 수 없었다.

또 하나는 영국 활동사진이었다. 당시 명성이 자자하던 일류 여배우가 공작의 총애를 받으면서도 만족하지 못하고 일개

천인 어부를 사랑한다. 그 어부는 매우 솔직하고 천진스러웠다. 어부는 드디어 공작을 죽이고 10년 징역을 사는데 그동안 여배우를 잊지 아니한다. 여배우는 잠시 악마 굴에 빠지나 어부를 잊지 않는다. 그리하여 두 사람은 기쁘게 다시 만난다. 금전이 만능이 되고 겉치레가 사교술이 되어 가면 갈수록 끊임없는 노력과 진정한 사귐이 그리워진다.

## 쑹화강 구경

7월 3일은 마침 일요일이라 일요일이면 거의 다 쑹화강으로 모여든다는 말을 듣고 구경을 갔다. 이쪽 기슭에서 저쪽 기슭까지 550미터쯤 되는 탁류를 건넜다. 강변에는 휴게소가 무수히 있을 뿐 아니라 여름철 한때 피서하는 목판 가건물과 장막이 깔려 있다. 수풀 위에서 맛있는 음식을 즐기는 가족, 두 다리를 얹어놓고 두 손을 한데 모아 정답게 속살거리는 연인, 포실포실한 나체로 배회하는 여자들, 작은 버드나무 사이로 종횡무진 삼삼오오 무리 지어 거니는 사람들이 타이양섬을 덮었다. 실로 쑹화강은 하얼빈 시민에게 없어서는 안 될 피서지다.

저녁밥은 조선인회 회장 집에서 먹었다. 그러고는 부인과 구경을 나섰다. 그는 하얼빈에 온 후 구경이 처음이라며 즐거워했다. 나는 언제든지 좋은 구경 많이 한 사람과 다니는 것보다 도무지 구경 못 한 사람과 다니는 것을 좋아한다. 그 사람이 좋아하고 기뻐하는 모습을 보면 퍽 유쾌하다. 이날도 매우 상쾌했다.

여러 벗과 함께 공동묘지를 구경 갔다. 정면 납골당 옥상에 금색 십자가가 번쩍이고 멀리서 오는 상여를 보면 종을 울려 환영의 뜻을 표한다. 넓은 묘지에는 형형색색 무덤이 있고 아직도 푸른 잔디인 곳은 누가 주인이 될는지 때를 기다린다. 오는 길에 중국식 사찰 건물로 유명한 지러사에 들렀다. 청황색 기와부터 진홍색 벽, 남색 무늬까지 찬란하고 강한 색이었다. 마치 내 몸이 그 안에서 조여지는 듯싶었다.

하얼빈에서 만저우리까지 가는 동안 지낼 준비를 했다. 7월 6일 밤 8시 10분에 하얼빈을 떠났다. 전송해주시는 지인 20여 명에게 감사를 표하며 동지철도 일등실에 올랐다. 중국이 만국철도회의에 참가하지 않았으므로 만저우리에 가서는 왜건리 국제침대차회사Compagnie internationale des wagons-lits의 약칭 만국침대차로 갈아타기로 했다. 이 선로에서는 기관수가 역장에게 전하는 통표 모양이 철봉 같았다.

기차는 황무지 일대를 한없이 굴러가는데 좌우 수풀 속에 하얀색 천연 작약이 흐드러지게 피어 있다. 넓고 아득한 광야 잔디 위에 파랑이며 노랑이며 빨강이며 하얀 화초가 혼잡스레 피어 마치 청색 우단 위에 봉황을 수놓은 것 같았다. 곧 뛰어내려가 데굴데굴 굴러보고 싶은 데도 많았다. 하천이 드무니 농사에 부적합함인가, 산악이 험악하니 넘어오기 곤란함인가, 쓰고 남은 땅이거든 우리나 주었으면……. 시베리아 자연에 취했을 때 옆 객실에서 서양인의 유창한 독창 소리가 났다. 기차나 기선 여행 중에 음악처럼 좋은 것은 없다. 실제 풍경을 보고 찬미하며 노래를 부르는 자야말로 행복스럽다.

다음 날 오후 3시에 유명한 싱안링산맥을 넘었다. 여기가 벌써 해발 수백 미터다. 밤 8시에 러시아와 중국 국경인 만저우리에 도착했다. 한 시간 동안 시가를 구경했다. 국경인 만큼 군영이 많고 조그마한 시가지나마 조선인 밀매음녀까지 있다. 여기서 세관 검사를 했으나 우리는 공용 여행권을 가진 관계상 언제 어떻게 지났는지 몰랐다. 왼쪽 기차에서 오른쪽 기차로 짐을 옮기는 보이가 짐 한 개에 중국 돈으로 80전씩 받는데는 아니 놀랄 수 없었다.

### 만저우리 출발

7월 7일 밤 11시에 만저우리를 떠나 왜건리 만국침대차에 올라탔다. 실내 설비는 동지철도와 별다른 것이 없고 다만 일등칸 안에 세면장이 증설되어 있을 뿐이다.

1927년 5월 19일부터 러시아 치타와 모스크바 간 급행열차는 만저우리와 모스크바 간 급행열차로 바뀌어 치타 환승은 폐지되었다. 이 급행열차에는 일반 침대차, 마루 침대차, 식당차, 일등과 이등 침대차 등이 갖추어져 있다.

## 시베리아 통과

만저우리에서부터 동행인은 이러했다.

귀족 의원 노다 씨(남미 브라질행), 중의원 직원 마쓰모토 씨(제네바군축회의1927년 제네바에서 열린 미·영·일 3국 해군 군비 축소 회의 출석차), 공학사 고토 씨(독일 시찰차), 가토 씨 일행 아홉 명(이웃 바다에 빠진 군함 안 금괴를 건지러 가는 길), 안도 의학박사 부인, 호리에고등상업학교 교수 부인과 중국인 류 씨(베를린대학행), 이 씨 부부(런던 옥스퍼드대학행). 너무 오랫동안 동행하니 모든 행동이 서로 익숙해진다.

만저우리에서 여권 검사를 받고 기차는 소비에트 연방 영역으로 들어섰다. 넓고 아득한 광야를 질주하는 동안 곳곳에 낙타 무리, 브리야트인옛부터 바이칼호 주변에 살던 종족이 사는 작은 집이 차창으로 보인다. 오논강을 건너 칼부이스카역에 도착하니 이제부터 궤도는 복선으로 되어 있다.

치타역에 도착하니 정오였다. 소낙비가 끊임없이 쏟아지는데 러시아 농민 여자들은 머리에 붉은 수건을 쓰고 아이를 안고 서서 승객들이 나와 거니는 모습을 유심히 구경했다. 이곳은 농산물이 유명한 곳이다. 여기서 열세 시간 동안 더 가서 공장이 많은 울란우데에 도착했다.

지금부터 유명한 바이칼호 호반으로 기차는 질주한다. 물은 언제 보든지 반갑다. 그리고 모든 사람에게 친근한 맛을 준다. 하물며 망막한 대평야에 있는 바이칼 호수의 경색이랴. 지루해 못 견디던 승객은 차창에 모여 섰다.

크라스노야르스크에 이르려 할 때 반갑게도 솔숲 사이로 교회 첨탑이 은은히 보인다. 시베리아의 아테네라고 불리는 톰스크를 지나 정치와 경제 중심지인 노보시비르스크를 떠나 옴스크에 도착했다. 부근에 쓰러진 작은 집과 부서진 차량이 많이 있어 혁명 당시 참극의 자취를 볼 수 있다. 이곳부터 흙 색깔이 점점 검은색으로 변해가고 식물 파는 여자들 복장이 차차 깨끗해진다.

여기는 예카테린부르크다. 러시아 황제 니콜라이 2세 일가가 비참한 최후를 마친 곳이니 니콜라이 일족은 죽기 전에 이 부근을 거닐었을 것이다. 지평선과 푸른 하늘이 맞닿은 황량한 벌판 일대에 푸른 잔디가 깔렸고 비단실로 수놓은 듯 하얀 은방울꽃과 붉은 장미꽃이 섞여 피었다. 뭉뚝 잘라낸 자작나무 고목, 한숨에 뻗쳐오른 소나무가 무한히 많다. 흰빛과 검은 빛 섞인 얼룩소 떼는 목을 늘여 한가히 있다. 겨울철 흰 눈이 하얗게 내린 대평야에 시베리아인이 썰매를 타고 질주하는 모습을 상상하지 않을 수 없다.

**오로라**

자작나무 수풀 위에는 석양이 냉랭했다. 온 하늘빛이 황색으로 되다가 진홍색으로 변하더니 청회색으로 바뀐다. 하늘에 확실히 둥근 형상이 보이고 밤낮을 분간할 수 없다. 하늘은 거울같이 투명하고 눈부시게 빛났다. 그리고 갖은 형상이 다 보였다. 이것이 우리가 부르던 오로라다. 우리는 익히 알던 창가를 불렀다.

갈까 보다 말까 보다
오로라의 아래로
러시아는 북쪽 나라
끝이 없어라
서쪽 하늘엔 석양 타고
동쪽 하늘엔 밤샌다
종소리 들리누나
하늘 높이 오르며

오려니 너무 밝고
가려니 어둡다
멀리서 불빛이
반짝반짝해
섰거라 헌 마차여
쉬어라 백마여
내일 갈 길이
없는 바 아니나

나는 나는 뜬 수풀

바람 부는 그대로

흐르고 흘러서

한없이 흘러

낮에는 길 걷고

밤엔 밤새껏 춤추어

말년엔 어디서

끝을 마치든


어느 곳에 이르면 하의를 넓게 입고 붉은 수건을 머리에 써 늘어뜨린 집시 여자 떼가 늘어서 있고, 어느 곳에 이르면 몽골인 무리가 수염을 쓰다듬으며 점잖이 서 있다. 정거장마다 그 땅의 농민 여자들이 달걀, 우유, 새끼 돼지 찐 음식을 들고 판매점에서 여행객에게 사 가기를 청하고, 소녀들은 들판에 핀 향기 높은 은방울꽃 다발을 들고 여행객에게 권하는 특수한 정취를 맛본다. 기차 보이가 갖다주는 꽃을 먹고 남은 통조림 통에 꽂아놓고, 구매한 음식을 탁자 위에 벌여놓고 부부가 마주 앉아 먹을 때 우리 살림살이는 풍부하였고 재미있었다.

모스크바에 가까워지자 농촌 일대가 거의 감자로 깔렸다. 기차선로 좌우에는 걸인이 많고 정거장 대합실 바닥에는 병자, 노인, 아이, 여자들이 신음하고 울고 졸고 혹은 두 팔을 늘어뜨리고 앉아 있거나 담요를 두르고 배낭을 옆에 끼고 있는 참상이라니. 러시아혁명 여파가 이러할 줄 어찌 가히 상상했으랴. 러시아라면 혁명을 연상하고 혁명이라면 러시아를 기억하는 만치 시베리아를 통과할 때는 뭔지 모르게 피비린내 공기가 충만했다.

## 모스크바 CCCP

옛 러시아제국 수도는 상트페테르부르크였지만, 1917년 대혁명 후 소비에트사회주의공화국연방은 수도를 모스크바로 옮겼다. 모스크바는 지리상 위치로 보더라도 서구와 동아시아 제국을 연결한 세계 대로인 사명을 갖고 있다. 오랫동안 기차 안 생활을 하다가 여기서 내리니 심신이 상쾌했다. 러시아 통과는 비교적 편리하나 입국 체재는 엄중한 제한이 있어 집행위원회 외국여권과에 가서 거주권을 받아야 하는 까닭에 여행객은 될 수 있는 대로 당일 통과하는 것이 편리하다.

우리는 여기서 3일간 머물렀다. 호텔 숙식료며 높은 물가에는 놀라지 않을 수 없었다. 그리고 자동차와 택시는 개인 소유가 없이 모두 국가 소유가 된 지 얼마 되지 않아서 멀고 가깝고를 떠나 꼭 걸어 다녔다.

모스크바 정거장에 내리니 조선인 박 씨가 있어서 일본인이든 조선인이든 안내를 청한다. 박 씨는 전에 러시아 주재 대한제국공사관 참사로 있던 사람인데, 지금은 안내 영업으로 생활을 유지한다. 박 씨는 일본인을 안내하고 우리는 모 일본인 러시아 유학생의 안내를 받았다.

## 러시아 미술

우선 나서는 길에 푸시킨미술관, 트레티야코프미술관, 근대프랑스미술관, 모로조프박물관 및 혁명박물관을 언뜻언뜻 보았다.

러시아 미술은 역사상으로 보면 조금도 구속을 받아오지 않았다. 러시아 문화의 중심이 변동함에 따라 예술가들은 중단됐던 예술을 중흥시키려고 노력했다. 동시에 러시아 예술은 여러 외국 영향을 많이 받게 되었으나 본래 가졌던 특질은 의연히 보전했다.

러시아 현대미술은 대략 세 개 분파로 볼 수 있다. 첫째는 보수파로 혁명 전 전통을 보수하려는 기술보다 구상을 중요시하는 파요, 둘째는 동서양 미술 장점을 취해 자기화하려는 비교적 진보한 파요, 셋째는 극히 소수로 구성파 예술을 민중화하려는 파다. 그 외 모스크바파, 레닌그라드파, 각 지방파도 많이 있다. 그중에서도 예술 중심지인 모스크바에는 혁명러시아미술가협회, 사과四科협회, 미술잡지기자조합이 있어 매년 전람회가 왕성하다.

푸시킨미술관과 트레티야코프미술관은 푸시킨과 트레티야코프 개인이 수집한 유럽 각국의 유명한 그림이 많았다. 근대프랑스미술관에는 근대 프랑스 화단에서 유명한 그림은 거의

다 있었다. 무엇보다도 모스크바미술관의 진열 방법은 세계에 자랑할 만하다는 세평이 있다.

## 크렘린궁

높은 성벽이 있고 십자가 옥상이 보이는 크렘린궁 주위를 돌아서 바실리사원으로 들어가 으리으리한 장식을 정신 놓고 보다가 나왔다. 나폴레옹전쟁기념사원을 보고 다시 나와 국영 백화점 속을 휘돌아서 맑게 흐르는 모스크바강을 건너 흰 돌로 지은 노동궁 앞을 지나 참새언덕으로 갔다. 이 언덕에 올라서니 모스크바 전경이 눈앞에 나열한 가운데 돔 모양 교회당의 금색 지붕이 태양에 번쩍거려 가관이었다. 다시 내려와서 러시아 현 정부 당국의 클럽 식당에 가서 밥을 먹고 에레와공원을 거닐다가 돌아왔다.

아침에 사방 교회당으로부터 종소리가 울려 들어온다. 나는 궁금증이 나서 사람 뒤를 따라 가까운 큰 교회당으로 갔다. 마침 장례식을 거행하고 있었다. 관 뚜껑을 열고 꽃 속에 싸인 시체를 공개한다. 어떤 사람은 들어가서 한 번씩 들여다보고 기도를 올리고 또 옆에 있는 예수 초상에 입을 맞추고 나온다. 시가지 어느 교회당 정문에 '종교는 아편'이라고 써 붙어 있었다. 군중은 그것을 보면서 곁에 있는 교회당에 들어가 절을 하고 나온다.

모스크바 시가는 너절하다. 무슨 폭풍이라도 지나간 듯 돌격할 길이 없어 보인다. 사람들은 모두 실컷 매 맞은 것처럼 늘씬하고 아무려면 어떠랴 하는 염세적 기분이 보인다. 남자들은 와이셔츠 바람으로 다니고 여자들은 모자를 쓰지 않고 발 벗고 다닌다. 내용을 듣건대 비참한 일이 많으며 외국 물건이 없어서 국내산으로만 생활하기에 물가가 높고 불편한 점이 적지 않다고 한다.

## 레닌 묘

오후에는 레닌 묘를 구경 갔다. 공개 시간 전부터 구경꾼이 줄지어 섰다. 좌우 문을 지키는 문지기 사이로 엄숙히 발자국을 가볍게 하여 들어갔다. 지하 층계로 내려가서 유리 상자로 해놓은 주위를 돌면서 창백한 얼굴로 조용히 드러누운 레닌의 시체를 봤다. 이 혁명가 레닌의 시체가 실물이니 아니니 세평이 자자하나 하여간 보게 되어 영광이었다. 여기 광장 앞에는 나팔 소리며 북소리가 하늘 높이 떠오르고, 광장 안에는 붉은색 깃발 수만 개가 날린다. 무려 수만 군중 속 청춘 남녀들이 붉은색 모자를 쓰고 붉은색 넥타이를 매고 마차 위나 자동차 속에서 팔을 뻗치고 발을 굴리며 활기찬 소리로 합창 혹은 독창해서 북적북적 와글와글했다. 이는 영국과의 국교 단절 시위운동이라고 한다. 한참 동안 구경하다가 떠날 길이 바빠 돌아왔다.

7월 16일 오후 5시, 모스크바를 출발하여 목적지인 프랑스로 향했다. 러시아와 폴란드 사이 세관에서는 일일이 짐을 가지고 내려가 조사를 받아야 해서 퍽 거북했다.

## 폴란드

폴란드 농촌에는 누런 보리가 온통 깔려 있었다. 그곳은 일본 농가와 같은 집이 간간이 있어 마치 일본 도카이도선<sub>도쿄부</sub>터 교토를 잇는 철도 노선을 통과하는 느낌이었다. 벌판 수풀 위에는 시내에서 목욕하다가 쉬는 남녀 청년이 많이 보이고 서양 화초가 무진장 피어 이만해도 서양 냄새가 충분히 나는 것 같았다. 내 몸이 이제야 서양에 들어온 듯한 기분이었다. 여기서 승차하는 폴란드 사람들은 남녀 누구나 인물이 동글납작하고 토독토독하여 모두 귀염성 있게 생기고 단아한 맛이 있다.

폴란드는 이번 제1차 세계대전 후에 하나의 독립국이 되어 국제간 정치상이나 통상상이나 문화 및 경제상 관계를 맺었다. 명소가 많은 곳이나 다 못 보고 수도 바르샤바를 약 한 시간 자동차로 구경할 뿐이었다. 이곳에서 이상히 보이는 것은 철도원 기차 보이가 사각모자를 쓰고 순사는 청색 복장을 한 모습이었다.

17일 오후 8시, 바르샤바에서 기차에 올라탄 후 18일 오전 9시경 독일 베를린을 통과했다. 비가 와서 차창이 흐려 잘 보이지 않았으나 베를린 정거장 둥근 유리 천정이 좋았다. 또 곳곳에 하늘을 뚫을 듯한 공장 연통이 우뚝 솟아 하늘빛은 연기로 흐렸다.

## 파리

7월 19일 오전에 파리 북역에 내리니 안재학 씨와 이종우 씨가 나와 맞아주셨다. 매우 반가웠다. 그 둘의 안내로 호텔에 투숙했다. 파리 구경은 길 좀 안 다음에 하기로 하고 볼일이 있어 제네바로 가게 됐다.

유

## 베를린과 파리

### 스위스행

7월 27일 오전 8시, 스위스를 향해 떠났다. 스위스와 프랑스 국경 벨가르드에서는 휴대품 검사 시 구내 지정된 장소로 짐을 갖고 내린다. 들판에 누런 보리가 깔려 있고 진홍색 양귀비꽃이 섞여 피어 가관이었다. 언덕부터 산천이 보이기 시작하더니 경색이 완연히 아름다워진다. 여기서부터 제네바 호수로 흘러 지중해로 들어가는 냇물이 기차선로를 따라 이어진다. 두세 시간을 질주하는 동안 혹 낮아지고 혹 높아지며 혹 가까이 혹 멀리 보이며 태양에 번적이는 폭포도 되었다가 어두운 청색 연못도 되었다가 잔잔한 남색 못물도 되었다가 비누 물거품 이는 탁한 물도 된다. 절벽 위나 아래에는 끊임없이 즐비한 산천 가옥이 조화를 이룬다. 멀리 바라보면 뾰족하게 솟은 산 봉우리가 연이어 흑색, 자색, 감색이 된다. 볼 수 있는 대로 보나 열차 창으로 보기에는 모든 것이 너무 간지러웠다. 터널을 많이 지나나 전기철도여서 연기가 없다. 경색에 취하고 있자니 어느덧 오후 7시 제네바역에 도착했다.

### 이왕 전하

페지나호텔 48호실에 투숙했다. 저녁 식사 후에 궁금증이 나서 산보를 나섰다. 우리가 있는 호텔 앞에 곧 제네바호, 스위스 전국 무수한 호수 중에 제일 큰 호수가 있다. 호반에는 한창 무성한 가로수가 있다. 그 사이로 저녁 식사 후 거니는 남녀가 분분하다. 곳곳의 레스토랑에서 음악 소리가 울려 나오고 댄스홀 난간에는 전등 장식을 찬란히 꾸며놓고 관현악곡으로 손님을 청한다. 저편 호수 난간에는 달걀만 한 전구를 줄에 끼워 굼틀굼틀 꾸며놓았다. 그것이 검은 호수 위에 비쳐 흔들리는 야경이란 말할 수 없이 좋아 보였다. 호수 위에는 나직한 다리가 이리저리 걸려 오가는 사람들이 끊이지 않는다.

이때 마침 제네바군축회의가 있어 나는 일본 대표와 마루야마 씨 부부, 후지와라 씨 부부를 만나 기쁘게 놀고 점심까지 같이 먹었다.

금강산을 보지 못하고 조선을 말하지 못할 것이며, 닛코를 보지 못하고 일본의 자연을 말하지 못할 것이요, 쑤저우나 항저우를 보지 못하고 중국을 말하지 못하는 것과 같이 스위스를 보지 못하고 유럽을 말하지 못하리라. 그만치 유럽 자연 경색을 대표하는 나라가 스위스요, 그중에서도 제일 화려하고 사람이 운집하는 곳이 제네바다. 과연 제네바는 문인 묵객의 유람지인 만큼 교통기관이 편리하다. 전차 궤도가 종횡으로 무수하며 자동차와 마차가 시내에 꽉 차서 어느 때 어디서든지 탈 수 있다. 실상 타고 다닐 만한 곳도 아니나 원래 돈 많은 영국인과 미국인이 돈 쓰러 오는 곳이라 다른 곳과는 다르다. 끊임없이 오고 가는 사람들 가운데는 일본 외교사절 60여 명도 섞여 황인이 많이 보인다. 지금부터 방문객이 점점 증가하여 9월 중순경에는 절정에 달한다고 한다.

스위스의 명산품은 다 아는 바와 같이 시계다. 그 외 목조와 보석 등이 명물인 듯하며, 갖가지 아름답고 묘한 세공은 유람객의 발길을 머물게 하고 눈을 끌며 마음을 녹인다.

석양에 호텔로 돌아오니 책상 위에 박석윤최남선의 매제로 도쿄대를 졸업하고 일제강점기 매일신보 부사장, 만주국 폴란드 총영사를 지냈다씨의 명함이 놓여 있다. 너무 의외라 놀랍고 반가웠다. 얼마 지나지 않아 문을 두드리더니 박 씨가 들어온다. 실상 이국에서 동포를 만나면 조상으로부터 받은 피가 한데 엉기는 것 같은 감회가 생겨나서 감사함을 더욱 느끼게 된다.

30일 아침, 9시 20분에 출발하는 증기선으로 호수를 한 바퀴 돌았다. 출발과 동시에 갑판 위에서 관현악곡이 울린다. 태양빛이 흐르는 호수 위에 둥실둥실 떠서 음악 소리에 몸이 싸였을 때, 아! 행복스러운 운명에 감사를 아니 드릴 수 없었고 삶에 허덕이는 고국 동포가 불쌍했다.

로잔 등지를 지나 몽트뢰에 상륙해 부근을 거닐었더니 제네바 호수가 한눈에 들어왔다. 앞 언덕에는 몽블랑 최고봉이 구름에 둘려 하늘 높이 우뚝 솟았으며, 왼쪽에는 알프스 연산이 올록볼록 어지러이 자리했다. 그 그림자가 호수 위에 비치는 미관이 말할 수 없이 좋았다. 과연 산빛이 곱고 물이 맑으며 그윽하고 한가한 자연미에 기기묘묘한 인공을 가했으니 그 경색의 찬미를 무슨 형용으로 표할까.

이곳에 고성 시옹성이 있다. 이 성이야말로 바이런의 「시옹성의 죄수」라는 유명한 역사적 유서를 가진 곳이라 4시에 돌아오는 길에 들렀다. 하얀 눈 같은 갈매기 떼가 기선을 따르면서 승객들이 던지는 빵을 받아먹는 광경이야말로 가히 볼 만하였거니와 지루한 줄을 몰랐다. 도중에 음악대가 오르더니 한 곡을 연주하고 그릇을 가지고 다니면서 승객들에게 돈을 청구한다. 그들은 하나의 악단을 조직해 상업적으로 이 배 저 배를 다닌다.

제네바 호수 색의 특색은 녹음색이다. 거기에 햇빛이 쪼이면 황색이 되어 수풀 색과 분간하기가 매우 어렵다.

다음 날 31일은 일요일이라 박 씨를 비롯해 지인 몇몇과 프랑스 영토인 안시를 구경하러 갔다. 여기도 호수가 있는 아름다운 곳이었다. 호반 광장에 어우러진 나무 그늘 아래 수만 군중이 모여 박수 소리가 하늘 높이 울려 퍼졌다. 높은 단상에는 십자가 국기가 있고 백발노인 시장이 수상식 연설을 했다. 그 아래 각양각색 가장한 남녀 학생이 늘어앉았다.

그다음 날 사교계에서 유명한 서양 부인과 박 공<sup>박석윤</sup>과 동행해 제네바 전경을 볼 수 있다는 살레브산으로 향했다. 이 살레브산은 프랑스와 스위스 양국 사이에 있는 조그마한 산인데 두 나라가 서로 갖겠다고 말썽을 부리다가 결국 프랑스 영토가 되고 만다.

오늘은 이왕 전하<sup>영친왕</sup>께서 인터라켄을 통과하신다. 하여 전하는 하차하시면서 우리말로 우리에게 언제 왔느냐고 물어봐주셨다. 오후 8시, 프리바자 식당에서 사이토 총독이 전하께 만찬을 올렸다. 겸하여 군축회의 각 수석, 차석 대표를 위시하여 지금 회의 관계로 체재 중인 대사, 공사 및 칙임관을 초대했다. 관등으로는 감히 출석하지 못할 우리 부부도 참가했다.

내빈 70여 명 중에는 영국 대표 프리드먼(현 해군대신) 씨 부부, 미국 대표 데이비슨 씨 부부 외 동행한 부인은 대여섯 명에 불과했다. 부인이 적을 때는 여자가 상석에 앉을 수 있다. 그리하여 상관이 그 부인에게 몸과 마음을 단단히 하라고 알린다. 외교상 외교관 부인이 중요한 임명을 갖게 됨은 이러한 경우가 많이 있는 까닭이다. 그러므로 외교관 부인일수록 애교가 있고 날렵해야 한다. 내 오른편에는 캐나다 대표가 앉았고 왼편에는 영국 차석 대표가 앉았다. 이런 자리에서 어학이 능통했으면 유익한 소개가 많으련마는 큰 유감이었다. 어학이란 잘하면 도리어 결점이 드러나나 못하면 귀엽게 봐주는 수가 있다. 맞으면 다행이고, 아니 맞으면 웃음이 되어 도리어 애교가 되고 만다. 참 무식한 것이 한이 된다.

다음 날 밤에는 전하께서 칙임관 이하 20여 명에게 알현할 기회를 주셨다. 우리 부부도 또 참석했다. 식후 사담 중에 전하께서 나에게 특별히 그림을 그려달라고 하셔서 매우 황송했다. 전하는 영국 황제와 인사를 하시러 이날 밤에 떠나셨다.

그다음 날 오후 마루야마 씨 부부, 후지와라 씨 부부와 전에 인천 공사로 왔던 프랑스 미망인 집에 가서 스키야키를 먹고 나와서 그 길로 3시에 개최하는 군축회의 총회를 방청하러 갔다. 회의가 파열되리라고 전체 공기는 긴장해 있었다. 회장은 어느 호텔 식당이라 매우 좁았으며, 방청객은 입추의 여지 없이 꽉 찼다. 의장인 미국 대표가 취지를 말한 후 영국 대표가 연설을 했고 뒤를 이어 아일랜드 대표가 반대 연설을 했다. 일본 대표 및 미국 대표의 연설이 이어졌고 서로 인사한 후 회의는 파열되고 말았다.

12일, 친구 10여 명의 배웅을 받으며 제네바를 떠났다. 기차는 산을 넘고 또 산을 넘어 굴을 나와 또 굴로 들어간다. 겹겹이 포개진 산악 사이를 질주하는 동안 알프스 산봉우리에 점점 가까이 올라간다.

대체로 스위스 철도는 빙빙 돌든지 언덕을 오르든지 10분, 20분씩 굴속으로 가든지 경색은 말할 수 없이 좋다. 문인 묵객을 상대로 하는 만치 산마을, 물가 마을 이르는 데마다 호텔이 무수하고 등산전차가 곳곳에 보인다. 기차선로 주변 언덕은 솔로 씻은 듯이 잔디가 고르고 군데군데 말뚝 박은 목축지와 목재를 좌우로 아무렇게나 걸쳐 지은 시골 흥취가 난다. 붉은 수건을 쓰고 조선 치마같이 길게 입은 농가 여자들이 나무 위에 올라앉아 과일을 따는 모습도 눈에 띈다. 이곳 돌과 흙은 모두 희다. 나뭇잎 사이로 보이는 가는 흰빛 길도 다른 곳에서 보지 못한 진풍경이다.

여기부터 브리엔츠 호수를 횡단한다. 스위스 특유의 고산이 주위에 우뚝 솟아 그 그림자가 수면에 비치는 까닭에 미관이 극치에 달했다. 기차는 두 시간 동안이나 호수에 닿을 듯 호숫가를 질주하는데, 잇따라 기이한 봉우리가 나타나고 괴상한 바위가 등장하니 푸른 산 맑은 물이 없는 곳이 없음을 못내 기뻐했다. 때는 마침 석양이라 이어진 산봉우리는 백옥 같은 흰 눈 보석 달린 왕관처럼 혹은 자색 혹은 청색 혹은 적색으로 변화한다. 보는 동안에 연기 같은 구름과 안개에 싸여버리고 갈 길을 바삐 하는 범선이 노질을 자주 한다. 난간에 한 줄 낚시를 던져놓고 앉은 맑고 아름다운 풍광은 실로 선녀가 노는 자리라 할 만했다. 오후 7시, 인터라켄에 도착했다.

## 인터라켄의 하루

저녁을 먹고 그냥 자기가 아까워서 야경을 보러 나섰다. 계곡물을 앞에 두고 곳곳을 공원으로 꾸며놓은 일직선의 산속 시가지였다. 여기는 특히 야시장이 있었다. 각양각색 명산물 조각을 진열해놓아 길이 빽빽하게 오가는 손님들의 발길을 멈추게 한다. 다음 날 아침, 구경을 나섰다. 정거장에는 어딘지 모르게 가는 차도 많고 오는 차도 많다. 발감개를 하고 배낭을 짊어지고 작대기를 짚은 등산객이 많은데 대부분이 학생이고, 부자 피서객으로 대혼잡을 이룬다.

우리가 탄 차는 아래는 절벽에 위는 까맣게 보이는 산속으로 한없이 급속히 질주한다. 공기가 매우 희박해지고 기후가 매우 추워졌다. 폭포 구경을 가니 근처는 물거품으로 소낙비가 쏟아지고 폭포는 무섭게 돌구멍에서 뿜어 나온다. 그 아래는 무시무시한 절벽이고, 짙은 푸른색 깊은 못이다.

굴속으로 난 큰 철문으로 들어섰다. 여기는 엘리베이터가 있어 옆으로 산을 뚫고 올라간다. 아까 보던 폭포 주위를 빙빙 돌아 구경하게 만들었다. 천을 드리운 듯 짙푸른 절벽에 부딪쳐 옥같이 흰 물거품이 구르는 광경이며 빙빙 돌아 다시 돌구멍에서 기염 있게 토하는 기이한 물줄기는 천하의 절경이 아닐 수 없었다.

## 융프라우

알프스 산봉우리 중 두 번째로 높은 4,100미터쯤 되는 융프라우로 향했다. 개미도 능히 기어오르지 못할 만한 높은 봉우리를 전차 타고 가만히 앉아서 올라간다. 산을 넘어 아이거 산 터널에 들어간다. 길이가 27킬로미터나 되는 터널로 도중에 돌로 만든 두세 개 역이 있고 매우 기이하다. 산 벽을 뚫은 사이로 아래를 굽어보니 아, 소름이 끼친다. 하얗게 내려 쌓인 눈이 천 길 골짜기에 묻혀 있고, 쳐다보니 융프라우의 맑고 깨끗한 설암이 눈앞 지척에 나타나 있다. 첩첩산중에 사계절 내내 눈이 쌓여 빙하가 되고, 빙하가 녹아 물이 되어 흘러 폭포로 떨어지고, 폭포가 시내가 되어 냇물로 흘러 곳곳에 호수가 되는 것이 스위스의 생명이다. 이것을 보러 각국 사람이 모여들고 이것을 팔아 스위스 국민이 살아간다.

스위스는 큰 나라 사이에 있어 정치상으로나 군사상으로 과히 할 일이 없으니 하늘의 은혜를 입은 자연 경색을 이용한 돈이 수입의 대부분이 된다고 한다. 우리나라도 강원도 일대를 세계적 피서지로 만들 필요가 절실하다. 동양인은 물론 동양에 있는 즉 상하이, 베이징, 톈진 등지에 사는 서양인을 끌 필요가 있다. 그들은 매년 거액을 들여 스위스로 피서를 간다. 강원도에는 삼방약수가 있고 석왕사가 있고 명사십리해수욕장이 있으며 내금강과 외금강 명승지가 있다. 이렇게 구비한 곳은 세계에 없을 것이다.

스위스는 어느 곳을 막론하고 경색이 좋지 않은 곳이 없다. 스위스 전체가 명승지이다. 그림으로 그릴 만한 곳이 무진장이었다. 스위스에 누구든지 구경을 가시거든 숙소를 정하지 말고 배낭 하나 짊어지고 가시는 것이 좋을 듯하다. 이것이 스위스를 알기에 제일 상책이다.

## 베른

스위스 수도 베른에 도착하니 오후 7시경이었다. 토머스쿡1841년 설립된 영국 여행사이 아닌 우리를 마중 나온 베른호텔에 투숙했다. 마침 비가 와서 방 창문으로 야경을 보다가 쉬었다. 실상 돈 주고 구경하기도 힘이 든다. 한 달간이나 돌아다니다 보니 구경을 멈추면 곧 피로를 깨닫는다.

다음 날 아침, 시내 교통 지도를 들고 나섰다. 우선 미술관과 박물관을 찾았다. 호텔 문 앞에는 옥상에 십자가가 있는 의회당이 있다. 이것은 베른 명소 중 하나인 국회의사당이다.

정면을 들어서면 이집트 인형 조각이 마주 서 있고 이것을 중심으로 좌우 층계가 보인다. 거기에는 프록코트 입은 신수 좋은 안내자가 있어 빙빙 돌아다니며 문을 열고 설명을 해준다. 실내에는 의회 개최 시 쓰는 의자와 책상이 질서 있게 놓여 있고 대통령 좌석은 부드러운 비단으로 꾸며져 있다. 비밀 의회에 쓰는 작은 방도 많다. 중앙 집회실에는 고대 풍속화가 벽 전부 그려져 있다.

스위스는 입헌공화국으로 상하 양원이 있어 상원은 44명이고 하원은 보통선거에 의한 198명이 있으며, 대통령은 매년 선거하고 국가 중대 사건은 국민투표로 결정한다.

언어는 고유한 국어 없이 독일에 접한 곳은 독일어, 프랑스에 접한 곳은 프랑스어, 이탈리아에 접한 곳은 이탈리아어를 사용한다. 이 나라는 아름다운 자연을 가진 만큼 극히 평화롭다. 그리하여 살인이라든지 강도 사건이 거의 없다고 한다. 또 국가 재정이 비교적 공고하다.

**스위스 미술**

스위스 미술은 미술사에 이름이 없는 만큼 아직 세계적으로 자랑할 만한 명화가 없다. 진열한 작품 수가 상하층에 약 900점이나 되는 것은 하여간 작은 나라 국민으로서의 노력이다. 작품 연대는 16세기 말부터 현대에 이르기까지이나 그 이상이 확실치 못하고 색채가 농후치 못하였다. 가진 자연이 매우 아름다운지라 풍경화와 명승지 그림이 많았다. 근대화 중에는 아직 성숙하지 못하나마 마티스 그림에 영향을 받은 것이 많았다. 대작품도 네다섯 개, 고대 직물도 있었다. 우리 것은 무엇이든지 부끄럽지 않은 것이 없으나 작은 나라 국민 정황을 비교 안 할 수 없다. 그곳에서 나와 광물 진열관으로 들어섰다. 알프스에서 산출한 형형색색 광석이 많았다.

오후에는 마차를 타고 시가지 구경에 나섰다. 시가지 주위는 시냇물로 둘러싸여 우뚝 솟은 구릉에 수풀이 우거져 도시라는 느낌보다 교외 같은 기분이었다. 교통은 매우 번잡했으며 거리를 오가는 사람 중에는 다른 도시에서 보지 못하던 노부인들이 입은 고대식 의복이 간간이 눈에 띄었다. 건물은 대개 퇴색했고 도로 좌우는 다른 도회지같이 가로수가 있는 것이 아니라 각 상점 처마 끝이 길어서 인도로 삐져나왔다. 그리하여 아무리 태양이 쬐더라도 덥지 아니하다. 도로 중간중간에는 작은 여신 동상이 있었다. 그 여신이 든 그릇에 물이 한 방울 또 한 방울 떨어지는 모습은 말할 수 없이 평화로운 조화를 일으킨다. 예수의 가시면류관 모양으로 된 사원 정면 벽에 반양각으로 새겨진 인물 조각은 동양적 색채를 보였다.

역사박물관에 갔다. 석기 토기시대 생활 방식은 동서양이 대동소이한 듯싶었다. 돌아오는 길에 사람들 뒤를 따라 숲속으로 들어섰다. 광장이 있고 남녀 다수가 술과 과자를 먹는 피서지다. 앞에는 넓은 냇물이 흐르고 높은 곳에서 물이 떨어지는 폭포를 만들어놓았다. 그곳에서 다시 걸어 또 어떠한 신기한 것이 걸려들까 하고 둘레둘레 보는 중에 등산전차를 만났다. 대관절 탔다. 거기에는 공원이 있을 뿐이었다. 조금 거닐다가 돌아왔다.

**다시 파리로**

밤 11시, 파리에 도착했다. 11시만 되면 택시가 불과 얼마

되지 않아 곤란하다. 요금도 배가 된다. 본래 파리는 무엇을 배우러 온 것 같은 느낌이 있어 별로 구경할 맛은 없다. 속히 주소를 정하고 불편한 프랑스어를 배우려고 했으나 우리는 다시 여행을 하기로 했다.

### 벨기에

8월 24일, 벨기에를 향해 파리 북역을 떠났다. 프랑스에는 세관 조사가 없고 벨기에는 있다. 짐을 조사할 때 담배와 초콜릿이 없냐고 묻는다.

벨기에 농촌은 프랑스 농촌과 대동소이하다. 퇴락한 건물이 많고 도시 가까이 갈수록 제1차 세계대전의 영향으로 훼손된 흔적이 많고 쇠잔한 기색이 보였다. 대륙적 기분도 없고 목장도 없고 산과 실개천과 연못이 다소 있을 뿐이다.

### 수도 브뤼셀

오후 5시 30분, 수도 브뤼셀에 도착했다. 택시 요금이 원가에 배를 붙인다 하더니 놀랍게 비쌌다. 정거장은 웅대하고 화려하며, 플랫폼은 시가지보다 일단 높고 거대한 둥근 모양을 이루었다.

다음 날 아침에 토머스쿡 자동차로 시가지 구경을 나섰다. 안내자는 적어도 대여섯 개 외국어에 능통해 손님에 따라 각국 언어로 설명을 해준다. 건물 구조 설비가 프랑스와 달리 웅장하고 토지는 기복이 심하며 구릉과 못과 늪이 많다. 가지런한 건물은 각종 공장으로 공업국 면목을 보여준다. 건축 양식의 풍부함은 프랑스 이상이다. 자작나무의 녹색과 담황색을 같이 써서 아름다웠다.

왕립미술관에는 반 다이크의 「아담과 이브」, 브뤼헐의 「창 앞에 선 남자」, 루벤스의 「천사와 은자」가 있었다. 비에르츠박물관에는 「그리스도의 승리」, 「아이의 잠」, 「워털루의 사자」, 「19세기 혁명」, 「목욕하는 여자」, 「비밀의 부르짖음」, 「처녀의 가르침」, 「그리스도의 졸음」이 있었다.

명소 중 세계 제일가는 건물로는 재판소가 있다. 안내자에게 재판하는 것도 세계 제일이냐고 묻자 모르겠다고 한다.

# 꽃의 파리행

파리라면 누구든지 화려한 곳으로 연상한다. 그러나 파리에 처음 도착할 때는 누구든지 예상 밖인 것에 놀라지 않을 수 없다. 우선 날씨가 어두침침한 것과 여자 의복에 흑색을 많이 사용한 것을 볼 때 첫인상은 화려한 파리라기보다 음침한 파리라고 하지 않을 수 없다. 사실은 오래오래 두고 보아야 파리의 화려함을 조금씩 알아낼 수 있다.

## 도로 설비

파리는 에투알개선문을 중심으로 별과 같이 길이 뻗쳐 있다. 그리고 건물이 삼각형으로 되어 자못 아름답다. 길모퉁이

집 벽에는 반드시 동네 지명이 쓰여 있어 길 찾기는 쉬우나 누구나 한 발짝만 잘못 디디면 방향이 전혀 달라진다. 어디를 가든지 도롯가에는 가로수가 자라고, 중앙은 차도로 목침만 한 나무가 모양 있게 깔려 있고 그 좌우에 인도가 자리한다. 인도는 매 칸 하나씩 수도가 있어 아침마다 물을 뽑아 길을 씻어내니 유리 같다. 한복판에는 반드시 역사적 인물의 동상이나 금상 혹은 신의 조각 분수가 있어 중심점을 취한 것이 그림의 구도와 같다.

## 공원

불로뉴 숲을 위시하여 뤽상부르공원, 루브르정원 외 시가지 중앙에는 공원이 많다. 언덕에서 보면 파리 시가는 숲에 싸여 있다. 공원 안에는 놀기 좋은 연못, 분수, 경마장, 갖가지 놀이 기구가 있어 오후가 되면 늘 남녀가 산책하며 여자들은 아이들을 데리고 바느질감을 들고 와서 놀다가 돌아간다. 뤽상부르공원에는 역대 유명한 황후와 여성 시인들의 조각이 나열해 있으며, 남녀 나체 조각으로 유명한 것이 많다. 그 조각 형상에 따라 화단을 만들어놓아 마치 미술관을 배회하는 느낌이다.

## 교통기관

시내에는 전차, 버스, 택시가 무시로 통행한다. 전차에는 아라비아 숫자가 쓰여 있어 번호만 찾아 타면 편리하고, 택시에는 미터기가 있어 말이 통하지 않더라도 미터기에 나온 숫자대로 돈을 주면 된다. 시외에는 기차만 한 전차가 다녀서 일요일 같은 때는 만원이 된다.

파리에서 유명한 것은 지하철이다. 땅 밑 사층으로 차가 놓여 있을 뿐 아니라 한 선은 센강 아래로 다닌다는 말을 들으면 누구든 곧이듣지 않을 것이다. 사기 조각으로 쌓은 원형 정류장은 깨끗도 하거니와 땅속 길은 찾을 수 없이 복잡하다. 1상팀만 내면 파리 시내 어느 곳이든 쏜살같이 태워다준다. 메트로폴리스사가 경영하는 선과 놀슈드사에서 경영하는 선이 있어 메트로선 차량은 갈색이고 놀슈드선 차량은 녹색으로 분간한다.


## 오락 시설

파리 시내에 있는 무수한 극장과 활동사진관은 화려하고 노골적이며 배경, 색채, 인물, 의상이 모두 예술적으로 세계에 자랑하는 바다. 저명한 극장으로는 오페라코믹(희극장), 코메디프랑세즈(구극), 오데옹(국립극장), 카지노파리, 물랭루주, 부프파리지앵이고 활동사진관으로는 고몽팔레가 제일 크다. 하루는 물랭루주에 구경을 갔다. 나체의 한 여자가 은색과 청록색 의상으로 뛰어나와 경쾌하게 춤을 춘다. 이어 날개옷을 두르고 붉은 새털을 머리에 꽂고 금색 구슬을 번쩍이는 여신 군상들이 좌우 두 명씩 엉덩이를 흔들며 노래를 부르면서 나온다. 장면은 7색 5색 화려한 금실 은실 수놓은 원피스가 황홀하며 기다란 윗도리는 얼굴을 파묻고 주름 바지는 땅을 덮는다. 길게 늘어뜨린 털 부채와 장난감 같은 조그마한 우산을 휘두르며 좌우에 갈라 서 있고, 중앙 여신은 타조 깃털 부채를 휘두르며 근육적이고 진기한 예술적인 춤을 춘다. 동시에 군상은 방울 달린 작은 북을 흔들며 응하면서 춤을 춘다. 나는 이 그리스식 육체미에 취하지 않을 수 없었고, 또 이 시대 동판화에 영향을 많이 받은 원근법과 색채와 초점을 취한 구도법에 눈이 아니 뜨일 수 없었다.

활동사진관 고몽팔레를 찾아갔다. 바닥은 전부 자색 우단이 깔려 있고 천정은 금색 조각이 찬란하고 간간이 14색 막에 비추는 오르간이 땅속에서 솟아오르며 좌우 벽에 달린 파이프 오르간으로 갖은 음곡이 새어 나와 관객 몸을 싸고돈다.

오락 시설이 많기로 유명한 곳은 몽마르트르(자유의 시라는 의미)라는 곳이니 가보면 환락의 파리 기분을 충분히 맛볼 수 있다. 루이 왕조로부터 교양을 받은 예술적 분위기가 보편이므로 조금도 비열함이 없고 미술적 감흥이 있어 유쾌하다. 경쾌한 미인들이 끊임없이 오가는 이곳을 본다면 파리는 화려한 곳이라고 아니할 수 없다.


## 노트르담대성당

19세기 초 건물로 정면 클래식과 후면 브라만테식, 로마식,

고딕식이 섞인 르네상스 대표 건물이다. 미술사에서도 유명할 뿐 아니라 빅토르 위고가 그 옥상에서「레 미제라블」을 썼다. 노트르담대성당을 중심으로 센강이 흐르며 섬을 이루는데, 원래 파리라는 곳은 이곳뿐이었다고 한다. 부호와 귀족 교인이 많고 대대로 사제들이 사용하던 보물과 나폴레옹과 왕비 조세핀이 평소 사용하던 도구와 장식품을 보관해놓았다.

### 판테온

뤽상부르공원 앞에 있는 신그리스식 건물이다. 국가 공훈이 많은 위인이나 세계적 문호가, 정치가들 시체를 장사하는 공동묘지이니 판테온에 들어가는 사람은 대개 국장으로 당시 대통령이 시체를 옮겨놓는다. 무덤 중 중요한 인물은 사회철학가 장 자크 루소, 시객 빅토르 위고, 정치가 카루소, 정치가 겸 웅변가 장 조레스, 문학가 볼테르와 에밀 졸라다.

### 에펠탑

전부 동으로 만든 탑으로 에펠이란 사람이 설계하여 그 이름을 취했다. 1900년 만국박람회 때 세웠으며 높이 300미터로 세계 제일가는 탑이다. 엘리베이터로 올라가 보면 파리 전경이 회색으로 보이고 센강이 가는 띠와 같고 파리 808개 거리가 다 보인다. 아래는 일대가 공원이며 파리 어느 곳에서든 이 에펠탑이 보이지 않는 곳이 없다.

### 앵발리드 나폴레옹 묘

앵발리드는 성치 못하다는 의미로 전쟁에서 부상당한 사람을 위해 루이 14세 말기에 건축한 곳이다. 옥상은 돔이고 묘는 건물 중앙 지하실 한층 깊게 거대한 적흑색 대리석 뚜껑이 덮여 있다(이탈리아 피사에서 가져온 것). 내부에는 종교화와 영웅화가 있으며 비석에는 나폴레옹 유서가 쓰여 있다. "내가 죽은 후 파리 중앙에 묻히길 소원하니 이는 내가 사랑하는 프랑스와 프랑스인을 떠나지 않으려 함이라." 전후좌우로 시녀와 선녀 조각이 옹호한다. 한편 이층 진열관에는 역대 군사 무기와 전시에 사용한 무수히 찢어진 국기가 많고 거기에 우리가 숭배해 온 잔 다르크의 승마 동상이 있다.

### 박물관 및 미술관

파리에는 무수한 박물관이 있으니 고대품 진열관으로는 클뤼니박물관, 근대품 진열관으로는 루브르박물관, 고대 미술관으로는 루브르미술관, 근대 미술관으로는 뤽상부르미술관, 조각으로는 로댕뮤지엄이 있다.

### 루브르박물관

루브르박물관은 루브르궁전이니 센 강변에 있으며 콩코르드와 에투알개선문을 앞에 둔 세계 제일 화려한 곳이다. 루브르궁전은 1204년 필리프 오귀스트 왕이 건설하고 그 후 샤를

5세가 증축했다가 다시 프랑수아 1세가 르네상스식 궁전으로 개축했다. 이 박물관 중 미술관부가 유명하다.

따뜻한 봄날 아지랑이가 끼었을 때 루브르궁전 정원 주위에 화단을 돌아 여신상 분수에 발을 멈추고 역대 인물 조각을 쳐다보다가 좌우에 우거진 숲 사이로 산책하면 이야말로 별유천지 비인간別有天地非人間 인간 세상이 아닌 별세계라는 뜻으로 이백이 쓴 시의 한 부분이다.

### 클뤼니박물관

내가 머물던 호텔 근처에 담 한쪽만 남고 기와지붕 한 귀퉁이만 남은 천 년 전 건물 궁전이 있다. 여기에 13세기 물품을 진열해놓았으며 대개 프랑스 물품이 많고 유명한 것은 '여자의 허리띠'다. 이것은 여자 음문에 자물쇠를 끼우는 모형 정조대다. 전쟁 때 남자가 전장에 나간 후 여자의 품행이 부정하므로 나가면서 열쇠를 잠그고 간다.

정원에는 당시 꾸며놓았던 조각이 퇴색하고 혹은 팔이 떨어지거나 다리가 부러지거나 코가 일그러진 채 즐비했으며, 당시 궁전 목욕탕이던 장소에는 푸른 이끼가 끼어 자못 옛날을 추억하게 한다.

### 루브르미술관

일요일에 밀리는 군중 사이에 끼어 루브르미술관을 찾았

다. 거울과 같이 비치는 대리석 바닥 위로 걸어가면 좌우로 조각을 나열해놓았다. 그중 저명한 것은 「밀로의 비너스」, 「승리의 여신」, 「아그리파상」, 「옥타비아누스 흉상」, 「칼리굴라 황제 흉상」이 있다. 계단 위 정면에서 첫인사를 받는 동체 그리스 여신은 아름다운 정취가 절정에 달했다. 회화 제1실부터 차례로 보면 그리스, 이탈리아, 네덜란드, 스페인, 프랑스 각 실이 있다. 그 수가 1,000여 점에 달하나 그중 저명한 것은 조토의 「마돈나」, 다빈치의 「모나리자」, 라파엘로의 「성모」와 「성가정」, 코로의 「봄」, 티치아노의 「주피터」와 「여와 면」과 「성 요한의 세례」, 루이니의 「살로메」, 반 다이크의 「찰스 1세」가 있어 관객들이 머리를 숙인다. 루벤스실을 거쳐 이층 별실로 갔다. 이곳은 대개 19세기 인상파 대표 작품이 두 개 실에 진열되어 있다. 세잔의 걸작 중 하나인 「능금」과 「카드놀이 하는 사람」, 모네의 「인상」, 시슬레, 마네의 작품이 세 점씩 있다.

지하실로 내려가면 조각이 수천 개 전시되어 있다. 물론 그리스와 이탈리아에서 가져온 것이 많았다.


### 뤽상부르미술관

이 미술관은 뤽상부르공원 안에 있다. 출입문 앞에는 좌우로 조각이 있고 진열관 내부 복도에는 통행로만 남겨놓고 백색과 흑색과 황색 대리석 석고, 화강암으로 된 여신과 남신과 어린아이 조각이 진열해 있다. 어느 것을 먼저 보아야 좋을지 눈이 황홀해진다. 열 개 실로 된 회화를 보기 시작한다. 19세기에서 20세기 명작을 전시해놓았다. 3대 인상파인 세잔, 고흐, 고갱의 그림이 많고 모네, 마네, 피사로, 시슬레, 르누아르 등의 명작과 20세기 화가로는 블라맹크, 위트릴로, 아슬란 등이 있다. 저마다 그림 특색이 보인다. 살롱 미술전람회에서 추천, 특선 혹은 수상하면 뤽상부르에 들어오고 10년이 지나면 루브르로 옮겨간다.

# 베를린에서 런던까지

## 독일행

남편은 이미 3개월 전에 베를린에 가서 체재 중이었다. 나는 12월 20일에 가르드누아르를 떠나 베를린을 향해 홀로 나섰다. 차내에는 독일 사람이 많이 탔다. '야야독일어로 '그래'라는 뜻' 소리는 프랑스인의 '위'와 영국인의 '예스'보다 다른 어푸수수한 맛이 돈다. 국경에서는 여행권 조사가 심했다. 산간에 작은 역이 많으나 승객이 드물고 산처럼 쌓인 짐이 많을 뿐이다. 독일 농촌은 토지 이용이 프랑스보다 낮다. 그리고 간간이 라인강 지류가 흐르는 모습은 아름다웠다. 숲이 많은 중에도 자작나무가 많이 보인다.

다음 날 오후 7시, 베를린역에 도착했다. 택시를 타고 남편 숙소를 찾아가서 짐을 풀려고 할 때 정거장에서 헛걸음치고 남편과 S군이 들어온다. 베를린은 눈이 내려 눈바람이 거세고 찬 기운이 심했다. 한 달간 있었으나 홑옷으로 외출하기가 추워서 별로 구경도 아니 하고 중요한 것만 보았다.

## 베를린 도로

물론 전차와 버스, 택시와 지하철이 끊임없이 오고 간다. 통행 지도 순사는 방망이를 들고 휘두르며 사거리에는 반드시 공중이나 지하에 전기등을 해놓아 붉은 불이 나오면 진행하고 푸른 불이 나오면 정지한다. 모든 것에서 과학 냄새가 난다.

## 카이저가 거주하던 궁

제1차 세계대전 때 천하를 움직이던 카이저가 주거하던 궁이다. 이층에는 황제실, 황후 거실, 알현실, 화장실이 있고 황제와 황후가 사용하던 기구가 있다. 건물이 의외로 협소하고 내부도 간소했다. 궁전 앞에 자리한 국회의사당 앞 동상은 비스마르크의 영웅적 모습이었다.

## 포츠담

파리 근교에 베르사유궁전이 있는 것과 같이 베를린 근교에 상수시궁전이 있다. 포츠담은 브란덴부르크주 수도다. 하펠

강 위에 높이 놓인 빌헬름교를 건너면 빌헬름 1세 동상과 양측에 자리한 여덟 개 프로이센 군인 동상이 보인다.

포츠담 시가지는 돔 모양 성당이 많고 퇴락한 기분이 충만했다. 공동 식당에서 점심을 먹고 다시 구경하러 나서는 순간 프리드리히 대왕 당시 하루 한 차례씩 울려 백성의 인심을 수습하던 종소리가 높이 울려 나왔다. 공원 정문에 들어서니 좌우에는 동상이 군대처럼 정렬해 있었고, 때는 마침 눈이 내린 후라 은세계를 이루었다. 충신열사 초상은 목판을 가려서 볼 수 없었다. 문학가, 음악가들 기념상도 많았다.

구릉 정상에 건설된, 프리드리히 대왕이 설계한 상수시궁전에 이르렀다. 무릇 180년 전 건물로 규모라든지 내부 장식이 프랑스 베르사유에 비할 바 아니나 방마다 색채와 장식이 달랐다. 공작의 방, 호박의 방 등 여러 방이 있다. 왕 자신이 철학가요, 미술가로 박식하여 건물 내외부 설계를 다 했단다. 이 궁전에는 특히 여자 출입을 엄하게 금하고 왕은 독서에 몰두했다고 한다. 정원에는 왕이 사랑하던 개의 묘가 있고 풍차가 하나 있다. 건축할 때 이 풍차를 헐려고 하니까 주인이 애걸하며 "이것으로 가족이 살아가노라" 말하니 왕이 허락한 것이 지금까지 남아 있다.

비스마르크박물관, 구박물관, 신박물관, 국립미술관, 프리드리히기념박물관을 보았으나 특별한 것이 없었다. 오직 앞 두 곳에 옛 유물과 조각이 많고, 뒤 두 곳에 회화가 많았으며, 프리드리히기념박물관에는 루벤스, 반 다이크, 티치아노의 그림이 많았다.

베를린 구시가를 구경 갔다. 니콜라이 당시 궁전이던 조그마한 집과 낮은 인가, 좁은 도로는 과연 오늘날 독일 문명에 비교하지 않을 수 없었다. 빌헬름궁전은 프리드리히 빌헬름 1세의 궁전으로 실내에 금은보석을 많이 진열해놓았다.

## 음악회 구경

독일에서 유명한 음악회를 보러 갔다. 연주는 베토벤과 바그너 작곡인데 악단에는 수백 군중이 나와 관현악곡을 합주하니 관객의 마음은 서늘해지고 몸은 하늘 높이 떠오르는 느낌이 들었다.

## 크리스마스

크리스마스가 가까우니 곳곳에서 소나무와 참나무를 꺾어다 판다. 이날 저녁에 베를린에서 제일 큰 중앙 교회당을 구경 갔다. 교회당 안에 장식한 크리스마스트리, 남녀 코러스의 청아한 찬미 소리에 싸인 몸은 행복했다. 이날은 정월을 겸한 축일이라 선물이 많고 식탁에는 성대한 연회를 베풀고 술을 서로 권하며 한껏 논다. 주인 여인은 죽은 남편 생각을 하고 운다. 인정은 동서양이 다를 것이 없다.

## 섣달그믐

이날은 1년 중 마지막 날이라 하여 유럽 각 나라에서는 크게 기념한다. 식탁에 성찬을 차려놓고 늘어앉았다가 밤 12시가 되면 축배를 나눈다. 동시에 각 예배당에서 종소리가 나고 유리창으로 색종이를 던져 이 집 창에서 저 집 창까지 걸리도록 하며 누구에게든 신년 축하를 전한다. 그러한 뒤에 모두 길로 나가서 춤을 추든지 카페에서 차를 마시든지 한다. 이상한 모자에 괴이한 복장으로 왔다 갔다 하는 자, 허리라도 부러질 듯이 깔깔 웃는 여자, 남자가 여자를 쫓아다니며 입 맞추려고 하면(이날 밤은 누구에게든지 입 맞출 수가 있다) 여자는 꼬챙이로 찌르는 소리를 하며 쫓겨 달아나는 광경, 대혼잡을 이루며 도로에는 사람이 빽빽하게 오가고 길바닥은 갖은 색종이 가루가 발에 차인다. 이렇게 이날 밤을 길가에서 새우는 것이 유럽 각국의 풍속이라고 한다.

## 오페라

활동사진관에도 가보았으나 오페라 구경을 갔다. 마침 「카르멘」 오페라를 공연해서 기뻤다. 내가 제일 좋아하는 오페라였다. 독일인은 이상주의자로 충실하고 친절하며 강한 명예심과 원기 있는 활동성이 있다. 또 참고 견디는 굳은 의지와 조직적이고 계획적인 성질이 있으며 자기희생의 마음과 강한 의무의 마음과 복종심이 있다고 한다.

1월 4일, 독일을 떠나 파리로 돌아왔다.

## 영국 런던행

7월 1일 오전 10시 36분에 생라자르역에서 출발해 오후 1시 도버해협에 내렸다. 도버해협을 건너 연락선으로 5시 10분에 뉴헤븐 즉 영국 땅에 닿았다. 입국하기가 매우 까다로워서 여행권 및 짐 조사가 심했다.

기차를 타고 6시 43분에 빅토리아역에 도착했다. 그곳에는 이미 와 있던 남편과 Y군이 마중 나와 매우 반가웠다. 시가지에서 눈에 띄는 것은 이층으로 된 전차와 붉은 버스였다. 건물은 낮고 가벼워 보인다.

## 런던 시가지

런던 건물은 퇴락한 회색 벽돌집이 많았고 오래된 도시인 만큼 정돈이 되지 아니하여 집을 되는대로 아무렇게나 꾹꾹 박아놓은 것 같았다. 시가는 각각 그 계급을 따라 상업 중심부, 정치 중심부, 공업 혹은 농업, 부자 혹은 빈자 중심부로 구별해 있다. 도로는 전부 캐나다에서 가져온 토목으로 깔고 시내에는 전차가 없고 시외에만 있다. 이층 버스는 무수히 오가며 지하철도도 있다. 시민 700만 명, 주택은 모두 별장식이고 정원 없는 집이 없다. 식민지에서 빼앗아 온 것으로 시가지 시설이 모두 풍부하다. 곳곳에 공동변소는 지하실로 되어 있다.

## 공원

공원은 전부 돈 덩어리다. 도로만 남겨놓고 잔디며 화초를 키우는 규모가 컸다.

## 하이드파크

런던 중앙에서 조금 서북쪽에 있다. 버킹엄궁전 부근 광장에 연속한 그린파크와 피커딜리가를 걸쳐 붙어 있고, 반대 방향으로 켄싱턴가든과 이어진다. 자작나무, 떡갈나무, 느티나무 등이 많고 그 아래는 전부 잔디여서 남녀 청년들이 서로 끼고 드러누운 전경이 마치 누에 잠자는 것 같다. 오가는 사람은 별로 놀라는 일도 없이 너는 너요, 나는 나라는 태도로 지나가고 만다. 일요일에는 유명한 야외 연설이 있으니 청중은 평정하여 이지적인 비판은 하나 감정적으로 흥분하지 않는다. 공원에 왔다는 느낌보다 교외 시골에 온 느낌이 든다.

## 큐가든

세계적으로 손꼽는 공원으로 자연 그대로 두고 꾸며놓았다. 세계에서 제일 크고 좋다는 식물원이 있어 온실에는 무성하게 키운 거대한 파초와 종려 등이 자라며 장미 정원에서는 향기가 뿜어 나온다. 힘차게 자란 푸른 나무와 향기로운 풀이며 깎은 머리 같은 수풀 모두가 풍부한 맛이 돈다. 이 공원은 조지 3세가 모 귀족의 정원을 사서 후에 이궁을 삼은 것인데 일영박람회 때 유물인 일본 오층탑이 보인다. 공원 근처에 높은 대리석 탑이 있으니 세계적으로 유명한 시인, 화가, 법률가, 조각가 등의 조각과 이름이 쓰여 있다. 우리 일행 세 명(남편, Y군, 나)은 이층 버스를 타고 런던 중앙지인 채링크로스를 지나 중국 반점에서 저녁을 먹으며 피곤한 다리를 쉬었다.

### 켄싱턴가든

하이드파크와 인접하여 옛날에는 귀족 공원이었다. 고목나무가 울창하고 동물원과 황실식물원이 있다.

### 세인트제임스파크

버킹엄궁전 전면에 있다. 규모는 작으나 곳곳에 광장이 많다. 영국 왕실 이궁 터로 광대하고 그윽한 공원이다. 학교 아동을 데리고 와서 야외 학습을 하거나 테니스 혹은 야구 등 시합을 연다. 여자 순사가 이리저리 다니며 순회한다.

### 로열아카데미

여기는 근대화를 진열해놓았는데 로열아카데미에서 입상한 그림을 모은 곳이다. 인상파 영향을 많이 받은 것 같아 프랑스에 비하면 1세기쯤 뒤떨어진 감이 있다.

## 빅토리아앨버트뮤지엄

여왕 및 여왕 남편의 위세와 덕을 기념하기 위해 건설한 곳이다. 소품이 많으며 주의해 볼 것은 풍경화의 시조로 프랑스 19세기 인상파에게 큰 영향을 끼치고 미술사상 저명한 지위를 가지는 컨스터블의 작품이다. 광선과 방향과 구도와 색채가 활기 있었다. 컨스터블의 그림을 카피하기 위해 수차례 다녔다.

## 대영박물관

170년 전 한스 슬론 경의 소장품을 사서 국유로 만든 것이 기초가 되어 이집트, 그리스, 로마, 일본, 중국 물건을 많이 수집해놓았다. 특히 그리스 조각이 많다.

## 내셔널갤러리

프랑스 루브르미술관만큼 크다. 역대 이탈리아 미술이 많고 현대 각국 작품이 많이 수집되어 있다. 그중에는 라파엘로의 「마돈나」, 렘브란트의 「노파」, 다빈치의 「암굴의 성모」, 반 다이크의 「두건 쓴 노인」, 「산오스다드의 화학자」, 티치아노의 「삼림 속 희롱」, 고야의 「처녀」, 그레코의 「초상화」, 틴토레토의 그림도 많았다.

### 국립초상화갤러리

영국 회화 중 초상화는 세계적으로 인정한다. 초상화가 약 3,000점 있었는데 모두 세밀히 그렸다. 영국 박물관은 진열 방법과 이용 방법이 교묘하고 풍부한 표본과 수집에 놀랐다.


### 웨스트민스터

웨스트민스터에는 유명한 국회의사당과 성당이 있다. 이 성당에는 역대 황제와 거인들의 묘로 충만했다. 그중에는 셰익스피어 묘도 있다. 또 여기서 역대 황제 대관식을 거행한다.


### 그리니치천문대

템스강 밑을 뚫은 터널을 지나 그리니치천문대를 찾아갔다. 지구의 영도가 영국 즉 그리니치천문대를 지나간다. 정문 앞에 표준 시계가 걸려 있고 각 별을 보고 시간을 맞추는 큰 망원경이 있어 베개를 베고 드러누워 보면 된다.


### 윈저성

런던 서쪽 약 20마일 되는 높은 언덕 위에 있는 건물로 전부 석조다. 14세기 건물인데 전방은 템스강 상류를 끼고 있다. 원래 성당이었고, 여왕 빅토리아가 태어난 곳이란다. 문을 들어서면 여왕을 기념하기 위해 지은 예배당과 성조지예배당이 있으며 나폴레옹 1세의 침실도 있다. 또 여기서 각국 황제가 숙박한다.

### 옥스퍼드와 케임브리지대학

남편이 하기 강습회에 참석하기 위해 옥스퍼드대학을 찾아
갔다. 옥스퍼드는 고학문의 도시인 만큼 건물이 퇴락하고 그
리스식 로마식 건물인 성당이 곳곳에 보인다. 하여간 따뜻한
시가지 인상을 받았다. 케임브리지대학은 가보지 않았으나 이
두 학교는 보트, 연극, 음악을 잘한다고 한다.

### 구세군

우리가 머물던 집 주인인 과부 부인은 구세군 신자로 이 집
에는 대좌와 중좌가 있고 출입하는 사람들도 구세군 사원들
이 많았다. 그러므로 자연스레 주일날 그들을 따라 구세군 본
부를 구경했다. 구세군은 영국에서 1863년 부스 대장군이 처
음 군인제로 만들었다. 물론 포교가 목적이나 사회사업도 많
이 한다. 병원도 있거니와 타락한 여자들이 낳은 사생아를 위
한 고아원도 있다. 여기 간사로 일본인 야마무로 군페이 씨의
딸이 있어 방문한 일이 있었다.

### 영국인

영국인은 말수가 적고 침착하며 고상하고 자제력이 많다.
규칙적이고 강한 의사와 활동력이 있으며, 강고한 의지와 분투

정신을 가지고 외부에 대해 자기를 긍정하고 타인에게 굴복하는 것을 즐겨하지 않는다. 헛된 이론이나 공상을 즐기지 아니하고 언제든지 실리, 그것도 자기 이익뿐 아니라 공공 이익을 중하게 안다. 또한 수집욕이 많아서 어릴 때부터 대개 세계 우표나 금전을 모은다. 담뱃갑 속에 한 장씩 든 각 지방 사진도 모은다.

런던에는 걸인이 많다. 곳곳에 성냥을 가지고 서 있는 자, 악기를 가진 자, 인도에 앉아 지면에 색연필로 셰익스피어 시나 새 등을 쓰고 그려 행인에게 보이고 돈을 달란다. 술집도 많은데 고객의 반은 여자로 여자의 출입이 잦다. 명물은 자욱하게 낀 짙은 안개이니 한낮에도 캄캄해 전차 통행이 정지된다고 한다.


## 피커딜리서커스와 채링크로스

내셔널갤러리 앞에는 영웅 넬슨 동상이 하늘 높이 서 있으며 광장 좌우에는 해군성, 외무성, 내무성, 인도성, 상공무성, 육군성, 대장성, 농업국, 수산국, 지방정무국이 있다. 경시청 입구에서 위엄 있는 몸가짐과 정숙한 옷차림을 한 기마 순사가 왕래를 감시하는 모습은 장엄한 광경이다. 총리대신 관저는 '10다우닝가 10번지'이라고 하면 누구나 다 안단다. 옥스퍼드 거리가 유일한 광장이며 건물은 모두 매연으로 고색창연하다. 프록코트에 실크해트 차림으로 가는 사람은 대개 증권거래소 외교원, 런던 시장 관저에 출입하는 소위 젠틀맨이다.

텐스강은 맑은 물이라 예상했는데 탁류, 흑색 물에 놀랐다.

내가 런던에 체류할 동안 영어를 배우기 위해 여선생 한 명을 정했다. 방금 예순 살 된 처녀로 어느 소학교 교사요, 독신 생활을 해가는 가장 원기 있는 좋은 할머니였다. 팽크허스트 여사 참정권운동자연맹 회원이요, 당시 시위운동 때 간부였다. 지금도 여자의 권리 주장이 나오면 열심이다. 그는 이런 말을 한다.

"여자는 좋은 의복을 입고 맛있는 음식을 먹는 것을 조절하여 은행에 저금을 하라. 이는 여자의 권리를 찾는 제1조가 된다."

나는 이 말이 늘 잊히지 않는다. 영국 여자들의 선각을 존경하지 않을 수 없다. 8월 15일, 파리로 다시 돌아왔다.

# 서양 예술과 니체미

### 안트베르펜

벨기에의 상업 중심지인 안트베르펜에 이르렀다. 건물이 광대하고 매우 사치스러웠으며 번잡했다. 카세도라리브 시청 앞에 유명한 브라보상이 있다. 여기서 철과 유리와 금강석 세공을 해서 전 세계에 퍼진다. 이곳에서 출생해 스페인 공사로 가서 회화계에 큰 영향을 끼친 세계적 화가 루벤스 탄생 300년제祭라고 하여 시중이 떠들썩했다.

### 네덜란드 암스테르담

도중에 유럽에서 제일 긴 다리인 무데크를 건너 네덜란드 제일 도시인 암스테르담에 도착했다. 정거장에 위엄 있고 용감한 남녀 아이가 열을 지어 합창하며 지나가는 모습이 매우 유쾌했다. 네덜란드는 볼록감이 없고 오목감이 있다. 평탄한 들판을 질주할 때 물 냄새가 나고 지면이 낮아진다. 강이라 하면 흐르는 물이 없고 호수라 할진대 주위에 산이 보이지 않고 바다도 아니나 사방에 산이 보인다. 풍차는 고색창연한 것, 신선한 것이 있어 아무리 보아도 염증이 아니 난다.

프랑스식 벨기에, 독일식 네덜란드라고 한다. 화폐도 양국 사이에는 통용된다. 두 강국 사이에 있는 두 소국이야말로 행운이라 할까, 불행이라 할까. 호텔은 아침밥을 끼워 일인분으로 치는데, 다른 유럽 풍속과 다르다.

다른 곳은 먼저 육지가 있고 그중에 강도 있고 호수도 있으나, 이곳은 먼저 물이 있고 다음에 육지가 있으며 거기 사람이 사는 것 같은 느낌이다. 대부분은 물 가운데 배에서 산다. 물이 언덕 위에 닿을 듯 닿을 듯한 운하가 이리 돌아가도 거리로 흐르고 저리 둘러가도 시내로 흐른다. 이 운하에서 저 운하로 지나가는 배를 위해 모든 인도교는 높고 둥근 모양으로 굴곡이 매우 심하다. 시내에는 바늘 꽂아놓은 듯한 돛대 때문에 이편에서 저편 길 사람이 잘 보이지 않는다. 운하 위에는 큰 배도 많이 있거니와 조선의 개량 신 같은 작은 배가 무수한 사람을 실어 옮긴다.

싱겔운하 언덕 위에는 퇴색한 고대 건물이 갖가지 모양으로 서 있어 마치 건축 표본 전시장 같았고 좁은 운하 위에 꺾이어 비치는 모습 또한 아름다웠다.

## 미술관

미술관 규모가 비교적 컸으며 작품 중에는 루벤스, 반 다이크의 작품이 많았다. 프랑스 인상파 화가들 작품도 적지 않았다. 더욱이 주목할 것은 수채화 중에 유명한 것이 많았다. 비교적 소품이 많았고 펜화, 에칭화, 파스텔화가 적지 않았다.

## 마르켄섬 구경

다음 날 아침에는 유람선 손님이 되어 네덜란드 고대 풍속이 아직 그대로 있다는 곳 마르켄섬을 향해 떠났다. 배가 좁은 운하를 지나 바다 쪽으로 향할 때 닫혀 있던 인도교를 열고 지나는 광경이 좋았다. 물 색깔이 흑색이고 운하 좌우 언덕 일면은 녹색 잔디가 깔리고 적색 벽돌로 지은 농가가 곳곳에 있으며 목축지에는 검은 소가 목을 길게 늘인다. 곡선을 늘린 것 같은 물길이 얼마나 아름다웠으랴. 그야말로 남화파의 일대 극치를 겸한 한 폭의 그림이었다. 수면이 땅보다 높은 것은 보통 상상하지 못할 사실이었다. 선상에서 들판을 볼 때 들판이 훨씬 낮아 보여서 물이 넘칠 듯 넘칠 듯한 위기감을 느꼈다.

암스테르담 명물로 유명한 치즈를 이곳에서 만든다. 그 공장을 구경했다. 가는 길에 1420년 건물인 교회당을 구경했다.

배가 마르켄섬에 도착하니 우리가 그림에서 흔히 보던 실물 즉 흰 고깔을 쓰고 허리를 잘록 매고 치마를 넓게 입고 나막신을 신은 소녀들과 붉은 저고리에 짧게 단추를 많이 달아 입고 통이 넓은 검은색 바지에 두 손을 찌르고 덜걱덜걱 나막신 소리를 내는 소년 무리가 마중 나와 사진을 찍으라고 성화다. 사진을 박은 다음에는 손을 내밀어 돈을 청구해 가지고 돌아서서 비교하며 삐죽삐죽하거나 좋아하거나 야단이다. 풍속을 보니 매우 상업적이었다. 영국인과 미국인이 다니며 버릇 가르친 것이었다. 그들의 생활 제도는 극히 원시적이었고 매우 누추했다. 방 창문은 옛날 나무 창이 그대로고 침실은 골방에 널찍이 침상을 해놓고 문을 닫는다.

석양에 돌아올 때 흰 갈매기 떼는 육지와 가까움을 알리고 언덕 위로 각국 국가를 부르는 노랫소리가 들려서 상쾌했다.

### 헤이그

헤이그는 네덜란드 수도이거니와 조선 사람으로는 잊지 못할 기억을 가진 만국평화회의가 있던 곳이다.

1907년원문은 1918년 헤이그에서 개최된 만국평화회의에 출석한 이준 씨가 당회 석상에서 분에 못 이겨 돌아가신 곳이다. 이상한 고동이 생기며 그의 외로운 넋이 우리를 만나 눈물을 머금은 것 같았다. 그의 산소를 물었으나 아는 이가 없어 찾지 못하고 다만 경성에 계신 그의 부인과 딸에게 그림엽서를 기념으로 보냈을 뿐이다.

다음 날은 불행히 일요일이라 다 문을 닫아 입구□ 자로 된 유명한 평화회의당 마당을 거닐고 국제재판소 간판만 쳐다보고 왔다.

## 헤이그미술관

17세기 네덜란드 천재 화가 프란스 할스와 렘브란트의 걸작을 아니 찾을 수 없었다. 17세기 각국 천재 화가들은 이탈리아에 운집하였으나 렘브란트만은 철통같이 자기만의 독특한 재질로 세계적 초상화가가 되고 말았다. 그의 작품은 유럽 각국 미술관에 없는 곳이 없으나 이 헤이그미술관에는 걸작 중 하나인 「해부학교」가 있다. 의사가 가위를 들고 막 해부를 하려고 할 때 주위에 선 연구자들이 저마다 공포심과 우려심을 가진 순간을 그린 대폭의 그림이다.

밤에는 댄스홀에 구경 갔다. 남녀가 모두 가장하고 사교춤을 추는 모습은 장관이었다. 다음 날에는 해수욕장을 갔다. 모래 위에 설비해놓은 해수욕 가건물과 물 가운데 있는 음악당 어디를 보든지 단아한 맛이 있다.

오후에 헤이그를 떠나 파리로 향했다. 산도 언덕도 없는 목축지 많은 네덜란드 농촌에는 돌 때는 원형이고 쉴 때는 십자형인 풍차가 곳곳에 보이고, 곡선 물길은 논과 언덕 경계선을 지어 이리로 저리로 얽매인다. 얼마나 평화스러운 나라인가.

영국 화폐 1파운드

네덜란드 11길더 53센트

지폐 1, 2, 5, 10, 25, 40, 60, 100, 200, 500길더(플로린이라고도 한다)

은화 2, 5프랑, 1프랑, 25센트, 10센트

백동 5센트

동화 25센트, 1센트, 0.5센트


## 파리 구경

파리라면 누구든지 화려한 곳으로 연상한다. 그러나 파리에 처음 도착할 때는 누구든지 예상 밖인 것에 놀라지 않을 수 없다. 우선 날씨가 어두침침한 것과 여자 의복에 흑색을 많이 사용한 것을 볼 때 첫인상은 화려하지 않았다.


## 예술사에서 가치 있는 파리 성당

• 생드니성당

앞에 광장이 있어 고색창연한 성당 전체를 볼 수 있다. 역사상으로 참고하건대 로마네스크풍 건축이 고전주의 양식으로 변천하는 제1단계에 지은 미술사상 진귀한 성당이다. 전면에 보이는 탑은 고딕 양식 특징을 채용하고, 내부는 무거운 기둥과 작은 창이 있어 조그마한 광선으로 겨우 앞을 분간한다.

• 생테티엔뒤몽성당

판테온 왼쪽 뒤편에 있다. 1517년부터 1541년까지 지어 완
성한 고딕 양식 삼각형 건물이다. 입구 장식은 르네상스 양식
이고 내부는 창이나 천정이나 돔 모양이 고전주의 양식으로,
이와 같이 생각과 형상이 모순된 두 양식을 동일 건축에 채용
했다.


• 생쉴피스성당

17세기에 레브라는 사람이 설계한 것인데, 그 뒤 18세기에 피
렌체 건축가가 다시 설계했다고 한다. 전면은 상하 양측으로 나
뉘고 내부 오른쪽 예배실에는 들라크루아의 벽화가 있다.


• 마들렌성당

나폴레옹 1세가 승리한 의미로 건설한 그리스식 건물이다.
내부는 컴컴하나 거기에 놓인 풍금은 파리에서 제일간다고 하
며 유명한 조각과 회화로 치장해놓고 외부 주위에 유명한 사
람의 초상 조각이 있다.


**아카데미프랑세즈**

본래 사교계에서 유명하던 마담 레카미에가 중심이 되어
당시 각 파의 쟁투를 융화시키고 40명 회원제로 조직했다. 현
재 프랑스 고등 지식계급에서 큰 세력을 점하며 이곳에서 프

랑스 사전을 만들고 프랑스 말을 검정한다.

## 에투알개선문

샹젤리제에서 일직선으로 가면 에투알개선문이 있으니 에투알은 프랑스어로 별이란 의미다. 나폴레옹 1세가 1805년에 전쟁에서 승리한 기념으로 세웠다. 이 에투알개선문을 중심으로 파리 시내는 열두 개 넓은 도로로 방사되어 올라가 보면 참 아름답다. 앞뒤에 전시 상황을 조각하고, 아래에 제1차 세계대전 때 무명 전사자를 위한 향로가 놓여 있다.

## 콩코르드

콩코르드는 흔히 듣던 불야성이니 세계에서 제일 화려한 광장이다. 여기에 루이 16세의 단두대가 있고, 중앙에 나폴레옹이 이집트에서 가져온 오벨리스크가 하늘을 자를 듯이 서 있다. 검은 동으로 만든 여신들이 받치는 분수가 있고, 주위에 마들렌성당이 있다. 오른쪽으로 루브르궁전이 보이고 왼쪽으로 에투알개선문이 보인다. 샹젤리제 거리는 자동차가 좌우로 오가서 직물과 같이 복잡하고 혼돈해서 그 아름다움이 극치에 달했다. 어느 것 하나라도 루이 왕조 영향이 없는 것이 없다.

## 그랑팔레와 프티팔레

금색 여신이 하늘 높이 떠 있어 행인의 존경을 받는 알렉

상드르3세교를 건너가면 1900년 만국박람회 때 건설한 그랑팔레와 프티팔레 두 큰 건물이 보인다. 이 두 건물에서는 무시로 각종 전람회가 개최된다. 그랑팔레에는 봄과 가을에 개최되는 미술전람회가 있어 수만 명의 화가와 관람객 발길이 닿는다.

### 카페

파리 시내에는 한 집 건너 카페가 있다. 피곤한 몸을 쉬일 때나 머리를 쉬일 때 들어가 차 한 잔을 따라놓고 반나절이라도 소일하거나 혹은 밀회 장소로 이용하거나 혹은 책을 읽거나 편지를 쓰거나 혹은 친구와 이야기하는 사교 기관처럼 되어 있다. 일반 유럽인의 성격은 동적이어서 한시라도 가만히 있지 못하고 또 사교적이라 곁에 사람 없이는 못 견뎌 한다. 파리에서 제일 큰 카페는 라쿠폴과 르돔이 있으니 밤중에 가보면 인종 전람회인 양 모여들어 장관이다. 특히 카페 르돔은 화가가 많은 몽파르나스에 있어 늘 만원이다.

### 댄스홀

무수히 많을 뿐 아니라 웬만한 레스토랑에서도 저녁밥을 먹고 으레 한 번씩 춤을 춘다. 여자들의 걸음걸이까지도 댄싱하는 것 같다는 말도 있거니와 어떤 사람과도 댄싱하지 못하는 사람이 없다. 차 한 잔만 사 들고 앉으면 남들 추는 춤을 싫

도록 볼 수 있고, 자기도 마음대로 출 수 있다. 또한 유쾌하고
도 체격이 좋아지는 것 아닌가 한다.


## 페르라세즈

11월 1일 젯날에 페르라세즈 공동묘지 구경을 갔다. 대통령
펠릭스 포르 묘지를 위시하여 정면에는 객사한 시체들 조각이
있다. 화장하는 사람은 벽에다 재를 집어넣고 이름을 써놓았다.
수만 군중이 오고 또 가고 그 얼굴에는 눈물 흔적이 보인다.


## 베르사유궁전

붉은 대리석 기둥, 코린트풍 회랑, 수풀, 분수, 화원, 석상,
왕조 유물. 실로 루이 14세 시대는 예술이 융성한 시대였을 뿐
아니라 그 예술적 혼은 프랑스인의 뼈끝까지 박혀 있다.

2억 수천만 원으로 건설된 이 화려한 궁전이 지금은 공개
물이 되고 말았다. 내부 장식은 독일, 네덜란드, 스페인에 대한
승리의 의미를 포함하고 루이 14세를 민족 지도자이자 예술과
과학의 보호자로 추앙했다. 그중 '거울의 방'이 유명하다.

1783년 북미합중국 독립 조인을 했고, 18세기 프랑스 혁명
시 공화 조약을 했고, 1871년 보불전쟁 후 프로이센 왕 빌헬름
1세가 독일 연합 통일을 완성해 즉위식을 행했다. 또 제1차 세
계대전 이후 1919년 강화조약 조인도 이곳에서 했다.

**백화점**

　백화점은 곳곳에 무수하나 가장 유명한 것은 마가장루브르, 갤러리라파예트, 프랭탕, 봉마르셰로 저마다 특색을 갖고 있다. 파리인은 경쾌하고 기민하며 코즈모폴리턴이다. 여름철에는 피서 가는 사람 혹은 덧문을 닫고 향수를 뿌리고 소설이나 보다가 낮잠 자는 사람도 있다. 프랑스 나무는 가지가 꼿꼿해 굴곡이 없으니 조선과 같이 황량한 바람이 없는 까닭이다. 위도가 한대 가까이 있어서인지 나뭇잎이 선명하고 온화하며 해충이 없다.

　원래 프랑스는 중앙 집권 나라로 온 나라의 번화한 문명이 집중된 파리를 제외하고는 국내 변변한 도시가 없다. 파리에서 한 발만 내놓으면 빈약하고 살풍경하니 건전한 문명, 건전한 국가라고 말할 수 없다. 오직 물가가 싸고 인심이 평등하고 자유로우며 시설이 화려해 모여드는 외국인의 향락장이다.

　나체미는 오직 조각뿐 아니라 우표, 지폐, 금전에도 있다. 프랑스 국기가 자유(청색), 평등(백색)원문은 자유(백색), 평등(청색), 박애(적색)인 것처럼 파리 공기는 이 세 가지가 충만했다.

### 3일간 산세바스티안 피서지

8월 25일 오전 9시에 스페인을 향해 떠났다. 이튿날 아침 9시, 스페인 피서지로 유명한 산세바스티안에 도착했다. 시가지 안에 해안이 있어 시설이 굉장했다. 길에는 타마리스크라는 가로수가 자못 유연한 맛을 주며 아름답다. 평상시는 시민이 5만 명인데, 여름철에는 두 배가 되어 호텔마다 만원이다. 호텔 음식은 올리브유 요리가 많아 비위가 상했다.

### 투우장

스페인 투우는 다 아는 바와 같이 유명하다. 뿔 돋은 소를 캄캄한 창고 속에 넣어 두었다가 문을 여니 뛰어나와서 사방으로 위세 좋게 뛰어다닌다. 우선 말을 탄 투우사가 두세 차례 창으로 찔러 숨을 죽인 후 금색 은색 복장에 모자를 쓴 투우사가 벌건 보를 들고 색종이로 만든 꼬챙이 세 개를 상대 소 등마루에 꽂고 다시 칼로 숨구멍을 찌르니 소는 발광을 치다가 피를 토하고 거꾸러져 죽는다. 아, 그러면 관객들은 악들을 쓰고 손바닥을 치며 귀부인에게서는 화환이 떨어지고 북적북적한다. 만일 소가 죽지 않을 때는 사람이 진 것이 되어 관람석으로부터 방석이 풀풀 날려 투우사를 때리며 외친다. 때에 따라서는 투우사가 서너 명씩 죽어 나가는 수가 있단다. 아, 유순하고 정직하고 근실한 소는 기묘한 사람의 기술에 놀림을 받아 최후를 마치고 만다.

다음 날에는 종일 비가 와서 오전에 해수욕을 좀 하고 방 안에서 지냈다. 밤 9시에 떠나 수도 마드리드로 향했다.


**마드리드**

오전 9시, 마드리드에 도착해 내셔널호텔에 투숙했다. 스페인은 지리상 유럽 서쪽에 있으나 고대신화에 의하면 피부상으로는 유럽이라고 할 수 없는 곳이다. 스페인 반도는 생김새가 소와 같고 또 바다가 둘러싸서 여러 나라가 침입하기가 쉬웠다. 그리하여 스페인은 최초의 세계 관문이 되었고, 르네상스 이후 미국의 항로로 항상 서북쪽 사이에 전장이 되었다.

스페인 사람은 딴 나라 사람과 달리 지리적으로 세계 문이 되어 오고 가는 인종이 많아 그리스인, 로마인, 보헤미아의 잡종이 많았다. 스페인 여자는 머리에 모자를 쓰지 않고 흑색 망사를 쓴다. 머리가 검고 키가 작으며 얼굴이 둥글고 푸근하다. 검고도 정열 있는 눈이 검은 망사 속으로 이슥히 비쳐 보이는 것이 말할 수 없이 아름다웠다. 스페인 여자는 반드시 사랑의 보답을 한다는 전설도 들은 바 있어 더욱 유심히 보였다.

아카시아 수풀 위에는 청람색 강한 광선이 내리쬐고 그 사이로 흰색 석조 건물이 보인다. 파초가 널브러진 가운데 여신 동상이 곳곳에 있고 기염 차게 물을 토하는 분숫가에는 웃통 벗은 노동자, 유아들이 한참 무르녹은 멜론을 벗겨 들고 앉아 맛있게 먹는다. 아직도 원시적 기분이 많고, 도로에 흙먼지가 많아 유럽에서는 보지 못한 동양적 색채가 있다. 마차가 많고 노동자가 많으며 걸인이 많다.

미국을 발견한 콜럼버스가 스페인 사람이요, 오페라로 유명한 카르멘이 스페인 여자다.

**스페인 예술**

스페인 예술은 매우 다수 다양하니 이는 지리상으로나 모든 관계상 여러 종족이 침입한 까닭이다. 작품으로는 선배가 후배에게 전하는 노력이 있을 뿐 아니라 왕왕 천재가 나서 세상을 놀라게 한다. 고대부터 여러 가지 미관을 가지고 중세기

암흑시대에 조그마한 불꽃을 가졌다가 근세에 와서는 지도자가 됐을 뿐 아니라 유럽 각국이 침잠했을 때 스페인은 큰 화가를 가져 매우 자만했다. 당시 탄생한 스페인 그림은 강하고도 매혹적이었다. 또 민간으로는 형용할 수 없이 신비했다.

고야는 기천 년 전 스페인 조상이 가졌던 원시적 천진난만한 기분과 환상을 현대에서도 오히려 주장할 만하다는 것을 생각해냈다. 우리는 그러한 오리지널을 인정할 수 없으나 스페인 회화가 역사 계통이 확실하다는 사실은 분명히 말할 수 있다. 14세기 때 동방의 영향을 많이 받았고, 후년에 천재 그레코가 나서 뒤를 이었다. 후대 화가 중에는 이탈리아 피렌체파 영향을 많이 받은 자도 있다. 후안 2세 때는 모든 주의가 이탈리아로 향해 유학하는 자도 있었다. 혹은 대가의 그림도 가져왔다. 그때 로마 교황이 대화가를 스페인 외교관으로 보냈다. 그리하여 18세기에는 국민적 예술이 전성시대가 되어 이탈리아와 프랑스에서 화가들이 스페인으로 배우러 왔다.

**마드리드궁전**

명소 중 하나인 마드리드궁전 구경을 갔다. 규모는 그다지 크지 아니하나 내부 치장은 역시 아름다웠다. 사방 벽이 모두 자수고 훌륭한 천장화도 많다. 식당 문에는 돈키호테 전신이 직물로 짜여 있다. 나오다가 성당 하나를 보았다. 예배실이 여섯 개고 중앙 예배실에는 예수의 사적이 그려져 있다. 출입문에는 아름다운 목조가 많이 새겨져 있다.

## 고야 묘

시외에 있는 고야 묘를 전차 타고 찾아갔다. 전에는 성당이 없는데 고야의 걸작 천장화가 있다. 그리하여 세계인이 모여들 므로 고야의 시체를 이곳에 옮겨놓고 옆에 이와 똑같은 성당 을 지었다. 중앙은 묘요, 좌우 예배실에는 고야의 걸작 「설교 자의 군중」이 그려져 있다. 이 그림은 필립 4세가 호색가여서 어느 성당에 미인이 있다는 말을 듣고 침입하려고 할 때 성당 안에서 신부가 십자가를 들고 막으러 나오는 장면이다.

고야는 숯장수의 아들로 바위에 숯으로 그림을 그렸다. 이 재능을 본 어느 신부가 택하여 그를 공부시켰다. 15세부터 방 탕하여 여자로 인해 살인까지 하였다. 이탈리아에도 가고 투 우사도 되고 갖은 짓을 다 했다. 그러므로 그의 작품은 유순한 것과 비참한 것을 겸했다. 그림에도 이것을 잘 표현시켰다. 만 년에는 시력이 쇠약해지고 귀머거리가 되어 가난한 삶을 살다 가 판화를 그리려고 1828년 5월에 조국을 떠나 멀리 적막한 남프랑스 보르도에서 머물며 파란 많은 82세를 최후로 생을 마쳤다.

그는 죽었다. 그러나 살았다. 그는 없다. 그러나 그의 걸작 은 무수히 있다. 나는 이 묘를 보고 그 위에 걸작을 볼 때 이상 이 커졌다. 부러웠고 나도 가능성이 있을 듯했다. 처음이요, 또 최후로 보는 내 발길은 좀처럼 돌아서지를 않았다. 내가 이같이 감응해보기는 전후에 없었다.

## 극장 구경

밤에는 극장을 찾아갔다. 길도 거의 알다시피 하여 차츰차츰 찾아간 것이 옳게 들어섰다. 극장 근처에는 너절한 사람이 많았고 궤짝 위에 물건을 놓고 파는 행상인도 무수했다. 마치 조선의 전라도나 경상도 같았다. 극장 문이 열리니 서로 앞다투어 악을 쓰고 떠밀고 야단이다. 다른 유럽에서 보지 못한 아이들을 데리고 와서 울고 짜고 한다.

극은 구극이었다. 중국 의복과 흡사하고 소리를 빼서 노래하는 것은 일본의 나니와부시 샤미센 반주에 곡조를 붙여 부르는 일본 전통 음악 같은 감상이 났다. 스페인 춤으로 유명한 캐스터네츠를 두 손에 들고 딱딱 소리를 내며 추는 춤도 있었고 깍지를 껴서 추는 춤도 있었다. 역시 유럽 각국에서 보지 못하던 색다름이 있었다.

## 프라도미술관 인상기

파리 샹젤리제를 모작했다는 카스테야나 거리를 동쪽으로 걸으면 시벨레스 광장 가까이에 아토차역 지붕이 보인다. 국왕이 대관식과 결혼식을 행하는 산혜로니모성당 첨탑이 보이는 곳에 레티로공원의 푸른 나뭇잎을 뒤로한 붉은 벽돌과 백색

수성암으로 된 높은 건물이 있다.

유럽에 3대 미술관이 있으니 즉 파리 루브르, 런던 내셔널 갤러리, 마드리드 프라도미술관이다. 입구 정면에 있는 고야 동상과 측면에 있는 벨라스케스 동상이 곧 보인다.

역사에 의하면 중세기 말까지 이곳은 버려진 땅이었다. 그 후 큰 길이 나서 왕족과 귀족의 산보 장소가 되었고 귀족 딸과 공작이 아름다운 사랑을 속살거리는 장소가 되었다. 카를로스 3세는 박물관을 치우기 위해 현재 미술관을 건설했다. 벨라스케스, 무리요, 엘 그레코, 고야 등 천재를 차례로 배출해 현재 세계에 드문 이름난 미술관이 되었다. 양으로나 질로나 실로 세계적 미술관이다. 마드리드는 다른 도시와 같이 내놓을 만한 성당도 없고 역사적 전설도 없건만 이 도시를 찾아 세계인이 모여드는 이유는 오직 프라도미술관이 있는 까닭이다.

나는 프라도미술관 안에 발을 들여놓을 때 과도한 기대로 심장이 뛰었다. 가벼운 충동이 내 몸에 퍼졌다. 현재 스페인이 갖고 있는 가장 위대한 작품은 다 이 건물 안에 있는 것이 아닌가. 만약 천재 벨라스케스, 고야, 그레코, 리베라 그 외 허다한 명장 걸작을 잃는다면 스페인은 무엇을 가지고 자랑하려는고.

정면으로 들어가면 긴 방이 보인다. 왼쪽에는 이탈리아파 실이 자리해 라파엘로 그림과 다빈치의 「라 조곤다」가 있다. 고대화 진열실은 지하실이고 정면 방에는 스페인이 낳은 많은 천재의 작품이 있다. 벨라스케스의 「궁정생활」과 「기록」, 수르

바란의 「음울한 사제」, 엘 그레코의 신비스러운 그림, 고야의 「피 흘리는 전쟁화」는 모두 고대 생활 기록이나 현재 우리와 같은 심정을 가졌고 고통받았고 감격하며 생을 살아왔다.

고야의 「취한 여자의 나체」, 「1808년 5월 23일 사건」, 「십자가 위의 그리스도」가 있다. 어떤 일본인이 고야의 그림을 카피하려고 3년 동안 다녔으나 카피를 못 했단다. 실로 고야의 거대한 솜씨는 재래 회화에 대한 도전이요, 신시대의 새벽 종소리였다. 미술관 중앙에서 나와 조용히 사방을 보니 일종의 장엄하고 정숙한 느낌이 들면서 마음은 현세에서 멀리 떠나 전혀 다른 별세계로 끌려간다.

그레코는 우리가 사는 세계의 인물과 사물을 그리지 않았다. 사람의 영혼을 그렸다. 그러므로 그레코의 그림은 육안으로는 알 수 없고 마음으로 감상해야 한다. 그는 흑색을 많이 썼다. 그레코는 고야보다 200년 전에 태어나서 미켈란젤로와 라파엘로 전설을 제일 먼저 깨트렸다.

# 파리에서 뉴욕으로

## 그레코 살던 집을 찾아

톨레도는 마드리드에서 기차로 한 시간 간다. 톨레도는 스페인의 고대 도시일 뿐 아니라 그리스인으로 여기에 주택을 두고 일생을 회화계에 종사한 엘 그레코가 살던 곳이다. 세계 각국 사람이 스페인 미술을 찾아올 때는 반드시 톨레도에 들러 그레코의 독특한 표현법을 보고 혹은 배워 가는데, 그 수가 매년 증가한다. 여기는 고대 건물 사원이 적지 않고 아라비아인이 600년 동안 살던 집이 많고 그림 아카데미와 그레코가 살던 집이 있어 마치 진열관 같다. 그레코 작품이 무수히 진열된 가운데 어느 사원산토메교회에서 그레코의 걸작 하나「오르가스 백작의 매장」를 구경했다.

길가에 쓰러져 가는 집이 있으니 『돈키호테』를 쓰던 집이라 한다. 아, 어딘지 모르게 스페인은 신비한 냄새가 흐른다. 유럽 다른 나라에서 보지 못하던 남청색 하늘 뜨거운 볕 아래 흙을 밟으며 돌아올 때 멀리 보이는 고성은 그리스 건물 같고 푸르게 흐르는 물 좌우에는 무슨 양식인지 이상스러운 흙벽 문이 있어 절경을 이뤘다. 오후 7시 기차로 도로 마드리드로 돌아왔다. 얼마나 유쾌한 하루였던고! 다음 날 아침 오전 9시, 마드리드를 떠나 프랑스로 향했다.


### 다시 파리 도착

기차 안에는 스페인 사람이 많았다. 어찌나 말이 많은지 몰랐다. 스페인 사람은 보통 말이 많단다.

우리는 이제부터 본국으로 돌아갈 준비를 해야 했다. 배표를 사고 날짜를 조사했다. 세월도 빠르다. 어느덧 1년 반이 지나갔다. 구경도 많이 하고 돈도 많이 썼다. 대체 얻은 것이 무엇인가. 아직 비빔밥 같아서 두서를 차릴 수 없다. 있는 동안 이용할 수 있는 대로 이용한 것은 자신에게 부끄럼이 없다.

누구든지 파리에 와 있다가 좋은 곳인 줄 아는 날에는 떠나기 싫어한다. 그리하여 먹을 돈은 없고 가기는 싫고 하면 갖은 참극과 비극이 다 생긴다. 그런 사람들은 무책임하고 기분으로 살아가며 남을 속이고 빼앗기를 예사로이 한다. 파리 자체는 아름다운 곳이나 외국인들이 버려놓는다. 과연 파리 인심은 자유, 평등, 박애가 충분하여 누구든지 유쾌히 살 수 있으며 이곳을 떠날 때는 마치 애인 앞을 떠나는 것 같다.

나는 파리를 다 알지 못한다. 그러나 떠나기가 싫었다. 좀더 있어서 그림 연구를 하려다가 여러 사정으로 인해 미국을 들러 돌아가기로 작정했다. 9월 17일 오전 9시 50분, 생라자르 역에서 몇몇 지인의 전송을 받으며 미국을 향해 떠났다. 얼마나 많이 파리 소식이 귀에 젖고 얼마나 많이 파리를 동경하든 과거가 되고 말았다.


## 대서양을 건너 미국 뉴욕까지(7일간)

오후 3시 반, 르아브르에 도착해 오후 5시 40분 작은 배를 타고 7시 반경에 세계 제2위인(제1위는 이리에프랑세) 마제스틱 Majestic 영미 배를 타고 미국 뉴욕으로 향했다.


### 마제스틱 안에서 지낸 생활

마제스틱은 총무게가 5만 6,621톤 되고 총정원이 일등실만 A, B, C, D, E, F 등급이 있으며 일등실 인원 870명, 이등실 인원 730명, 삼등실 인원 1,316명 합계 2,916명원문은 2,636명이다. 설비는 침대, 옷장, 테이블, 긴 의자, 작은 의자, 세면기, 남녀 승무원을 부르는 버튼이 있다. 곳곳에 살롱 즉 응접실, 흡연실, 객실, 오락실, 레스토랑, 유희실, 수영장, 아동유희실, 도서실 심지어 예배당까지 있어 큰 호텔 같은 느낌이 든다.

배 안에는 승객들이 소일하는 놀이 기구가 많다. 이틀에 한 번씩 경마가 열린다(이쁜 여자들이 가지각색 모자를 쓰고 나와서 한 여자가 번호를 부르는 대로 만든 말을 옮겨놓아 먼저 떨어지는 사람이 승리한다). 또 댄스, 활동사진, 연극, 테니스, 탁구, 고리던지기, 갑판 골프, 갑판 당구, 바둑, 장기, 카드, 마작, 화투 등을 한다. 낮에는 낮대로 놀고 밤에는 밤대로 놀 수 있다. 과연 그들은 싱싱한 신체로 유쾌히 논다. 어느 것 하나 부럽지 않은 것이 없다.

날씨가 명랑하여 위아래 하늘빛이 푸르고 검은 파도가 군데군데 흰 점으로 번적이며 웅장한 마제스틱은 기운차게 7일간 달아난다. 23일 오후 2시, 미합중국 뉴욕 항구에 도착했다. 장덕수 일제강점기부터 미군정 시기까지 활동한 교육자, 언론인, 정치인 씨와 윤홍섭 씨가 마중 나와 반가이 만났다. 밤에는 인터내셔널하우스에 가서 김마리아 선생을 만나 반가웠다.


## 뉴욕

뉴욕은 허드슨강 하구 중앙에 있는 작은 섬으로 지리와 풍치 공히 우수한·매우 좋은 항구다. 최초에는 네덜란드 식민지라서 뉴암스테르담이라고 일컫다가 후에 영국에 양보한 이래 뉴욕이라고 개칭했다. 100년 전에는 인구가 겨우 10만 명에 불과하고 시가는 맨해튼섬 남단 일부에 불과하던 것이 지금은

이 섬 전체와 건너편 기슭 브루클린, 롱아일랜드섬 등 주위 도시를 병합해 대뉴욕을 이루었다.

뉴욕은 인구가 900만 명 되는 세계 제일 대도시인 동시에 세 사람 앞에 자동차 한 대씩 있다는 자동차 많기로도 세계 제일이요, 집 높기로도 세계 제일이다. 세계 제일 되는 것이 무수하며 세계 제일 되는 것을 자랑하는 곳이다. 도로는 남북과 동서로 나뉘어 걷기가 매우 쉬우며 좌우에 수십 층 집이 있어 하늘을 직면으로밖에 볼 수 없다.

또한 북미의 상업 및 재계 중심지인 동시에 세계 상업 및 금융 중심지다. 상공업이 활발한 것, 선박 출입이 빈번한 것, 무역이 거액인 것 모두 세계 제일이다. 시내 큰 건물 중에는 30층 집이 20여 채가 있고 매일 집무자가 2만여 명으로 하나의 작은 도시를 이룬다. 시의 중추인 맨해튼과 건너편 롱아일랜드 간에 가설한 4대 철교는 길이가 합쳐 2,200미터 내외이며 군함이 다리 밑으로 자유로이 출입한다. 비행기가 우편물을 배달한다. 모든 사업에 세계 제일을 표어로 하는 미국인은 참으로 문명의 정수를 구현한 대도시를 건설했다.

구경할 곳은 많으나 그중 센트럴파크, 리버사이드파크, 그랜트 장군 묘지, 문호 워싱턴 어빙 저택, 동물원과 식물원, 극장 등이 있다.

뉴욕은 유럽 각국에서 이주해 온 민족이 많아서 자못 복잡하다. 광대한 토지, 풍부한 물자, 희박한 인구, 자유스러운 공기가 유럽인을 끌었다. 미국인의 성격은 진취적이고 모험심이 강하며 부의 획득욕이 왕성하고 독립심과 자유성이 많다. 평등을 주장하며 노동을 귀히 여기고, 쾌활하고 낙관적이며, 기계 이용을 잘하고 공동 작업을 중시하며 해학을 좋아한다.

### 인터내셔널하우스

우리 숙소 가까이 있었는데 유명한 록펠러 씨가 외국인 67개국 유학생을 위해 혼자 힘으로 건설한 기숙사다. 설비가 완전하고 분위기며 풍기가 코즈모폴리터니즘이다.

### 컬럼비아대학

조선인 유학생이 많다. 도서관, 기숙사 및 각 부의 시설이 대규모로 학생 수천 명을 수용한다.

### 울워스빌딩

58층 빌딩으로 일명 마천루라 하여 뉴욕의 독특한 장관이 지상에 있으니 솟은 높이가 240여 미터다. 엘리베이터로 정상에 올라가 보니 아랫집들은 마치 성냥개비를 올려놓은 것 같았다.

### 메트로폴리탄박물관

미켈란젤로의 조각이 많고 고대화도 많다. 현대화는 프랑스 그림이 적지 않고 미국 작품은 영국 작품보다 솜씨가 나아 보였다. 저녁에는 조선 예배당에 가서 김치시랫기국을 먹었다.

### 루스벨트 생가

루스벨트 기념일이라 하여 루스벨트 생가를 구경 갔다. 루스벨트 누이의 강연을 비롯해 각처에서 온 축전 낭독이 있었고 내빈 연설이 있었다.

### 대통령 선거 투표

마침 우리 집 가까이 투표장이 있어 투표하는 구경을 했다.

### 뉴욕타임스

뉴욕에서 제일 큰 신문사일 뿐 아니라 미국 내 제일 큰 신문사다. 이날 각지에서 도착하는 투표 수효가 신문사 외벽에 보고된다. 무려 수만 군중이 입추의 여지 없이 들어서서 후보자 이름과 투표 수효가 발표될 때마다 박수갈채를 보내며 고함을 친다. 어떤 여자는 엉엉 소리쳐 울기도 한다. 최후의 승리는 누구에게 이를는지.

### 프로스펙트파크

시외에 있는 공원으로 안에 동물원과 식물원이 있다. 지인 한 사람과 더불어 하루를 유쾌히 산책했다.

### 파라마운트 활동사진관

이 활동사진관은 수용 인원과 건물이 세계 제일이란다. 내부 장식이 형언할 수 없이 좋았고 규모가 컸다. 파라마운트사가 만든 영화는 세계 각국에 파급되는 바다.

### 자유의여신상

바로 뉴욕 항구 입구에 세운 여자 동상이니 하늘 높이 서 있다.

### 워싱턴

뉴욕 펜실베이니아역에서 워싱턴으로 향해 떠났다. 미국 기차는 좌석 등급이 없고 한 사람 앞에 하나씩 의자가 있다. 기차선로 주변은 중부 지방과 달리 수풀도 보이고 인가도 보인다. 가는 길에 큰 도시로는 필라델피아, 볼티모어, 유니언시티 등이 있다. 정차하는 시가지도 적고 기차 내 승객도 적었다. 미국 농촌은 유럽에 비하면 적막하다. 워싱턴역은 깨끗했다. 호텔에 투숙하고 한소제 씨와 김도연 씨를 만났다.

### 옛 대한제국공사관

세상은 좁고 사람은 가깝다. 여기저기서 친한 친구를 만나게 된다. 한소제 씨 부부, 우리 부부, 김도연 씨 이렇게 우리 일행은 한소제 씨 댁 자가용으로 드라이브를 했다. 가다가 멈추고 가리키는 집은 옛 대한제국 시대 주미공사관이었다. 조그마한 양옥 정문 위에는 국가를 표시하는 태극 문양이 희미하게 남아 있다. 이상하게 반갑기도 하고 슬프기도 했다.

### 스미스소니언미술관

이 미술관에는 미켈란젤로 조각 카피가 많고 그림도 많다. 고흐의 작품은 본국 프랑스에 있는 것보다 뛰어난 작품이 많았다. 돈이 많은 만치 외국 것이 많다.

### 링컨기념관

흑인 노예 해방이란 혁명을 일으킨 에이브러햄 링컨을 위해 전부 대리석으로 지은 건물이다. 입구 정면에 링컨 동상이 있고 정원에 연못이 있다. 건물 그림자가 연못에 거꾸로 비친 광경은 말할 수 없이 아름다웠다.

### 워싱턴기념탑

워싱턴기념탑은 링컨기념관과 대립하여 있다. 높이 170미터로 방첨탑 모양이다.

### 백악관

대통령 관사는 전부 흰색이라 백악관이라 한다. 이 관사와 연결된 집에는 역대 대통령 부부 초상과 그들이 쓰던 기구를 공개한다. 비교적 간소하다.


### 의회도서관

1896년 의회에서 건설해 1898년 12월 공개했다. 보통 문학책이 3만 3,000권이고 외국어책도 적지 않았다. 책이 총 141만 7,499권이고 그림도 13만 3,597점을 보유해 세계에서 제일 큰 도서관이라 하며 각 지방에 분관도 많이 있다고 한다.


### 국회의사당

이 국회의사당은 캐피톨 언덕 위에 있는 까닭에 캐피톨이라 명명했다. 중의원, 원로원, 대심원이 있으며 실내에는 워싱턴, 링컨, 프랭클린, 콜럼버스 등의 초상화가 있다. 독립전쟁 벽화 중에는 합중국 성립 당시 헌법에 조인한 각 주 대표자 초상이 있다. 의회도서관 내에는 독립선언서와 합중국 성립 시 헌법과 독립선언서에 서명한 사람들 사진이 있다.


### 세인트존스교회

이 교회에 대통령이 매주 일요일 예배 보러 온다기에 구경 갔다. 대통령이 들어올 때나 나갈 때 군중은 모두 기립한다.


### 서재필 박사

워싱턴을 떠나 도중에 필라델피아에서 내렸다. 자동차로

시외 한적한 곳에 있는 병원을 찾아갔다. 응접실에 앉아 있으려니 강건한 중노인 서 박사가 나와 반가이 악수해준다. 우리는 잠깐 동안 조선 문제에 대해 토론한 후 병원 구경을 하고 그곳을 떠났다. 뉴욕에 도착하니 밤 1시였다.

## 추수감사절

이날 즉 11월 29일은 각 학교가 쉬고 각 사무를 폐하고 칠면조를 구워 같이 먹으며 즐겁게 논다.

## 크리스마스

작년 크리스마스는 독일에서 보냈다. 금년 크리스마스는 미국에서 보내게 된다. 이날은 가가호호 소나무와 갖은 장식품을 다 해놓고 즐겁게 논다. 나는 박 부인과 함께 제일 큰 교회당에 가서 구경했다. 밤에는 조선예수교회에 구경 갔다.

## 뉴욕 출발

정월 12일 밤 9시 20분 기차로 여러 고마운 친구들의 전송을 받으며 뉴욕을 떠났다. 친구 중 한 사람의 송별시가 이러했다.

동쪽 하늘이 밝지 못함이여
새벽잠이 깊었도다
나무에 불이 붙지 못함이여

큰물에 오래 젖었도다

난초가 지초와 같이 남아

초부가 모르고 버리로다

저기 가는 한 쌍의 외로운 기러기야

쉬지 말고 바로 가라

네 뒤에 작은 배와 바람이

옷 젖을까 하노라

이름 없는 사냥꾼이 너무 많음이여

오히려 포수는 놀고먹도다

초장에 물이 마름이여

언제나 비가 내릴꼬

냇물이 한편으로 흘러감이여

농사에 큰 방해로다


## 10일간 폭포에서

　외로운 한 쌍의 영혼은 좁은 배 안에서 하룻밤을 지냈다. 바깥 경치는 백설의 세계였다. 버펄로에서 환승해 오전 11시, 나이아가라폭포에 도착했다. 카타메하우스에 투숙했다.

# 태평양 건너 고국으로

### 나이아가라폭포

나이아가라폭포는 이리호로부터 와서 온타리오호에 낙하하는 장대하기 그지없는 대폭포(수면 90미터)다. 시가지는 문인 묵객을 상대로 하는 만큼 시설이 번잡하고 교통기관이 사통팔달해 있다. 좌우 상점에는 원주민 풍속 장난감이 진열되어 그 원시적 예술품에 마음이 쏠린다. 눈바람에 견딜 수 없고 발이 떨어져 나갈 듯하다.

우리는 택시로 동경하던 나이아가라폭포를 구경하러 나섰다. 수풀이 우거진 공원을 들어서니 삼나무에 엉킨 눈이 나무 전체가 되고 그것이 하얀 숲이 되어 과연 장엄한 자연미를 보인다. 이미 듣던 바와 같이 나이아가라폭포 너비는 넓기도 하며 편안한 언덕으로 되어 있다. 나이아가라폭포가 되는 물줄기는 미국과 캐나다로 나뉜다. 즉 미국 쪽 이리호가 캐나다 쪽 온타리오호에 떨어져 흐르는 모습인데, 중앙에 고트섬이 있어 폭포를 양분해 하나는 아메리카폭포요, 다른 하나는 캐나다에 속하는 호스슈폭포다. 그것이 크게 얼음판이 되고 또 고드름이 된 위로 내리쏟는 광경이란 매우 아름답다. 더욱이 밤에는 조명을 비추어 갖은 찬란한 색채로 나타나는 광경이 시베리아 통과 시 보던 오로라 같은 일종의 딴 경색을 낸다.

사람은 자연을 위대하게 만들지마는 그 힘은 자연에서 나오고 자연 창조에게로 돌아가고 만다. 거기서 우리는 새 아름다운 것을 얻고 또 볼 수 있다. 폭포 광경은 미국 쪽보다 캐나다 쪽이 정면이라고 해서 관객들은 반드시 구경 간다. 우리는 일인당 5달러씩 내고 철교 즉 국경을 건너 영국 영지 캐나다로 가서 보았다. 과연 아름다움이 극치에 달했다.


### 나이아가라폭포 진열관

유럽 각국에는 어느 곳을 막론하고 조그마한 시가지라도 반드시 진열관이나 박물관이 있어 토지 상황을 소개한다. 여기에도 진열관이 있어 본토 인종의 원시생활 상태를 동물, 식물, 광물 등 각종으로 진열해놓았다.

## 활동사진 구경

활동사진은 모두 본토 인종의 원시생활 상태였다. 백인과 원주민 추장 딸이 혼인해 사는 것이었다. 그들은 이렇게 말한다.

"연애는 신의 불꽃이다. 모든 것을 미화하고 정화한다. 산문적인 우리에게 시를 준다. 대지에 초아를 돋게 하는 밤이슬이다. 사람 혼에 맥박을 듣게 한다. 인생에 빛을 비추고 희망을 준다. 연애를 체험한 사람이 아니면 참된 인생의 혼을 들여다보았다고 할 수 없다. 그 사람 자신이 인생을 존귀하게 살 수 없다. 아마 참된 사랑은 영혼뿐 아니요 육체뿐 만도 아니라 영혼과 육체 사이에, 신과 인간 사이에 도래하는 것이다."

이럭저럭 9일간이나 따뜻한 방 속에서 한가로이 몸과 마음을 쉬었다. 1월 21일 오전 7시 50분 기차로 이곳을 떠났다.

## 6일간 시카고

시카고는 인구 250만을 가진 미국 제2의 대도시요, 세계에서 손꼽히는 대상공업 도시다. 미시간호에 면하여 연안선이 길뿐 아니라 운하와 6대 정거장이 있어 물자가 집산한다. 공업이 성대한 것은 뉴욕 이상이라고 한다.

시가는 구획이 가지런하고 지상 및 고가 전차는 종횡으로 질주한다. 교통이 매우 편리하며 그윽하고 한가로운 공원이 다수 있다. 링컨파크, 잭슨파크 등은 세계 유수한 공원이다. 세계 제일이라 칭하는 마셜필드 백화점, 유니언 도축장, 뮤니시펄

잔교, 부르만 회사 등과 그 외 미술관, 박물관, 시카고대학이 있다. 워싱턴파크 입구에 대석상이 있으니 '시간 분수'와 '시간의 신' 조각이다. 세계 최대 온실에는 열대 초목이 울창하다.

### 블랙스톤호텔

시카고 제일가는 호텔일 뿐 아니라 세계에서 제일 큰 호텔이란다. 방이 3,000개요 26층이다. 내부에 거래소를 비롯해 각 상점, 댄스장, 이발소, 판매부가 있어 마치 시장 같다. 여행객에게 방을 배정하는 곳은 마치 정거장에서 표 파는 것처럼 수십 개가 있다.

### 아트뮤지엄

어느 곳을 가든지 반드시 미술관을 보는 것은 무슨 의무같이 되었다. 그림 중에는 이탈리아 고대화 카피가 많았다. 근대화로는 프랑스 인상파 화가 중 고갱, 고흐, 세잔, 르누아르, 시슬레, 피사로, 드가의 작품이 있고 현대화로는 마티스, 위트릴로, 루소, 뒤샹 것도 있다. 조각에는 미켈란젤로 작품이 세 점 있었다.

### 2일간 그랜드캐니언

시카고를 떠났다. 이상스러운 방아가 보이고 설산이 멀리 보이며 토성과 같은 붉은 흙산이 웅대하게 벌판을 쑥쑥 막아

원주민의 토굴 생활을 연상시킨다. 넓은 들에는 머리만 흰 소가 목을 늘이며, 석탄 같은 조약돌이 이상하게 눈에 띄고, 원시적 원주민의 작은 집이 군데군데 있다. 중간 정차가 10분 혹은 20분씩 매우 길어서 그동안 원주민의 수공예품을 구경하거나 살 수 있다.

괴이한 경치로 유명한 그랜드캐니언에 내렸다. 엘토바호텔에 투숙했다. 스위스 경색이 이쁘고 작다 하면, 미국 자연 경색은 크고 잘 생겼다. 캐니언은 협곡이라는 의미다. 층암과 깊이 1마일 너비 1마일 암석 단층이 마치 이집트원문은 인도에 있는 피라미드 같고 천 길 밑바닥에서 무수하게 치솟았다. 그것이 석양에 비칠 때는 자연에 색을 투영한 듯해 일견 매우 웅대하다. 골짜기 바닥에 광선이 반사되어 비치는 그림자며 콜로라도강이 흘러 은빛 매듭을 이루는 미관 또한 형언하기 어렵다. 암석 자체가 아름답다. 광선에 따라 색이 청색, 회색, 황색, 적색으로 변한다. 그리하여 태양의 위엄과 자연을 확실하게 형체상으로 볼 수 있다. 원주민들은 이곳을 천국으로 통하는 길이라고 한단다.

여기서 1박을 하고 다음 날 오후에 일인당 12달러씩 하는 비싼 표를 사서 자동차로 산악 중앙점과 종점까지 장거리를 왕래했다. 전망대 있는 곳마다 내려서 보는 산악의 기암괴석은 장관이었다. 돌아와 행장을 차려서 오후 8시에 떠났다.

## 2일간 로스앤젤레스

여기서 탄 열차 내에는 여행객의 안위와 오락을 중시해 침대차, 식당차, 전망차 등 설비가 완전했다. 전망차에는 골패실, 서적 열람실, 접객실, 전망실이 있으며 모두 아름답고 뛰어난 장식을 해놓았다.

로스앤젤레스는 항상 따뜻하고 아름다운 도시로 오렌지<sup>원문은 밀감</sup> 밭, 채소 시장, 꽃 시장 등이 유명하다. 또 미국 동부인들의 피서지다. 일본 오사카와 같이 사방에 유람지가 많아서 어디든지 전차로 갈 수 있고 수많은 해수욕장이 있다. 철교는 선로에 기름을 바르고 연료는 석유를 쓰는 까닭에 먼지와 매연이 없어 편리하다. 도로 좌우에 키 크고 잎사귀 큰 종려나무 가로수가 그늘져서 시가지는 종려나무 속에 파묻혀 있다.


## 할리우드

세계적으로 유명한 활동사진 필름 제조소다. 우리가 구경할 때는 마침 배우들이 나와서 촬영하는 상태였다. 배경으로 사용하는 설비가 굉장했다.


## 9일간 요세미티

겨울과 여름에 관광객, 피서객, 피한객을 위해 특별열차를 공원 입구 엘포털까지 오게 한다. 승합자동차로 머세드강을 끼고 간다. 아와니호텔에 투숙했다. 이 공원은 수려한 산악,

폭포, 계곡 및 기암으로 되어 있고 엘캐피탄, 브라이덜베일, 리본, 스윙브리지 등이 유명하다.

마리포사는 요세미티에서 매일 자동차가 왕래하는데 직경 15피트에서 30피트까지, 높이 400피트 되는 커다란 나무로 이루어진 대삼림으로 세계 유수한 곳이다.

요세미티는 35년 전에 공개한 공원으로 미국 내 수많은 공원 가운데 제1위를 점한다. 특징은 사계가 다 좋아 봄에는 비가 적고 눈이 녹아 폭포 물이 굵어지고, 여름은 평지의 더위를 피해 도시인들이 작은 집 생활을 하고, 가을에는 단풍이 아름답고, 겨울은 춥지도 아니하면서 눈이 많이 내려 스케이트와 스키 놀이에 좋다.

아와니호텔은 인도식 건물로 내부는 전부 멕시코 디자인을 하고 바닥에 직물을 깔고 벽에는 인도 사라사를 걸어놓았는데, 물품 하나하나 예술품 아닌 것이 없다. 눈은 푹푹 쏟아져 먼 산은 흐려지고 가까운 수목은 그 형상이 완연해진다. 고귀한 사슴 떼가 입을 눈 위에 박고 거니는 모습 또한 보기 좋았다. 스키 단체인 여자들은 모두 바지를 입고 활발히 논다. 토요일 밤마다 댄스회가 열려 구경할 만했다.

광장에는 760미터나 되는 요세미티폭포가 하늘에 흰 천을 친 것 같이 내리쏟아진다. 여기에는 댄스장, 음악당, 수영장, 우편국, 도서실, 학교, 병원 연구실, 판매부 등과 목조로 된 작은 집이 수백 개 있으며 사무소, 식당, 휴게소를 구비한 건물이 있다. 더욱이 박물관이 있어 지역 특산품을 진열해놓아 관광객에게 취미와 실익을 준다.

## 6일간 샌프란시스코

샌프란시스코는 90만 인구를 가진 미국 태평양 연안의 대도시로 사계절 내내 날씨가 봄과 같다. 미국 태평양의 관문이요, 인접한 만의 인구를 합해 150만 명이다. 일본, 중국, 인도, 호주 등지에서 오는 무역선이 아침저녁 흩어졌다 모였다 하는 동서 문명의 접속점이다. 시가 남단에 트윈픽스가 있어 한눈에 유람할 때, 삼면이 바다에 둘러싸인 가운데 높은 건물이 나열된 구역을 내려다보면 색채 찬란한 일대 파노라마가 펼쳐지는 아름다운 경치를 감상할 수 있다.

태평양 연안에는 세계 제일인 길이 5마일이나 되는 금문공원, 수천 유람객으로 덮이는 플라이사커 대유영장, 서부 학술의 중심인 캘리포니아대학, 프레시디오 병영, 일본 다과점, 음악당, 식물원, 동물원이 있다. 차이나타운은 그렌트가와 퍼시픽가 사이에 자리해 동양 미술품을 많이 수집하며 매우 발전하고 있다.

## 금문공원

샌프란시스코만 입구를 가리켜 금문이라고 한다. 여기에 금문공원이 있다. 잔디, 연못, 화단이 교묘히 꾸며져 있고 미술관, 온실, 유희장, 동물원, 일본식 정원도 있다. 여기서 좀 가면

태평양 연안 일대 절벽과 해표암이 있어 해표가 무수히 나와 앉은 모습 역시 구경할 만하다.

### 다이요마루호를 타고 태평양으로

2월 14일, 다이요마루호를 타고 요코하마를 향해 태평양 위에 떴다. 다이요마루호는 제1차 세계대전 때 독일에서 뺏어온 일본에서 제일 큰 배로 항로를 따라 흑조를 순한 속력으로 나아간다. 물인지 하늘인지, 하늘인지 물인지 분별없이 태평양 한복판을 지나간다. 며칠 가다가 구명조끼를 허리에 매고 풍랑 시 피난하는 연습을 한다. 승객에 대한 선원들의 대우는 신분이나 국적에 관계없이 모두 똑같았다. 선장 이하 선원들의 친절한 대우에는 유감이 없었다.

### 선내 생활

다이요마루호 일등실 설비와 그 생활이다. 실내는 좌우 대립으로 침대가 두 개 놓여 있다. 여자 승무원, 남자 승무원이 있어 여자는 걸, 남자는 보이다. 목욕은 매일 아침 한다. 아침에 일어나서 커피를 마시고 아침밥을 먹는다. 갑판에서 놀고 있으면 차를 들고 온다.

4시에 다과가 있고, 7시 반 나팔이 울리면 저녁밥을 먹는다. 일등 식당, 부인 담화실, 끽연실, 산보 갑판, 도서실, 유희실, 수영실, 아동실, 응접실, 이발소, 세탁실, 아동유희실이 있다.

운동 종목은 탁구, 고리 던지기, 갑판 골프, 갑판 당구, 바둑, 장기, 카드, 마작 등으로 저녁 식사 후 살롱에서 으레 놀음이 시작되고 낮에도 갑판 위에서 얼마라도 자유자재로 장난한다. 그리하여 2만 2,000톤 되는 배는 2,000명의 승객을 싣고 쉴 새 없이 달아나며 그 위에서는 평지에서 하는 모든 동작을 하고 지낸다. 때로는 장대하고 완만하게 상하로 또는 종횡으로 동작하는 소리가 나고, 때로는 소나기가 내리며 시시각각으로 아름답게 변화하는 구름 그림자가 보인다.

갑판 위 눕는 의자에 누워 소설도 보고 혹 옆에 앉은 승객과의 담화도 상쾌하다. 하늘과 물이 한 빛깔로 맞닿은 아득한 파도 속을 화살과 같이 뚫고 간다. 지나가는 날치 떼, 끊임없이 배를 쫓아 종주하는 앨버트로스 혹은 돌고래 무리, 물 위를 떠다니는 고래 등이 장관이었다. 한두 번 항해 중 타 기선과 조우할 때 양쪽 배 사람 모두 갑판 위에서 환호하는 소리, 서로 기적을 불어 안부를 신호하는 풍경, 실로 인정미의 표현이다. 특히 달밤에 신사 숙녀, 가족 동반 혹은 연인 동지 삼삼오오 갑판을 거니는 광경 또한 시가 되고 만다. 활동사진, 음악회, 연극이 네 차례 열렸으며 마지막 날에 선원 전부가 출연하는 연극이 있었다.

곡목

마술 동양배변경東洋背辯慶

검극 국정충치삼수國定忠治三數

골계 댄스

춘극 춘구 2막春駒二幕

골계 만세萬歲

곡예 동양배변경東洋背辯慶


## 선내 신문

무선 전신을 통한 각 나라 소식은 선내 신문이 되어 매일 저녁 식탁에 한 사람당 한 부씩 보고된다. 이와 같이 해상에 떠서 세계 각국의 아침저녁 변화를 알 수 있다.


## 운동 경기

장시일 한배 안에서 같이 기거하는 동안 내외 승객은 오랜 친구와 같이 친밀해진다. 여흥 일정을 정하고 승객 중에서 임원을 뽑고 또 그 장기대로 경기자를 택한다. 다들 웃음과 흥으로 행복한 하루를 보낸다.


## 일본 요리 스키야키

2월 25일 밤, 저녁 식사는 스키야키 요리라는 비보가 날아왔다. 다다미를 갑판 위에 깔고 나이프와 포크를 내버리고 일본 옷으로, 게다로, 젓가락으로 스키야키와 정종을 먹었다. 그 진미 말할 수 없었다. 태평양 물결은 뱃머리를 치고 또 친다.

## 하와이 호놀룰루

하와이 군도는 마치 연극 중에 나타나는 중막과 같다. 샌프란시스코에서 승선한 지 일주일 만에 육지 즉 사시사철 꽃이 피고 새가 우는 하와이에 기항하는 호감은 일생을 두고 잊기 어려울 것 같다. 하와이는 미국 영지지만, 동양인이 많고 더욱 우리 동포가 많이 거주하는 곳이다. 하와이 군도는 하와이를 비롯해 아홉 개 섬과 소수의 작은 무인도로 되어 있다. 통칭 하와이는 전설에 나타나는 하와이 최초 발견자 하와이로아의 이름으로 지은 것이다.

하와이는 한없이 넓은 태평양상 십자로에 위치해 한쪽은 아시아 대륙, 다른 한쪽은 아메리카 대륙을 보고 남쪽은 호주에 면한다. 멀리 파나마운하를 통해 태평양을 종단하고 횡단하는 선박에 급수와 급탄을 하는 항으로 유명하다. 그 외 해저 전신국, 무선 전신국의 소재지로 중요한 곳이다. 하와이는 군사상으로도 미국의 전초로 중요지요, 해상과 육지 쌍방의 요충지를 고수한다. 진주만 군항, 샤프터 병영, 스코필드 병영 등이 있다. 더욱이 동서 문화의 접촉점이어서 범태평양제회의 발상지요, 동서 국제적 인종 문제 출발지인 동시에 사계절 기후 온화하여 유람지, 휴양지로 이상적이다.

## 카메하메하 1세 동상

킹 거리 하와이주 재판소 뜰 앞에 있는 카메하메하 1세 동상은 캡틴 쿡의 하와이 발견 100주년 기념 때 칼라카우아 왕이 건립한 것인데 이탈리아 피렌체에서 주조했다. 카메하메하 왕은 하와이 군도를 통일해 카메하메하 왕조를 수립한 추장이다. 그때부터 오늘날까지 금색 현란한 영웅의 상을 나타낸다.

### 누아누팔리

호놀룰루시에서 동북 7마일 떨어진 곳에 있는 누아누팔리는 카메하메하 1세가 하와이 통일 최종 전투를 하던 옛 전쟁터다. 이곳은 천인절벽의 명승지요, 여기서 부는 바람은 세계 제3위 풍속이라고 한다.

### 펀치볼

호놀룰루시 중앙 산중에 돌출한 해발 500피트 사화산으로 정상에는 분화구 흔적이 남아 있다. 옛날에 섬 추장이 원정 시 많은 전리품과 여자를 생포하여 개선 축하연을 열 때, 돌연히 산이 울리고 분화했다. 그 생령이 춤을 추어 참혹한 추장을 경계했다는 전설이 있다. 이 언덕 위에 올라서면 호놀룰루시는 물론이고 에와 경지, 진주만 군항, 와이파후, 아이에와 들판 등 전망이 우수하다.

### 다이아몬드헤드 순회

다이아몬드헤드는 옛 분화구 흔적으로 지금은 미국 육군

오아후 요새지의 하나라고 한다. 여기서 곧 와이키키 해안을 갈 수 있다.

### 와이키키수족관

하와이 근해에 있는 모든 진귀한 물고기가 있으니 오채 칠색의 어류를 수집한 곳으로 세계에서 유명하다.

### 비숍박물관

호족 찰스 비숍은 죽은 아내(왕녀)를 기념하기 위해 여러 가지 공공사업에 투자했다. 그중 이 박물관은 가장 가치 있는 곳으로 내벽에 사용한 진귀한 용암을 비롯해 폴리네시아족의 기물, 생물, 태고 생활 상태 모형 조각 등을 망라해놓아 남양 민족 견학으로 가장 편리하다.

### 하와이 출항

출항 시간이 되니 배에서 내렸다 모여드는 승객과 전송객으로 대단히 복잡해진다. 꽃다발과 배에 걸치는 색지와 목에 걸치는 목걸이(식물 열매를 꿴 것)를 파는 사람, 사는 사람, 사서 가는 사람, 목에 걸쳐주는 사람, 야단법석이다. 나팔을 불고 전송객이 내리면 육지에서는 손짓 놀이 혹은 어떤 하와이 여인은 무리를 지어 서서 하와이 춤을 추고 노래를 하여 일대 장관을 이루고 만다. 배가 떠난다. 나체의 원주민들은 승객들이

던지는 돈을 물구나무서서 집어 가지고 나오고, 어떤 자는 배 위로 올라와 돈을 거두어 가지고 물속으로 떨어진다. 이 또한 구경거리였다. 아, 배는 다시 해양에 떴다.

### 라스트 나이트

선내 생활의 마지막 밤이 되었다. 식탁에는 선물과 각색 모자가 각각 놓여 있다. 모두 모자를 쓰고 앉았다. 선장의 인사가 있은 후 미국대사관 참사관 부인의 주례 하에 만세 삼창이 있었다. 식탁은 각각 관등대로 지정석에 앉으니 주인 사무장을 비롯해 조선척식회사 과장 노다 씨 부부도 있었다.

### 요코하마 도착

배수 톤수 2만 2,000톤 되는 다이요마루호는 샌프란시스코에서 요코하마까지 거리 5,510마일을 17일 걸려 오후 2시에 무사히 도착했다. 부두는 마중 나온 사람들로 인산인해를 이루었다. 손을 들고 소리를 질러 갑판 위와 육지 사이에서 인사를 한다. 우리를 맞으러 온 사람은 양재하 씨와 김택진 씨였다. 매우 반가웠다. 배에서 내려 도쿄로 가서 신주쿠호텔에 투숙했다. 도쿄 집은 모두 가건물 같고 도로는 더럽고 사람들은 허리가 새우등같이 꼬부라지고 기운이 없어 보였다.

## 일주일간 도쿄

이왕 전하를 비롯해 지인과 친구를 찾았다. 오찬을 해주는 자, 만찬을 해주는 자, 환영이 자못 컸다. 10일 오후 9시 30분 기차로 도쿄역을 떠났다. 아, 내 가슴은 쉴 새 없이 두근거린다. 도카이도선을 질주했다. 유럽과 미국의 경색에 비하면 산이 높고 수려한 맛이 있으나 감동이 적고 청아하며 아름답다.

## 부산 도착, 동래 귀래

3월 12일 오전 8시, 부산에 도착했다. 친척들과 노모와 세 아이가 나왔다. 나는 꿈인지 생시인지 눈물도 아니 나오고 감상이 이상스럽다. 자동차로 동래에 돌아왔다. 1년 8개월 전에 보던 버섯과 같은 집, 먼지 나는 길, 원시 그대로 있다. 다만 사람이 늙고 컸을 뿐이다. 무엇보다 노모의 기운이 좋고 삼 남매가 건강한 것은 다행한 일이다.

아, 동경하던 유럽과 미국 일주도 지나간 과거가 되고 그리워하던 고향에도 돌아왔다. 이제부터 우리의 앞길은 어떻게 전개되려는고.

# 여행이 끝난 후*

기자(이하 기): 아이고, 오래간만이올시다.

나혜석(이하 나): 참 그렇습니다. 한 사오 년 된 것 같습니다.

기: 그동안 프랑스에 가서 그림 공부를 하신다더니 언제 오셨습니까?

나: 오기는 올해 2월에 왔습니다만 별로 공부한 것은 없고 그저 구경만 하고 온 셈입니다(그때 그의 옆에 누운 어린아이는 삐드득삐드득하고 울었다).

기: 바쁜 가운데 참 잊었습니다. 언제 아기는 또 낳으셨습니까?

*잡지 『별건곤』에 실린 「구미를 만유하고 온 여류화가 나혜석 씨와의 문답기」로, 1929년 7월 3일 오전 11시 30분 부산 동래읍 복천동 시댁에서 진행됐다.

나: (빙긋 웃으면서) 이제 한 2주일 되었습니다. 이것이 파리에서 배어 가지고 온 기념품이올시다.

기: 기념품 중에 큰 기념품입니다. 당신 같은 예술가가, 더구나 예술의 도시인 파리에서 배어 낳으셨으니 큰 창작의 예술적 기념품이올시다. 이름도 어찌 그런 기념으로 지어보시지요.

나: 그렇지 않아도 그런 의미로 지었습니다. 프랑스가 혁명 이후에 모든 것이 건설되었기 때문에 그것을 의미해 김건金建이라고 지었습니다.

기: 산후에 무슨 별 증상은 없으시고 아기가 젖도 잘 먹습니까?

나: 별증은 없습니다만 보시는 바와 같이 아이가 태열인가 무엇으로 얼굴이 모두 헐어 약을 바르고 밤이면 잘 자지를 않고 부대끼기 때문에 나도 잠을 잘 자지 못해 정신이 횡하고, 젖도 아이 낳을 때마다 귀해 항상 우유를 먹입니다 (그는 이때 젖을 먹이다가 다시 가스 불을 켜서 우유를 데웠다). 이 아이는 다른 아이보다 밸 때나 배고서나 모두 좋은 것만 보고 마음이 유쾌만 했으니까 아이가 건강할 텐데 이렇게 보챕니다.

기: 아기는 모두 몇 남매나 됩니까?

나: 아들이 이 아이까지 삼 형제요, 딸이 하나(장녀)올시다.

기: 아이고, 아기 농사는 잘 지었습니다. 그 농사하시기에 분주하여 요 근래에는 신문이나 잡지에 아무 글도 쓰시지 않고

출입도 잘 하시지 않습니다그려.

나: (흐트러진 머리를 저으면서 또 미소를 짓고) 별말씀을 다 하십니다. 아이 농사짓느라고 출입도 안 하고 글도 안 쓰겠습니까? 본래 글도 잘 쓰지 않고 근래 가정 관계로 출입도 못 하였지요.

기: 단발은 언제 하셨습니까?

나: 유럽으로 떠날 때 하얼빈에서 했습니다. 본래 나는 단발을 찬성했던 차에 더구나 객지에 가다 보니 편리할 듯도 하고, 양장하고 가니 모자 쓰는 데 불가불 깎아야 되겠기에 깎은 것이지요.

기: 단발을 하시니까 퍽 편리하시지요?

나: 편리하고 말고요. 첫째 머리가 아주 시원합니다.

기: 그런데 왜 또 장발을 하십니까?

나: 유럽에 있을 때는 본국에 와서도 의복이나 음식까지 다 양식으로 하려고 했는데, 와서 보니까 역시 어렵습니다. 더구나 지방에 있어 운(환경)이 따르지 않으니까 머리도 자연 기르지 않을 수 없게 됩니다.

기: 서울에 가서 사시면 또 깎으시겠습니까?

나: 서울도 별수 없을 것 같습니다. 만일 외국에 또 가게 된다면 꼭 깎겠습니다.

기: 몸도 충실치 못하신데 너무 지루하게 말을 해 미안합니다만 이왕 말씀을 하니 더 묻겠습니다. 유럽에는 언제 가셔

서 어디어디를 보고 오셨습니까?

나: 네, 관계치 않습니다. 서울에서 여기까지 오시기도 했는데 앉아 말하는 게 무엇이 수고스럽겠습니까. 떠나기는 1927년 즉 재작년 6월 19일에 떠나서 시베리아 열차를 타고 러시아 수도 모스크바를 지나서 파리로 직행했습니다. 그곳에서 약 7개월 체류하다가 스위스 제네바에 가서 10여 일 구경을 하고 다시 파리로 돌아와 벨기에와 네덜란드를 본 다음 도로 파리로 와 프랑스어를 좀 공부해 가지고 다시 독일에서 약 1개월 구경을 했습니다. 그다음 해에 이탈리아와 스페인을 구경하고 다시 미국으로 건너가 뉴욕, 워싱턴 기타 몇몇 도시와 농촌, 산촌까지 구경한 후에 올해 2월 2일에 요코하마에 도착하여 10일에 집으로 왔습니다. 총 말하면 그간에 제일 많이 있기는 파리이고 그다음은 미국이요, 그 외 다른 나라는 마치 주마간산같이 다녀서 그저 얼떨떨할 따름이올시다.

기: 그러시면 파리에서는 무엇을 하셨습니까? 그림 공부 하신다는 말씀을 들었는데 많이 공부하셨습니까?

나: 거기에서도 역시 그저 구경만 한 셈이지요. 무슨 특별히 공부야 했겠습니까. 여기 있는 대로 그곳 유명한 화가인 비시에르라 하는 이의 개인 연구소에 가서 하루 몇 시간씩 연구를 했습니다.

기: 그동안 그리신 작품은 얼마나 됩니까?

나: 작품이래야 무슨 큰 것은 없고 여행 중 스케치로 그린 것이 약 70, 80점 됩니다(벽장 속에 있는 작품을 내어 보였다).

기: 아이고, 퍽 많습니다. 그만하면 기념으로 개인 전람회도 한 번 할 만합니다. 어디 한번 주최해보시지요.

나: 생각은 있습니다만 지금은 가정일로 몸이 이렇게 어린아이에게 얽매인 관계로 아무 엄두도 아니 납니다. 좀 봐서 동래나 그렇지 않으면 부산이나 경성에서 열어볼까 합니다. 많이 후원해주십시오.

기: 암, 후원을 해드리고 말고요. 될 수 있다면 회사(별건곤사)에 가서 여러 사람과 의논해 우리 회사에서라도 후원을 해드릴까 합니다. 그 외에 참고로 서양 사람의 그림 얻으신 것이 없습니까?

나: 퍽 많습니다. 나는 거기에 취미를 둔 까닭에 간 곳마다 소위 이름난 그림이라고 몇 장씩 다 얻어 왔습니다. 이것이 이번 여행 중 큰 소득이라 하겠습니다(벽장에 있는 그림 두루마리를 꺼내려니 문이 잘 열리지 않아서 내가 잠시 곁에서 도와주었는데, 있는 것이 총 수백 점 되고 아직 도착하지 않은 것이 또 그 가량이 된다고 한다).

기: 나는 그림에 문외한이올시다만 참 명작이 많습니다. 이것까지 전람회 때 출품하시면 일반에 큰 참고가 되겠습니다.

나: 그렇습니다. 우리 조선에서는 돈을 가지고 사려고 해도 사지 못할 것이 많습니다.

기: 그 외에 또 기념품으로 가지고 오신 것은 없습니까?

나: 이 그림 외에 또 열심히 모아 온 것은 각국 우표와 지폐, 축음기판입니다.

기: 네, 그것도 참 좋은 것이올시다. 그중에도 레코드 같은 것을 국가별로 고루고루 모으셨다면 한번 들을 만하겠습니다.

나: 인제 서울에 가서 살게 된다면 아시는 여러분을 청해 레코드회를 한번 열겠습니다.

기: 이번 여행 중에 제일 좋게 보신 것은 무엇입니까?

나: 무엇이든지 우리보다는 다 좋으니까 어느 것이 특별히 좋다고 말하기가 어렵습니다만 나는 그림에 취미를 두어 그러한지 이탈리아 로마라든지 기타 역사 있는 옛 도시에 가서 고대화를 볼 때 퍽 마음이 좋았습니다. 명작도 명작이려니와 고대 것이 그대로 잘 보존되어 있는 데는 더욱 감동했습니다. 그리고 영국과 미국에 가서는 깊은 산속까지 도로가 잘 시설된 모습을 보고 감동해 우리 조선의 금강산 같은 데도 그같이 하였으면 좋겠다고 생각했습니다.

기: 여행 중 크게 깨달은 것은 무엇입니까?

나: 공부상으로 봐서는 다른 것보다 그림은 참으로 어렵다는 것과 또 좋다는 것을 깨달았습니다. 언제인들 그림이 좋지 않고 또 그렇게 쉽게 생각하지 않았지만, 그곳에서 여러 사람의 작품을 보니 참으로 소위 '관어해자난위수觀於海者 難爲水 바다를 보고 나면 웬만한 물은 성이 차지 않는다는 뜻'로 우리

가 입때까지 보고 배운 것이란 마치 어린아이들 습작 같았습니다. 또 그네들이 공부하는 모습을 보면 아무리 명작가라도 낮과 밤으로 붓을 놓지 않고 하루에도 수백 수천 장씩을 그립디다. 참 감동했습니다. 그런 데서 그림이란 참으로 어렵고도 좋은 줄을 짐작하게 됩니다.

기: 그림을 공부하는 데 동양 사람과 서양 사람을 비교하면 어떠한 것 같습니까? 재주로나 열심으로나.

나: 재주야 동양 사람이 그네보다 질 것이 없으나 공부하는 데는 그네의 열심과 인내력을 참으로 따르지 못할 것 같습니다. 우리 동양 사람들은 공부를 하다가 조금만 잘하면 만족하고 조금 잘못하면 아주 낙심을 하고 중지하지만, 그 사람들은 그렇지 않습니다. 내가 그 연구소에서 본 일본 사람은 무엇을 그리다가 마음대로 잘되지 않으면 얼굴이 아주 변색이 되고 종이를 발기발기 찢으며 "다메다, 다메다!(안된다, 안돼!)" 하고 붓을 흔히 던지던데, 저 사람들은 결코 그렇지 않습니다. 지금 안되면 이따가 또 그리고, 오늘 안되면 내일 또 그려서 기어이 좋은 작품을 내고야 맙디다. 동양 사람 중에 중국인이 그래도 꾸준히 나아가고, 우리 조선 사람도 공부 중에는 꽤 많이 참습니다.

기: 여자들은 어떠합니까?

나: 여자요? 참 이번에 보고서 여자의 힘이 강하고 약자가 아님을 확신했습니다. 여기서는 여자란 나부터도 할 수 없는

약자로만 생각되더니 거기 가서 보니 정치, 경제, 기타 모든 방면에 여자의 세력이 퍽 많습디다. 특히 외교상에 있어 남모르게 그 내면적 활동력이 굉장했습니다. 우리 조선 여자들도 그리해야 되겠다고 생각했습니다.

기: 여러 곳을 다니는 중에 어디가 제일 좋았습니까?

나: 말하지 않아도 잘 아시는 바와 같이 아마 파리겠지요. 다만 번화해서가 아니라 모든 것이 예술적입니다. 궁전, 성벽, 시가, 공원, 심지어 농장까지도 평범하게 시설한 것이 없고 모두가 그림으로 조화롭습니다. 그곳에 있으면 도무지 떠나고 싶지 않고 지금도 자다가 그 생각을 하면 마음이 자연 유쾌하고 좋습니다. 전문 지식을 가진 사람은 누구나 반드시 한 번 가볼 만합니다. 그러나 그것도 최소한 사오 년은 있어야지 우리처럼 잠깐 다녀오면 그저 활동사진 구경한 것 같습니다.

기: 파리 사람은 남녀가 모두 유행을 좋아하고 과거와 미래는 도무지 생각지 않고 현재 즉 그날그날의 생활만 한다더니 그렇습니까?

나: 참, 그렇습니다. 파리 사람은 무엇이든지 보수적이지 않고 혁명적입니다. 의식주고 풍속이고 무엇이고 모두 진기하고 새것을 좋아합니다. 그러므로 여러 가지 창작이 많습니다.

기: 파리에서 우리 조선 사람을 더러 만났습니까?

나: 여러 분 만났습니다. 우선 선생과 한 교회에 계신 최린 선

생도 거기에서 만났습니다. 그는 배경이 좋으시고 평소부터 신망이 많으시기 때문에 도처에서 대환영을 받으셨습니다. 아마 근래 우리 조선 사람으로서 외국 유람 중 내외국인에게 큰 대우를 받으신 이는 그만한 이가 없을 것 같습니다. 나도 퍽 흠모했습니다. 가시거든 안부를 전해주십시오.

기: 당신은 앞으로 그림 공부를 계속하겠습니까?

나: 아이를 다 길러놓고 천천히라도 공부하겠습니다.

기: 올해 얼마시기에, 아이를 다 기른 후면 노파가 되시겠는데요?

나: 올해 서른네 살입니다만 서양 사람들 공부하듯 하면 아직도 멀었습니다. 마음은 아직껏 청춘시대 마음이 그대로 있습니다.

1896년 4월 28일 경기도 수원 출생. 군수를 지낸 개화 관료였던 아버지 나기정과 어머니 최시의의 2남 3녀 중 둘째 딸로, 큰오빠 홍석, 작은오빠 경석, 큰언니 계석, 여동생 지석이 있다.

1906년 4월 수원 삼일여학교에 동생 지석과 함께 입학, 이때부터 교회에 나가기 시작한다.

1910년 6월 삼일여학교 졸업, 9월 서울 진명여자고등보통학교에 입학해 기숙사에서 생활한다.

1913년 3월 최우등으로 졸업한 뒤 4월 일본 도쿄여자미술전문학교 서양화부에 입학한다.

1914년 12월 신여성운동이 활발했던 도쿄의 자유로운 분위기 속에서 조선인 유학생 잡지 『학지광』에 「이상적 부인」을 발표한다.

1915년 1월 아버지가 결혼을 강요하며 학비를 보내주지 않자 휴학, 1년간 보통학교 교사로 근무하며 학비를 마련한다. 12월 아버지가 사망한다.

1916년 4월 서양화 고등사범과 1학년으로 복학, 작은오빠 경석의 권유로 교토제국대에서 법학을 공부하던 김우영과 교제한다.

1917년 3월 『학지광』에 「잡감」, 7월 「잡감-K언니에게 여함」을 발표한 이후 12월 조선인 목사로부터 세례를 받는다.

1918년 3월『여자계』에 단편소설「경희」, H.S란 필명으로 시「광」을 발표하는 한편 4월 미술학교를 졸업하고 귀국한다. 4월 모교인 진명 여학교에서 교편을 잡았으나 건강이 좋지 않아 그만두고 그림 공부에 몰두한다.

1919년 1월「매일신보」에 만평을 연재한다(2월 7일까지 '섣달대목'이 란 주제로 4점, '초하룻날'이란 주제로 5점). 이후 3·1운동에 여학생의 조직적 참가를 논의하다가 일본 경찰에 체포돼 5개월간 옥고를 치른 다. 12월 어머니가 사망한다.

1920년 1월 조선노동공제회 기관지인『공제』창간호에 시대정신을 반 영한 목판화「조조」를 게재한다. 4월 변호사 자격을 따고 귀국한 김 우영과 결혼한다. 6월 한국 최초의 여성지인『신여자』에 연속 목판화 「김일엽 선생의 가정생활」을 싣는다.

1921년 3월 만삭의 몸으로 개인 전람회 개최, 4월 첫딸 김나열을 출

서울 정동예배당에서 열린
나혜석과 김우영의 결혼식

살림과 일을 동시에 하느라 바삐 살아가는
여인의 모습을 담은「김일엽 선생의 가정생활」

산한다. 9월 일본 외무성 만주 단둥현 부영사로 부임하는 남편과 함께 이주한다.

1922년 3월 단둥현에 여자 야학 설립을 주도하는 한편 6월 제1회 조선미술전람회에 그림을 출품해 입선한다.

1923년 1월 임신부터 양육까지의 체험을 진솔하게 고백한 에세이 「어머니가 된 감상기」를 발표한다. 3월 의열단 사건에 도움을 주었다가 곤욕을 치른다.

1924년 7월 『신여성』에 「만주의 여름」, 8월에 「나를 잊지 않은 행복」을 발표하는 등 집필 활동을 이어간다.

1927년 3월 단둥을 떠나 부산 동래 시댁에 머물며 세계 일주를 준비한다. 4월 야나기하라 기치베 부부가 동래를 방문. 6월 19일 부산진을 출발해 기차로 구미여행길에 오른다. 시베리아 횡단열차를 타고 모스크바를 거쳐 7월 19일 파리에 도착한다. 이후 스위스, 벨기에, 네덜란드를 돌

세계 일주를 앞두고

아본 뒤 나혜석은 파리에 머물며 그림 공부를 하고, 남편 김우영은 베를린에서 법학을 공부한다. 10월 한국 유학생들이 주최한 환영회에서 최린을 만나 자주 어울린다.

1928년 3월 남편과 함께 이탈리아, 영국, 스페인을 6개월여 여행한 뒤 9월 17일 미국을 향해 떠나 23일 뉴욕항에 도착한다. 이후 워싱턴,

필라델피아, 뉴욕, 시카고, 로스앤젤레스 등을 돌아다닌다.

1929년 2월 14일 샌프란시스코에서 배를 타고 귀국길에 오른다. 3월 3일 하와이를 거쳐 요코하마에 도착, 1주일쯤 도쿄에 머문 뒤 12일 부산으로 돌아온다. 9월 수원에서 이틀간 '구미사생화전람회'라는 이름으로 전시회를 개최한다.

1930년 1월 『삼천리』에 아이 병간호를 다룬 「애아병간호」를 발표하지만, 파리에서 있었던 최린과의 관계가 문제가 돼 남편과 사이가 악화한다. 3월 구미여행담을 쓴 「블란서 가정은 얼마나 다를까」, 4월 「구미시찰기」를 잇따라 발표한다. 11월 결국 김우영과 이혼한다.

1931년 가족을 떠나 정처 없이 떠도는 와중에도 그림 창작에 매진, 5월 조선미술전람회 특선, 10월 도쿄에서 열린 제국미술전람회 입선을 거머쥔다.

1932년 4월 일본에서 돌아와 잠시 미술 교사로 근무한 뒤 12월부터 9회에 걸쳐 '구미유기'란 제목으로 『삼천리』에 기행문을 연재한다 (1934년 9월까지).

1933년 2월 종로에 '여자미술학사'를 열었으나 실패, 이혼 후 수전증이 생기는 등 심신이 쇠약해진다.

'우애결혼 시험결혼'이란 제목으로
『삼천리』에 실린 나혜석의 인터뷰

1934년 8월과 9월 『삼천리』에 「이혼고백장」을 발표, 여성에게만 희생을 강요하는 제도와 인습을 비판한다. 9월 19일 최린을 상대로 정조 유린에 대한 위자료를 청구하는 소송을 내어 세간의 화제가 된다.

1935년 2월 이혼 후의 생활을 정리하며 새로운 삶을 계획하는 글 「신생활에 들면서」를 발표한다. 10월 서울에서 소품전을 개최했으나 외면당한다.

나혜석의 자화상

1938년 8월 해인사 아래 홍도여관에 머물며 쓴 「해인사의 풍광」 발표, 이 작품은 나혜석이 남긴 마지막 글이다.

1939년 수덕사 아래 수덕여관에 오랫동안 머물며 불교에 심취, 그림을 그리며 방랑 생활을 이어간다.

1944년 수덕사를 떠나 서울로 옮겨와 딸 나열을 찾아갔으나 만나지 못한다. 10월 건강 악화로 청운양로원에 들어가 생활한다.

1948년 12월 10일 서울시립자혜원 무연고자 병동에서 쓸쓸히 세상을 떠난다.

# 우아함보다 절박함

나혜석의 글을 읽을 때면 언제 어디서든 돌아버릴 것 같은 기분을 느낀다. 내가 사는 나라도 이 세상도 부정하고 싶어진다. 세상 모든 아름다운 것들이 갈증과 울분을 동시에 일으킨다. 「구미여행기」를 읽으면 나혜석에게 오직 돌아오지 말라는 말을 하고 싶다.

하야시 후미코의 글은 방랑과 여행과 삶이 한 단어가 될 수 있을까 하는, 동경에 보다 가까운 감정을 깨운다. 하야시 후미코의 소설을 읽을 때는 가난과 굶주림, 남자를 떠올렸지만 「삼등여행기」에서만큼은 그림자가 거의 보이지 않는다. 어떤 기쁨의 기록이니까.

아니다. 나혜석과 하야시 후미코의 여행기는 이렇게 단순하게 말해서는 안 된다. 1927년이든 1931년이든 유럽과 미국 여행을 한다는 것은 어떤 의미로도 단순한 것이 될 수 없었다. 괜한 감상에 빠지는 일은 이들의 삶과 죽음을 전부 알고 있는 독자의 오지랖일 뿐이다.

나혜석은 1927년 6월 19일에 부산을 출발해 시베리아 열차를 타고 러시아 수도 모스크바를 지나서 파리로 직행했다. 그곳에서 7개월 정도 체류하다가 스위스, 벨기에, 네덜란드, 독일, 이탈리아, 스페인을 구경하고 미국으로 건너가 뉴욕, 워싱턴을 비롯한 도시들을 지나 1929년 3월 12일에 집에 도착했다. 구글 지도가 없던 시대의 여행이란, 전부 인간에 기대야 하는 것이다. 나혜석의「구미여행기」는 구미에 도착하기는커녕 조선 땅을 벗어나기 전부터 각 도시에 머물 적마다 지인을 만나고 일가친척을 만나 반가워하고 이별하며 시작한다. 남편과 동행한 나혜석이지만, 두 사람이 모든 일정을 함께한 것도 아니거니와 화가인 나혜석에게는 언제나 채워야 할 호기심이 있다.

요즘 말로 '안 본 눈 삽니다'라는 것이, 나혜석의「구미여행기」를 읽는 내게도 적용된다. 이미 가본 도시들에 대해 읽는 순간에조차 내가 아는 그곳이 나혜석이 본 그곳이 아니라는 데 생각이 미친다. 100년 전의 세계란 지금과 다르고 또 다르다. 국경을 넘는 풍경부터가 그렇다. 식민지 여성인 그의 눈에 띄는 것은 불령선인(일제강점기 일제를 따르지 않는 조선인)을 단속하는, 칼을 찬 제복의 순사들이다. 나혜석의 글은 시종일관 조선에 발을 딛고 있다. '여행을 떠나기 전'이라는 글부터 그렇다. 기대감이 아니라 자신에게 불안을 주는 네 가지를 열거하며 시작한다.

"첫째, 사람은 어떻게 살아야 잘 사나? 둘째, 남녀 간 어떻게 살아야 평화스럽게 살까? 셋째, 여자의 지위는 어떠한 것인가? 넷째, 그림의 요점은 무엇인가?"

조선의 부녀자들이 잘 살 방법은 무엇인가. 구미여행길에서 나혜석의 탐구 대상은 본업인 예술만큼이나 정체성인 여성 그 자체다. 여자 생활에 여유가 없는 사회에서 오락 시설은 번성할 수 없음을, 오락 시설이 많은 도시에서 깨닫고 기록하는 식이다. 이런 나혜석만이 쓸 수 있는 아름다운 문장이 초반에 등장한다.

"나는 언제든지 좋은 구경 많이 한 사람과 다니는 것보다 도무지 구경 못 한 사람과 다니는 것을 좋아한다. 그 사람이 좋아하고 기뻐하는 모습을 보면 퍽 유쾌하다."

나혜석이 「구미여행기」를 쓴 목적 역시 여기에 있을 것이다. 조선팔도의 모든 여성을 데리고 여행할 수는 없지만, 책을 쓴다면 읽은 이들이 좋아하고 기뻐하고 떠날 꿈을 꿀지도 모른다. 불가피하게 행간에서 사명감이, (또렷하게 매사를 전달해야 한다는) 단단한 각오가 묻어난다. 현대의 여행자들에게는 여행, 사진, 영상으로 익숙한 정보가 빼곡하다. 미술관을 중심으로 하는 파리의 주요 관광지를 간단한 설명을 곁들여 개관하는 대목에 이르면, 화가 이름, 그림 제목을 하나라도 더 담으려는 나혜석의 열광이 느껴지는 듯하다.

다시 한번 강조하자면, 이 시대의 여행이란 온전히 사람에 빛질 수밖에 없는 길 위의 시간이기 때문에 나혜석은 어디에서 누구와 만났는지를 상세하게 적어 내려간다. "세상은 좁고 사람은 가깝다." 옛 대한제국 시대 주미공사관 위의 태극 문양이 희미하게 남은 모습을 보며 반가움과 슬픔을 크게 느끼는 일 역시 그곳까지 데려다준 사람 덕이다. 런던에서는 '팽크허스트 여사 참정권 운동자연맹 회원'을 만나 여자의 권리 주장에 대해 듣고 적는다.

"여자는 좋은 의복을 입고 맛있는 음식을 먹는 것을 조절하여 은행에 저금을 하라. 이는 여자의 권리를 찾는 제1조가 된다."

여행이 끝난 후 나혜석은 "그림이란 참으로 어렵고도 좋은 줄" 알게 되었다고 말하며, 정치, 경제, 기타 모든 방면에 여자의 세력이 퍽 많더라는 이야기를 전한다. 조선 여자들도 그리해야 되겠다고.

그로부터 2년여가 지나 1931년 11월 4일, 하야시 후미코가 (나혜석처럼) 육로를 이용한 유럽 여행길에 나선다. 나혜석은 일등칸을, 하야시 후미코는 삼등칸을 이용했다. 이는 두 사람의 재력을 반영하는 것이 아니다. 나혜석은 여행 경비 후원을 비롯해 여러 조건이 완벽하게 갖추어져야 여행이 가능했던 식민지 조선의 아이 셋 있는 기혼 여성이었으며, 그에 비해 하야시 후미코는 편도로 여행할 경비가 갖춰지자 훌쩍 여행을 떠날 수 있었다. (『방랑기』의 대성공으로 손에 쥔 인세가 이 여행의 경비가 되었다.) 하야시 후미코의 여정에도 전쟁의 암운은 드리워져 있지만, "이쪽저쪽 어디에서나 전쟁 이야기뿐이지만 도통 감이 오지 않는다." 곧 이어지는 "어느 곳에 있더라도 죽는 건 매한가지라고"라는 말은 어린 시절부터 가난과 굶주림에 익숙했던 그의 험난했던 삶을 엿보게도 하지만, 현실에 압도당하지 않을 수 있는 제국의 여성으로서의 면모도 읽게 한다. 보고 싶은 것으로 향하는 여정이라는 특징은 이 책의 다른 부분에도 묻어 있다.

"런던의 일부 평화주의자는 대장 나라 일본이라고 낙인찍고 있건만, 청일전쟁부터 이노우에 장관 암살까지가 일본을 점점 대장 나라로 만드는 듯하다. 싫증 나는 이야기다."

일본이 처한 현실 즉 아시아를 전쟁으로 물들이는 데다 식민지를 거느린 제국주의 국가라는 현실을 그녀는 순순히 받아들인 쪽이다. 어쩌면 이런 이유로, 하야시 후미코의 여행기 쪽이 현대의 독자에게는 더 편하게 읽힐지도 모르겠다. 게다가 나혜석의 독자들보다 하야시 후미코의 독자들은 여행 경험도, 향후 여행 가능성도 더 높았을 것이다. 글의 내용도 그러한 차이를 반영한다.

하야시 후미코는 사치스러운 여행이라면 해본 적 없지만 방랑 경험만은 풍부해 길 위에서의 시간만큼은 부유하게 누릴 줄 알았다. 기회가 생기면 외국항로의 화물선이라도 올라타 세계의 작은 항구나 거리를 돌아보고 싶다는 마음이, 그녀에게는 충분한 탈출구가 되어준다. "나는 사람에게 지치고 세정에 질리면 여행을 떠올립니다." 하야시 후미코는 사람과 사람의 관계에도 이제 별 매력을 느끼지 못한다. 여행만이 영혼의 휴식처가 되어간다. 힘껏 누리는 것들은 모두 공짜로 얻을 수 있는 것들이고, 그 와

중에 신경 쓰이는 것은 돈 들 일이다. 숙소의 붉은 꽃무늬 벽지가 신경 쓰이는 와중에 하는 생각은, 여기서 병이라도 걸려 무일푼이라도 되는 날엔 그야말로 비참하겠다는 것이다.

절박한 현실과 생생한 낭만이 힘을 겨룬다. 매일 남은 돈을 세고, 쓸 돈을 센다. 눈앞의 것을 즐기는 기분과 거기에 드는 비용을 버거워하는 기분이 교차해 마음을 괴롭힌다. 런던에 도착해서는 곧 무일푼이 된다. 그렇게 얻어낸 순간들을 소중하게 마음에 담는다. 마음에 드는 것들 사이에 있어 본다. 그 기록을 남긴다. 다소 과장된 경탄의 감정으로 낯선 땅을 걷는 설렘을 경험할 수 있다. 편지와 일기를 섞어 썼는데, 아마도 이런 식의 내밀한 '고백'의 문체는 하야시 후미코가 타인의 경험을 취재하기보다 자신의 경험을 퍼 올리는 방식으로 글을 쓰면서 더 굳어지는 듯하다. 풍경을 묘사할 때조차도 누군가에게 토로하는 느낌으로 읽힌다.

여행지에서 새로운 각오를 다진다. 낯선 건물 사이를 걷고, 꿈에서조차 본 적 없던 문화를 접하고, 새로운 삶을 꿈꾼다. 예나 지금이나, 당신이나 나 자신이나 나혜석, 하야시 후미코 누구 하나 다르지 않다. 내가 살고 싶은 삶을 엿보듯 산책에 나선다. 나혜석의 「구미여행기」와 하야시 후미코의 「삼등여행기」는 모두 그런 의미에서 여전히 새롭고 뾰족하고도 흥미롭다. 우아함보다 절박함이 아름다울 수 있음을 알려준다.

이다혜 작가

# 삼등여행기

하야시 후미코

가는 길 1931.11.4~11.23

오는 길 1932.5.13~6.15

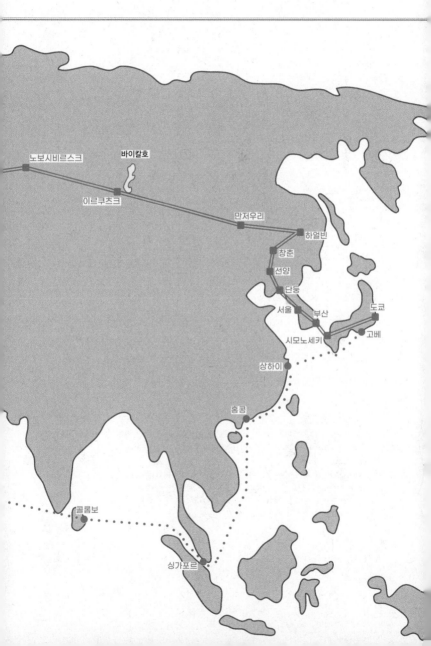

1. 『삼등여행기三等旅行記』(가이조샤, 1933), 『나의 기행私の紀行』(신초샤, 1939)을 번역 저본으로 삼아 하야시 후미코가 1931년 11월부터 1932년 6월까지의 유럽 여행을 기록한 작품을 엮었습니다.

2. 독자의 이해를 돕기 위한 옮긴이 주는 본문 병기로 처리했습니다.

3. 본문에 삽입된 사진은 신주쿠역사박물관에서 제공받았습니다.

4. 본문에 사용된 기호의 쓰임새는 다음과 같습니다.

　『 』단행본, 잡지　「 」시, 노래, 영화, 신문, 그림

# 시베리아 횡단열차

1931년 11월 12일 밤, 창춘 도착. 입김이 하얗게 서릴 뿐 눈은 아직 내리지 않는다. 지난해 빈손으로 왔을 때와 달리 트렁크가 네 개나 있는 데다 역 안이 병사들로 가득했기에 한가로이 짐꾼을 부르고 자시고 할 형편이 아니었다. 나는 번쩍이는 검을 꽂은 소총이 숲속 나무처럼 죽 늘어선 일본군 사이를 뚫고 가까스로 어스레한 대합실에 들어갔다. 대합실에는 매점과 환전소 그리고 차를 마시는 곳이 있었다. 5전짜리 레몬차를 마시며 짐작조차 할 수 없는 드넓은 시베리아 철길을 생각하다가 선양을 지날 때 열차에서 들은 소문들이 떠올랐다. "얼마 전에 만철 사원 한 명이 하얼빈과 창춘을 오가는 열차에서 질

질 끌려 나와 지금껏 행방불명이라네요"라거나 "치치하얼의
영사가 참혹하게 죽임을 당한 모양이에요" 등등. 이쪽저쪽 어
디에서나 전쟁 이야기뿐이지만 도통 감이 오지 않는다.

　어쨌든 어느 곳에 있더라도 죽는 건 매한가지라고, 이상하
게 대담해진 나는 몇 번이나 플랫폼으로 나가 트렁크를 하나
씩 대합실로 옮겨놓고 멍하니 매점 진열장을 들여다봤다. 작년
에는 낡아빠진 구리시마 스미코나 다카오 미쓰코일본 영화배우
의 그림엽서 따위가 쌓여 있었는데, 이제 그런 물건은 몽땅 사
라지고 쓸데없이 타석타향송객배他席他鄉送客杯 '낯선 땅에서 나그네
보내는 술잔 드네'라는 뜻 느낌이 짙을 뿐이다.

　창춘에서는 일본관광공사일본을 방문하는 해외 관광객을 지원하기
위해 설립됐으며 이후 중국, 한국 등지에도 지사가 설립됐다의 중국인 사원
에게 상당히 신세를 졌다. 묘하게 미안함이 앞서 겸연쩍던 나
는 창춘과 하얼빈 사이라도 이등실로 하는 편이 좋겠다는 그
의 말을 순순히 받아들여 이등 침대로 바꿨다. 불안하긴 해도
과연 돈 낸 만큼 값어치를 하는구나, 엉뚱한 데서 감탄했다.
"안쪽에서 자물쇠를 채우시면 괜찮을 겁니다." 젊은 중국인
사원은 몇 번이나 자물쇠 거는 모습을 보여주고는 이곳부터
러시아인 보이가 있을 텐데 그들은 일본 돈으로 팁을 줘야 기
뻐한다고 귀띔한다. 나는 '아이고, 이걸로 됐다'는 심정으로 문
을 잠그고 잠옷으로 갈아입다 어디 산속이라도 온 것처럼 희
미한 귀울림을 느꼈다. 주위가 너무 조용했기 때문일까. 선로

에서 플랫폼까지는 꽤 멀었다.

열차가 움직이기 시작하자 이부자리를 깔러 중국인 보이가 찾아왔다. 다음 역에서 내리는 보이를 위해 그가 가져온 홍차 접시에 10전짜리 동전 하나를 올려놓았다. 팁을 주지 않아도 괜찮다고 들었지만 말갛고 공손해 꼭 주고 싶었다. 네 명이 자는 침대칸에 나 혼자. 왠지 마음이 안 놓여 잠이나 자자 싶어 자물쇠를 채운 뒤 전등을 끄려고 머리 위를 올려다보니 놀랍게도 침대 번호가 '13'이었다. 게다가 하얼빈에 도착하는 내일은 13일, 어째 찜찜한 기분이 들어 어머니가 떠날 때 건네준 금광대신의 세미洗米 깨끗이 씻은 쌀를 씹었다. 미신가라며 웃을지 몰라도 아직 그 어린아이 같은 감정이 그립다.

13일 아침 8시께 아무 일 없이 하얼빈에 다다랐다. 때마침 내가 탄 열차가 화물열차 사이에 끼는 바람에 북만호텔에서 나온 짐꾼과 만나지 못했다. 기왕 이렇게 된 거 혼자 찾아가려고 트렁크 네 개를 러시아인 짐꾼에게 부탁해 역 앞까지 옮겼다. 나는 하얼빈의 여름보다 겨울을 좋아한다. 역시 추운 나라 풍경은 추울 때가 제일, 공기가 와삭와삭 유리 같아 상쾌한 기분이다. "야폰스키러시아어로 '일본인'이라는 뜻, 호텔 북만." 이 말만으로 러시아인 운전사와 서로 뜻이 통하다니 야무지기 그지없다. 자동차가 오래된 밤자갈 길을 날아가듯 달려가다 거리를 걷는 중국군 행렬을 중간에 끊어버리기라도 하면 간담이 서늘해 목을 움츠렸다. 자, 난관 하나를 넘긴 했는데 드디어 오늘 밤 전투의 본고장을 지나가야 한다.

거듭 말하지만 나는 하얼빈이 참 좋다. 우선 물가가 싼 데다 걸어 다니는 사람들이 괜스레 외로워 보이기 때문이다. 북만호텔에 도착하니 다들 날 기억하고 있다. 지난해 그대로의 낯익은 여인들과 "이쪽은 괜찮았나요?"라는 말로 인사를 나눴지만 하얼빈은 일본에서 생각했던 것보다 훨씬 평화로웠다. "여긴 별일 없었어요." 나가사키에서 왔다는 여종업원이 하얼빈은 무사태평한 곳이라며 웃었다. 창밖 풍경도 전쟁이 어디에 있다는 걸까 싶을 만큼 고요하다. 일본의 차즈케밥에 뜨거운 물이나 차를 붓고 장아찌나 생선 등을 올려 먹는 음식를 얼마 동안 먹지 못할 테니 아침밥으로 된장국과 채소 절임을 주문했다.

"요전에 일본 여자분이 혼자 있다 가셨어요."

"그분은 시베리아에 잘 도착하셨다고 하나요?"

"네, 아무 탈 없이 가신 모양이에요. 떠나실 때 역시 이렇게 일본 음식을 드시면서 '죽을지도 모르니까' 쓸쓸하게 말씀하셨는데……."

음악학교 선생인 쇼지 씨라는 분일 게다. 도쿄 열차에서부터 길동무 삼아 파리까지 함께 갔으면 했건만, 아무튼 이등 열차를 타는 사람과는 수준이 다르니 나는 엿새나 늦어버린 셈이다. "그분은 운이 좋았네요, 나도 무사히 건널 수 있으려나" 같은 이야기를 주고받는데 치치하얼에서 지금 여자들을 전부 돌려보내고 있단 소식이 들어왔다. 여종업원들이 이틀이나 사흘 더 머물면서 상황을 살펴보는 게 어떻겠냐고 말렸지만, 그랬다가는 이래저래 곤란한 난 어떤 일이 있어도 오후 3시에 출발하기로 마음먹는다.

일본관광공사에 가니 하얼빈에서 시베리아까지 가는 일본인은 나 혼자뿐이다. 다른 여행자가 있긴 해도 극히 적은 숫자로 독일인 기계 상인과 미국인 기자 두세 명, 나머지는 중국인들이다. "일본인 중에 독일로 넘어간 사람이 있긴 한데 이삼일 분위기를 지켜보죠." 그렇게 말한들 아무래도 상황을 살필 만한 군자금이 없기에 열차를 타기로 하고 장을 보러 상점가로 향한다. 추위도 대비해야 하고 또 시베리아 열차 식당칸에서 매일 끼니를 때우면 상당한 비용이 들어가니 담요와 식료품을 사야 했다. 하얼빈에서 산 선홍색 담요, 이제는 수많은 추억이 깃들어 있다. 파리 하숙집에서는 이불 대신 사용했다.

맨 먼저 값싼 으름덩굴 바구니를 산 뒤 거기에 사들인 식료품을 착착 담았다. 난생처음 가는 시베리아 여행이기에 꼼꼼히 따져가며 물건을 살 작정이었음에도 빼먹은 물건이 제법 많았다. 포도주도 한 병 샀는데 쩨쩨하게 굴며 하얼빈산 포도주를 골랐더니 쓴맛이 나서 도저히 마실 게 못 됐다. 그 밖에 홍차 한 통, 사과 열 개, 배 다섯 개, 캐러멜, 소시지 세 종류, 소고기 통조림 두 개, 레몬 두 개, 버터와 치즈, 각설탕 한 상자, 빵 두 개, 젤리, 주전자, 포크, 숟가락, 알루미늄 컵 등을 마련했다. 또 '미조구치'라는 상품진열관 사람한테 알코올램프,

옥시돌, 간장, 알코올, 소금 따윌 받아 정말 큰 도움이 됐다.

나는 그야말로 목욕할 틈도 없이 곧장 정거장으로 갔다. 오사카마이니치신문의 고바야시 씨가 치치하얼과 모스크바에서 누군가 마중 나오도록 전보를 쳐주겠단다. 나 홀로 여행에서 가장 고마운 말이었다. 하얼빈에서도 이등 침대권을 샀다. 계획이 크게 달라지지만 어쩔 수 없었다. 이삼일 동안 상황을 지켜본 셈 치고 마음을 가라앉히며 무심히 창유리를 바라보는데 웬걸 볼이 움푹 파인 내 얼굴이 비쳐 깜짝 놀랐다. 그건 그렇고 짐으로 말할 것 같으면, 작은 트렁크 네 개를 들고 다니는 쪽보다 커다란 트렁크 한 개와 가까이에 두는 소지품 넣는 슈트케이스 한 개를 들고 다니는 쪽이 더 영리한 선택이다.

객실 동거인은 하이라얼에서 내리는 러시아인 할머니로 머리칼은 새하얗지만 모자를 쓰고 붉은 재킷을 입으니 서른 살 젊은이로 보였다. 그날 밤 9시쯤 생명의 갈림길에 선 내게 이 러시아 할머니가 괜찮다고 말해준 덕에 다소 차분해질 수 있었다.

14일, 지난밤 전쟁 소리를 어렴풋이 들었다. 공중에서 작렬하는 소총 소리. 처음에는 베개 저 아래 피스톤 소리인가 했는데 이윽고 땅울림처럼 바뀌더니 다듬이질하듯 쨍강쨍강 소리를 냈다. 13일 밤 9시께부터 14일 새벽에 걸쳐 정차하는 역마다 삼엄한 중국 군인이 객실 문을 쾅쾅 두드렸고, 그러면 앞에서 자던 러시아 할머니가 아주 큰 목소리로 뭐라고 고함쳤다.

필시 "여자 방은 수상한 게 없어"라고 말한 걸 테지. 내가 손가락으로 칼싸움을 흉내 내며 무섭다는 시늉을 하자 그녀는 알아들었는지 "다러시아어로 '그래'라는 뜻, 다" 하며 웃었다.

이 러시아 할머니와 함께 식당에서 저녁밥을 먹었다. 뭔가 사례를 하고 싶은 마음이 가득했지만 마땅한 게 떠오르지 않아 출발 전날 밤 긴자에서 산 종이풍선을 하나 선물했다. 아침이 돼서도 종이풍선을 불어 부풀리고는 "스파시바러시아어로 '고맙다'라는 뜻!"를 외치며 즐거워하는 그녀의 모습이 마치 어린아이 같다. 종이풍선은 존재감이 옅은 동양인만이 어울린다고 생각했건만 이 러시아 할머니와도 썩 잘 어울렸다. 손짓으로 여학교 교사라고 알려주는데 물론 백계러시아혁명을 반대하며 국외로 망명한 러시아인들을 일컫는 말겠지. 황록색이며 흰색이며 자홍색으로 알록달록한 종이풍선의 가로무늬가 빙글빙글 춤을 추는 풍경은 상쾌했다.

창문 커튼을 깊숙이 내린 열차는 하이라얼에 아침 10시께 도착했다. 이제 다시 만날 일은 없겠구나 싶어 우연히 스쳐 가는 이 친절한 사람을 적어도 눈으로라도 배웅하자는 마음에 악수한 뒤 곧장 커튼 사이로 플랫폼을 씩씩하게 걸어가는 뒷모습을 엿봤다. 파리에 오기까지 아니, 온 뒤에도 나는 친절한 사람을 수없이 지나쳐 왔다. 미처 어떠한 보답도 하지 못한 채 이대로 서로가 서로를 잊어버릴까. 러시아풍 역 울타리 옆에서는 중국인 군사와 미국인 기자단이 뭔가 얘기하다가 웃으며 악수를 했다. 어찌 된 일인지 한눈에 바라다보이는 시베리아 하늘이 몹시 동양풍이라 중국인들 얼굴이 견실하게 보였다. 쌍방이 호랑이를 업고 있는 꼴일지도 모르는데 말이다.

만저우리에 이르렀을 때는 한낮이었다. 중국과 러시아의 국경 지역으로 눈은 안 보이고 드물게 일본풍 태양이 빛나는 곳이었다. 일본풍이라니, 웃으려나? 이런 말도 한 줄기의 노스탤지어겠지. 역에는 오사카마이니치신문의 시미즈 씨와 일본관광공사의 일본인 직원이 마중 나와 있었다. 두 사람 다 좋은 분이다. 여기에서 단둥을 떠나고 나서 두 번째 세관을 통과했다. 짐을 세관으로 옮겨 검사하며 여권에 스탬프를 찍어주는데, 휑뎅그렁한 높은 벽에는 큼지막한 시베리아 지도가 그려져 있다. 살짝 시골 소학교의 우천체조장 같다.

시베리아를 지나가는 여행자는 독일인 상인과 나 이렇게 둘이었다. 내가 가방을 열어 러시아 세관에게 조사받는 동안 중국인 헌병이 몇 번이나 이름과 직업을 물으러 왔다. 여권 검사는 물론 소지금까지 캐물었다. 물론 이 헌병도 러시아 쪽 사람이니 사람들한테 들은 대로 "미국 달러 300"이라고 적어 보였다. 난 사진기나 타자기는 없었지만, 만일 있다면 세관을 통과할 때 걸리는 모양이다. 세관에서 한 가지 재미있는 일이 있었다. 시모무라 치아키일본 소설가이자 평론가 씨가 주신 '다마키야'의 쓰쿠다니생선, 조개 등을 달고 매콤하게 조린 음식를 갖고 있었는데 아무리 설명해도 자꾸 열라고 하기에 결국 조개를 한 개

집어 먹어 보였다. 흡사 흙 같은 색을 띤 식료품 따윈 그들에게는 수상한 존재일 뿐인가 보다.

모든 절차가 끝났다. 일주일을 보낼 모스크바행 객차의 딱딱한 침대에 자리 잡으면 그만이건만 그전에 생애 처음으로 X27영화 「불명예」의 주인공이 부여받은 암호명처럼 작은 임무를 떠맡았다. 모스크바에 가는 일본인이 나뿐이었기에 만저우리 영사로부터 모스크바의 히로타 대사에게 보내는 외교 서류를 부디 가져가 전해달라는 귀찮은 일이었다. 공산군은 이미 치치하얼로 출발했다는 둥 러시아 총기가 줄줄이 중국군에게로 넘어간다는 둥 일본군은 지금 군대가 허술하다는 둥 공비 중에 막강한 공산군이 만들어진다는 둥 갖가지 풍문이 나도는 것과 달리 만저우리역은 전쟁을 앞둔 고요함이라고 해야 할지 쥐 죽은 듯 조용했다.

나는 다섯 곳에 붉은 봉랍이 붙은 커다란 봉투를 트렁크 안에 넣고 자물쇠를 걸었다. 어쩐지 마음이 가라앉지 않았다. 만약 수색을 당하면…… 그때를 대비해 러시아어로 외교관으로서의 대우를 부탁하는 엄청난 첨서까지 받았지만 좀 선뜩했다. 애국심이라고 말해야 할까. 그런 말로는 채 들어맞지 않는 시큰한 기분이었다. 어쨌든 국경을 빨리 넘어갔으면 했다.

드디어 러시아. 푸른 하늘에 새빨간 깃발이 신선하다. 붉은 짐수레가 달린다. 묘묘한 들판이 이어지니 그야말로 육지의 바다다. 러시아에 들자마자 20엔을 루블로 환전했다. 열차 안으로 국립은행원이 가방을 들고 찾아오는데, 국립은행원이라고 해봤자 어릿어릿한 전기료 수금원 같다. 갓 인쇄한 듯 따끈따끈한 루블 지폐는 마치 담배 라벨처럼 생겼고 보리 다발이 그려져 있다. 나는 지폐 아홉 장과 잔돈을 조금 받는 대신환전비로 정확히 40전을 빼앗겼다. 저녁, 시계가 7시를 가리켰지만 아직 어둡지 않을 때 하랄놀에 다다랐다. 작은 역으로 발차를 알리는 작은 종이 울린다.

여기서 일단 객실을 묘사해볼까. 한 객실에 네 명씩 머물고 그런 객실이 한 열차에 여덟 개 있다. 일등칸과 이등칸도 들여다봤지만 시베리아 가는 데는 삼등칸을 추천한다. 결코 머무르기에 불편하지 않다. 열차 보이에겐 일본 돈으로 3엔을 주면 된다고 한다. 요컨대 하루 50전의 비율인데 나는 뭔 생각을 했는지 엉겁결에 5엔을 건네고 말았다. 몹시 시원한 씀씀이를 보여준 꼴이다. 루블로 팁을 주면 보이는 절대로 고마운 얼굴을 하지 않는다. 일본 돈을 받아야 국외에서 값이 낮은 루블을 살 수 있기 때문이겠지.

내 객실 담당 보이는 장기짝처럼 땅딸막하고 화난 듯 뚱한 표정을 짓는 청년이었다. 모자에는 기름때 배인 도끼와 낫, 그러니까 소비에트 휘장이 달려 있다. 팁으로 5엔을 준 덕인지 무척 친절했고 이틀 만에 내 이름을 외웠다. 모자를 벗으면 이마가 눈처럼 하얗고 머리칼은 금색인 그에겐 모스크바에 사는 어머니와 다리 저는 동생이 있다고 한다. 파리에서 무얼 할 작정이냐고 묻기에 너 같은 훌륭한 남자를 모델 삼아 그림을 그릴 거라고 말하자 종이와 연필을 갖고 왔다. 순간 내 얼굴은 홍당무가 됐다.

"여행은 길동무, 세상은 정"이란 말이 참 그럴싸하다고 새삼 감탄한다. 보이는 오른편 객실의 독일인 상인을 두고 게르만스키 놈은 부르주아라며 손가락 하나를 내밀고 웃곤 했다. 어째서 부르주아냐고 물으니 타자기도 축음기도 사진기도 갖고 있기 때문이란다. 독일인도 붙임성이 좋았지만, 그와 같은 객실에 묵는 러시아인이야말로 여행하며 만난 사람 중에 가장 친절한 사람이었다. 전세라도 낸 양 객실을 혼자 쓰던 나는 아침에 일어나면 이웃 객실로부터 차를 마시자거나 트럼프를 치자고 초대받았는데, 내가 엉터리 러시아어로 웃음을 줘서 귀여워했던 걸까.

왼편 객실에는 페름에서 내리는 청년과 눈을 번득이는 40대 남자가 타고 있다. 난 페름에서 내린다는 이 청년이 마음에 들어 걸핏하면 복도 창문에 서서 대화를 나눴다. 하늘을 찌를 만큼 키가 큰 사나이는 이야기가 잘 들리지 않을 때면 종종 몸을 굽혀줬다. 체격은 우람하지만 볼로딘<sub>러시아 극작가로 경쾌한 일상 회화로 시민의 애환을 묘사한 작품을 주로 썼다</sub>이란 남자가 이렇지 않을까 싶을 만큼 푸른 눈동자가 다정하고 맑았다.

16일 저녁, 노보시비르스크에 도착했다. 지참한 식료품에 슬슬 염증이 나기 시작해 맛없는 포도주만 꿀꺽꿀꺽 삼켰다.

깨어 있어도 자고 있어도 꿈뿐, 평생 그렇게 꿈을 많이 꾼 적은 두 번 다시 없다. 정말이지 아련한 꿈의 연속이었다. 이곳에서 열다섯 살쯤 돼 보이는 남자아이가 혼자 열차에 탔다. 분명 옆 객실인 페름 군의 위쪽 침대에서 잠을 잘 텐데, 오르자마자 내 객실로 들어와서는 야폰스키라고 부르며 다가온다. 이 아이에게 긴 시간 걸쳐 들은 것은, 어머니가 모스크바에서 부인회 서기 비슷한 일을 하고 있으며 1년 만에 만나러 간다는 얘기였다. 어머니의 이름은 카피타리나카파. "나는 피오네르1922년 창설된 소련의 공산주의 소년단야!" 그렇게 말하고는 힘차게 밖으로 나간다. 하여간에 시베리아 삼등 열차는 무사태평해 재미있다.

17일, 아침에 점심밥 주문을 받으러 왔기에 먹는다고 신청했다. 신청이라고 해봤자 식당 보이가 문을 열고 "아베트러시아어로 '점심'이라는 뜻?" 하며 들여다볼 때 간단히 "다" 또는 "네뜨러시아어로 '아니'라는 뜻"로 답하면 그만이다. 나는 점심시간이 무척 기대됐다. 페름 군도 처음 주문한 모양인지 뚝뚝 손가락 소리를 내며 즐거워했다. 창에 이마를 대고 자작나무가 눈보라에 부러질 듯 비틀비틀하는 숲을 바라보는 내게 페름 군이 탱고 한 구절을 불러준다. 어찌하여 러시아인은 이토록 노래를 사랑하는 걸까. 차라리 이 사람의 아내가 되어 페름에서 내려버릴까 하는 자포자기 심정에 잠시 빠졌지만, 여하튼 말이 통하지 않는 데다 60센티미터 남짓 키 차이가 나서 단념했다. 페름까지는 아직 며칠 더 가야 하므로 즐기기에는 충분했다. 뭐,

싱겁다고 웃으셔도 좋다. 뭔가 생각하든가 공상하든가 하지 않으면 아주 지루한 여행이니. 일등칸이나 이등칸에 탄 사람들은 도대체 어떤 일을 하며 지내는지 궁금할 따름이다.

점심은 페름 군, 독일인과 한방을 쓰는 민스크 씨와 같이 먹었다. 민스크란 이름은 민스크(폴란드 국경 지역)라는 곳에서 하차한다기에 붙여준 것으로, 난 늘 그렇게 부르며 그를 웃겼다. 식당에서 운반된 그릇 안을 말하자면 처음은 수프, 그다음은 오믈렛(고기 없음), 밀가루 음식(수제비의 일종), 푸딩 따위. 아마도 도쿄 혼고의 스탠드바에서 먹으면 20전쯤 하리라. 불평을 늘어놓는 건 아니지만 기차에서는 3루블(약 3엔)이나 한다. 오도로키모모노키산쇼노키'놀람'이란 뜻의 오도로키에 끝 발음이 같은 모모노키, 산쇼노키를 더해 뜻을 강조한 말장난란 말은 이럴 때 쓰는 말이지 싶다.

순간 가슴속에서 뭔가 치밀어 오르는 기분이 들었다. 먹고 있는 사람들을 말하자면 사관과 루주를 짙게 바른 귀부인이 대부분이었다. 귀부인이라고 해도 실이 풀린 재킷을 입은 사람들이지만 결코 노동자는 아닌 여인들이다. 인텔리 계급에 속하는 귀부인일 게다. 이곳 백성 여인은 화가가 입을 법한 블루즈풍성하고 여유로운 작업복 느낌의 옷를 껴입고 있다. 일본에서는 기껏해야 달구질하는 미장이 여자가 거친 일 정도에 속하지만, 러시아에서는 여자들만으로 긴 선로를 만든다. 이레 동안 차창에서 바라본 러시아 여인들은 아주 발랄하고 건강했다. 나쁘게 말하면 돼지처럼 울퉁불퉁한 여인이 많다. 체호프형 여자든 푸시킨형 여자든 그런 여자는 지금의 러시아한테는 사치스러운 일인 걸까. 일등칸이나 이등칸 복도에서 멀거니 길동무들 움직임을 살필 때면 손톱 손질하는 인텔리 여성도 있으니 러시아는 꽤 넓은 곳이다.

사과 한 개가 1루블, 달걀 한 개가 50코펙. 또 놀란 것은 바이칼호를 지났을 무렵 팔러 온 유부초밥처럼 생긴 음식이었다. 나는 엉겁결에 잡지를 냅다 던지고는 "하나!"라고 소리쳤다. 1루블 주고 두 개 산 만큼 잘게 썬 고기라도 들어 있겠지 기대하며 뜨거운 놈을 덥석 베어 물었는데 이런, 밀가루 튀김이었다. 밀가루 튀김 따위가 1엔이라니! 태어나 이렇게 분에 넘치는 쇼핑은 처음이었다. 작은 닭 통구이도 5루블쯤 하니 도저히 손이 나가지 않았다. 우유도 마시고 싶고 삶은 달걀도 당기지만…… 값비싸 손에 들어오지 않는다.

시베리아의 추위는 어딘가 정열적이다. 열차가 멈춰 설 때마다 얼레짓가루처럼 비걱비걱한 눈을 밟고 어슬렁어슬렁 둘러보니 다들 모피 안감을 댄 외투를 입고 발에는 양털로 짠 두툼한 방모로 만든 장화를 신고 있다. 쇠막대기에 손끝이 잠깐 닿기만 해도 아픔이 느껴진다. 오래 잡고 있으면 손이 얼어붙는다고 보이가 알려준다. 이번 여행에서 최고의 즐거움이자 프롤레타리아적인 것은 뜨거운 물을 각 역에서 거저 얻은 일이다. 큰 역에 도착할 때마다 "하야시, 차이?" 하고 보이가 내

주전자를 든 채 물을 받으러 갔다 오면 으레 그의 방에서 네댓 명이 흰소리를 늘어놓으며 내가 기부한 설탕을 넣어 차를 마셨다. 물론 홍차도 가끔 가져갔다. 담배는 다들 신문지에 싸서 폈다. 한번은 청어 냄새 나는 어부 한 명이 하코다테를 잘 안다면서 일본을 설명하다가 자꾸 "게이샤, 치브치브"라는 말을 내뱉는 게 아닌가. 처음에는 이해하지 못했는데 그 '치브치브'는 게이샤의 게다 소리를 형용한 것이었다. 내가 웃으며 '딸깍딸깍'이라고 고쳐주니 그렇지 하면서 또 모두에게 이야기를 늘어놓는다. 별일 없이 신슈로 가는 기차 삼등칸과 조금도 다를 바 없는 풍경이다.

그날 저녁에 아이를 데리고 한 여자가 열차에 올라탔다. 젊은 엄마는 안색이 나빴고 아이는 꼭 인형 같았다. 낯가림을 안 하는지 곧바로 내 침대로 와서 꺅꺅하며 좋아라 하는 아냐라는 아이는 귀여운 반면 아냐의 엄마는 물건을 보는 족족 달라고 졸라 싫었다. 내가 가진 '미카즈키'란 일본의 값싼 눈썹먹을 보자마자 "당신은 파리에 가면 살 수 있으니 그거 나 줘"라고 말한다. 다른 물건이라면 파리에도 있겠지만 처녀 시절부터 써서 손에 익은 탓에 도저히 줄 수 없어 "당신 머리털은 빨갛잖아? 눈썹만 새까맣게 칠하면 이상할걸. 봐, 난 머리털도 눈썹도 검으니까 이걸 묻히는 거야" 하고 여러 번 타일러도 혀를 차며 어떻게든 갖고 싶어 한다. 원한 사는 게 두려워 반 잘라주고 말았다. 일본에서는 혀를 차면 못마땅하다는 의미인데,

러시아에서는 '허어!'라던가 뭔가의 뜻을 표현하는 모양이다. 그러는 동안에도 아냐는 아기작아기작 걸어와 내 뺨에 입술을 갖다 대곤 했다.

때때로 옆 객실 독일인이 레코드판을 틀었다. 추운 들판을 달리는 기차 안에서 음악을 듣는 탓인지 나는 눈물이 쏟아져 견딜 수가 없었다. 러시아인이란 인종은 대체로 음악을 좋아하는 걸까? 혹시 「삼두마차」라는 영화를 보셨는지? 탱고를 금지하는 세상이라도 여기는 달리는 기차 안. 애달픈 노래가 들리고 창밖에는 그 영화에 나오는 말발구가 달려간다. 독일인의 레코드판이 소리를 내기 시작하면 벌집처럼 문이란 문은 다 열리고 다들 그의 객실 앞에 모여든다. 그 순간 모두의 얼굴에 생기가 감도니 진심으로 음악을 사랑하나 보다. 앞의 식당 이야기이긴 하나 반년쯤 전까지는 강제로 식사비를 뜯어 갔다는데 내가 탔을 땐 먹어도 먹지 않아도 상관없어 참 편했다.

페름 군은 매일 시집 따위를 읽었다. 고리키나 체호프, 톨스토이나 고골리 등을 읽었다고 말하자 그는 네가 러시아어를 말할 수 있다면 훨씬 재미있는 대화를 할 텐데, 섭섭한 표정을 지었다. 어쩌다 페름 군에게 "기차 식당은 부르주아만을 위한 레스토랑인 것 같아"라고 말한 적이 있다. 이어 내 객실로 항상 빵을 얻으러 오는 거지처럼 능글맞은 피오네르 이야기를 꺼냈다. "왜 식당은 그들에게 밥을 그냥 주지 않는 걸까?" 페름 군은 어린아이처럼 웃더니 모르겠다고 대답했다. 실제로 한두 번 정도라면 아무것도 아닌 일이지만 피오네르는 끼니때를 가늠해 야폰스키 마드모아젤, 부리키 어쩌고저쩌고하면서 배를 부여잡고 슬픈 척을 했다. 그럼 나는 바위처럼 굳은 빵과 사과를 건네면서 화난 표정을 지어 보였다. 식료품을 거의 다른 사람들에게 준 탓에 나도 레몬 한 개, 설탕, 차, 마른오징어만이 조금 남아 있어 하얼빈에서 산 쓴 와인을 마시는 판이었다.

18일에도 점심을 주문했다. 이번에는 민스크 씨와 단둘이 식탁에 앉았다. 수프(무 같은 당근이 조금 들어간), 신맛 나는 밀가루 음식(수제비에 식초를 뿌린 듯한), 메밀과 닭 뼈로 만든 요리가 전부였다. 나오기 전까지는 즐거운 공상을 하다가 막상 먹고 나면 낙담해버리는 식사. 저녁에는 베개와 깔개와 담요를 빌린 값으로 6루블이나 지불했다. 담요라고 해봤자 낡아빠진 감색 천 한 장이다. 짐을 귀찮아하지 않는다면 하얼빈 근처에서 담요 두 장을 사는 편이 오래 사용할 수 있다. 기차에서 베개나 담요를 빌리는 사람은 외국인뿐으로 내 이웃들은 베개부터 담요, 주전자까지 다 들고 다닌다. 어깨에 짊어진 짐 속에서 온갖 가재도구가 나오는 모습은 삼등 열차가 아니면 볼 수 없는 그림이다.

밤에는 보이 방에서 수프를 대접받았다. 말이 수프지 소금만 넣고 끓인 국이다. 그래도 상당히 맛있어 피오네르도 불러 나눠줬다. 보이는 내가 울고 있으니 무슨 일인가 싶어 "도쿄, 마마, 파파 그리워?"라고 묻는다. 수프를 먹고 있는데 갑자기

눈물이 나온 참이었다. 승객들은 몸집이 작은 나를 열일곱이나 열여덟쯤 되는 소녀라고 여기는 듯했다. 그도 그럴 것이 러시아인은 프랑스인보다도 체격이 크고 껑다리다. 나는 보이에게 알루미늄 컵과 레몬, 남은 설탕과 주전자 그리고 차를 모스크바에 도착하면 주기로 약속했다. 집에 있는 주전자가 이제 너덜너덜하단다. 러시아는 어째서 기계공업에만 손을 대고 내수 물자를 풍부하게 하는 데는 손을 놓고 있는지, 나쁘게 말하면 삼등 열차의 프롤레타리아는 모두 굶주림에 허덕인다.

하야시 후미코의 여권

# 파리까지 맑은 하늘

시베리아를 달린 지 닷새째인 18일 밤, 옴스크에 도착했다. 눈보라가 그치고 빛을 잃은 작은 태양이 모습을 드러냈다. 밤이면 별도 또렷이 보이지만 밖은 몸이 달라붙을 것처럼 추웠다. 옴스크부터는 젊은 러시아인 여인과 객실을 같이 썼다. 마치 이사라도 온 양 널빤지로 된 트렁크를 몇 개나 갖고 있었다. 소학교 선생일까 아니면 학생일까, 그런 쓸데없는 탐색을 하며 그녀를 바라봤다. 러시아 아가씨는 노래를 흥얼거리면서 트렁크 하나를 열어 더럽고 흐물거리는 깃털 베개와 작고 허술한 담요를 꺼내 잘 준비를 했다. 그게 끝나자 조그만 손가방에서 콤팩트를 꺼내 콧등을 탁탁 두드리더니 나를 보며 빙긋이 웃었다. 피부는 하얗고 머리칼은 빛나는 밤색인 데다 보기 좋게 포동포동한 몸매는 같은 여자라도 반할 정도. 미인은 아니지만 어딘가 사랑스러운 구석이 있었다.

우리는 미소를 주고받으며 보통의 여행자다운 대화를 하거나 뜨거운 차를 끓여 마셨다. 차를 다 마신 그녀는 가장 큰 트렁크 안에서 버터로 볶은 닭 한 마리를 꺼내 다리를 자르고는 과일이 담긴 내 오글쪼글한 보자기를 가리키며 교환하고 싶다는 기색을 내비쳤다. 매우 먹음직한 닭 다리를 눈앞에 두니 닷새 동안 주체스럽던 쓴맛 나는 하얼빈산 포도주가 떠올랐다. 저 닭고기와 함께 마시면 삭막한 무료함을 달랠 수 있을 텐데, 묘하게 치사한 기분에 사로잡혀 결국 풀빛 보자기와 닭 다리를 바꿨다. 그러고는 서로 마주 보고 어린아이처럼 낄낄거렸다. 풀색 오글쪼글한 보자기를 얻은 그녀는 곧장 삼각으로 접어 덥수룩한 머리털을 감싼 뒤 어두운 유리창에 제 모습을 비춰보더니 들떠서는 허리를 구부리며 춤을 췄다. "오체니 하라쇼러시아어로 '매우 좋아'라는 뜻!" 우리 둘은 우스갯소리를 던지며 허물없이 어울렸고 떠듬떠듬 여행 이야기를 나눴다.

옴스크를 출발해 조금 있다 뭐라고 하는 역이 나왔더라, 붉은 짐수레에 목재가 가득 쌓여 있는 작은 마을에서 기차가 멈췄다. 밤이 이슥했기에 마을은 고요했다. 그때 머리에 천을 두르고 블루즈 같은 일복을 입은 여인 두세 명이 뜨거운 물을 담은 양동이를 들고 객실 바닥을 닦으러 왔다. 물을 전혀 짜지 않은 걸레로 리놀륨 마루를 훔치는 젊은 여인들 손등이 보랏빛을 띤 채 부어 있다. 다 닦고 나자 그들은 양동이를 들고 다음 객실로 갔다. 나는 무언가 강한 충격을 받았다. 여인들이 사라진 문을 닫으려고 일어나보니 어느새 좁은 복도에 청어 냄새 나는 여자와 남자가 선 채 잠들어 있었다. 또 짐에 기대 어둠침침한 불빛 아래 이야기를 주고받는 가난한 노인들도 보였다. "객실이 잔뜩 비어 있는데 어째서 저 사람들은 추운 복도에서 잠을 자는 걸까?" 객실에 있는 러시아 아가씨에게 물어봤지만, 그녀는 내 말을 알아들은 건지 못 알아들은 건지 그저 웃을 뿐 대답이 없었다.

그 역을 지나자마자 올곧아 보이는 보이가 두 명의 장사꾼을 데리고 우리 객실로 들어왔다. "이 사람들은 침대권을 샀는데 지금 그 침대에 어떤 부부가 어린애와 함께 잠들어 있어요. 오늘 하룻밤만 위쪽 침대를 빌려도 될까요?" 이렇게 말하며 보이가 미안하다는 듯 허리를 굽혔다. 대개 시베리아 삼등 열차는 여자는 여자끼리로 좀처럼 남자와 같은 객실을 쓰는 일이 없다. 이번 여행에서 처음 겪는 일이었기에 불쾌했다. 더구나 두 남자는 러시아인답지 않게 붙임성이 좋아서 어쩐지 이악인형 인물들이 마음에 들지 않았다. 그들은 뭐가 그렇게 재밌는지 늦은 밤이건만 캬캬 웃어댔고 이부자리를 펴고 잘 준비를 마치고도 그 품위 없는 웃음소리를 멈추지 않았다. 각자 침대에 뛰어올라 걸터앉은 뒤엔 빵인지 달걀인지 담배인지 모를 뭔가를 펼치는 통에 도무지 잠들 수가 없었다. 무엇보다 위에서 흔드렁대는 발바닥이 마침 내 가슴 언저리까지 내려와 신경을 건드리는데, 구두창에 들러붙은 초절임의 오이 껍질이 보일 정도였다.

같은 객실을 쓰는 러시아 아가씨에게 그 남자들이 뭐라고 두세 마디 말을 건네더니 결국 키가 작은 젊은 남자가 훌쩍 밑으로 뛰어내려 침대에 드러누운 여자의 입에 달걀을 집어넣으며 장난을 쳤다. 세 사람은 소리 높여 떠들다 일시에 웃음을 터뜨리거나 전기를 껐다 켰다 하면서 흥겨워했다. 그날 무엇을 했는지 적어두는 내 일기장 귀퉁이에는 젊은 러시아인 남녀가 밤새도록 시시덕거려 잠을 이루지 못했다고 쓰여 있다. 두 사람은 새벽이 가까워 전깃불을 끄고 나서도 작은 목소리로 끝없이 쑥덕였다. 내 침대 위 나이 든 남자는 웃다가 지쳤는지 어느 틈엔가 장화 신은 발을 한쪽으로 축 늘어뜨린 채 우렛소리 같은 코 고는 소리를 냈다. 두 사람이 나누는 대화 속에 '야폰스키' 같은 말이 때때로 섞여 있는 것으로 보아 나를 몹시 신경 쓰는 것 같았지만…… 이윽고 감미로운 향수 냄새가 객실 안에 가득 차 살풍경한 시베리아 들판을 로맨틱하게 바꾸고 두 사람은 애욕에 빠져들었다. 러시아에 대해 거친 지식밖에 없는 내게 이것은 관능적이면서도 야릇한 풍경이었다.

19일 아침, 하얀 눈이 빛나는 맑은 날씨. 일찍 잠에서 깬 나는 알코올램프에 주전자를 올려 물을 끓인 뒤 얼굴에 수증기를 쐬거나 차를 달이거나 하면서 몸치장을 마쳤다. 건너편 여자는 하얀 이마 위 기름이 번지르르한 와중에도 코 상태가 좋지 않은지 가르랑가르랑 소리를 내며 푹 자고 있었다. 위쪽 남자들도 서로 지지 않겠다는 듯 코를 골며 축 늘어진 상태였다. 어젯밤의 낭만적인 연극이 아침에는 무대 뒤 속사정을 엿본 듯해 객실에 남은 향수 냄새가 불결하게 느껴졌다.

마침내 하룻밤만 더 가면 모스크바, 창밖 풍경에서 눈이 점점 엷어져 갔다. 이방인에게는 상당히 부자유한 시베리아 열차 여행이긴 해도 눈이 지닌 가지각색 변화를 이토록 많이 본 적은 없다. 자작나무 장작을 가득 실은 삼두마차가 달려가고 눈이 물보라처럼 사방으로 흩어진다. 유리를 포갠 듯 눈길이 반짝이고 기차 소리에 나무 위 눈 덩어리가 도깨비불인 양 톡 떨어진다. 정말이지 차창 너머 설경은 일생 잊지 못할 추억이다. 일본에 돌아가 8전짜리 가락국수를 먹는 것도 나쁘지는 않지만 달려, 달려, 기차여! 눈물을 참을 길 없네, 어이, 아직도 여긴 시베리아 한복판일세. 혼잣말을 해보며 이중창문 밖을 싫증도 안 내고 바라봤다.

점심쯤 보이가 남자들에게 다른 객실이 비었다고 알려줬다. 두 사람이 짐을 들고 건너가자 러시아 아가씨도 그들의 객실에 놀러 간 채 돌아오지 않았다. 밤에는 옆 객실의 독일인이 레코드판을 틀었고 다들 거기에 모였다. 나도 음악을 들으려고 문을 열었는데 보이가 손짓하며 "좋지 않은 녀석이 타고 있으니까 문을 열지 않는 편이 좋아요"라고 주의를 준다. 그 좋지 않은 녀석으로 보이는 사람이 초조해하며 복도를 왔다 갔다 하는 사이 모스크바에서 내리는 피오네르가 설탕을 달라며 찾아왔다. 나중에 화장실 가는 길에 보이 방을 들여다보니 나한테 설탕을 얻은 피오네르가 보이에게서 차를 얻어 마시고 있었다. 삼등 화장실은 이등과는 천양지차로 물도 안 나오는가 하면 열쇠도 망가진 채다. 프롤레타리아의 나라이니 어쩔 수 없는 걸까. 짧은 기간에 넓은 러시아를 알려고 하는 일이 너무 뻔뻔스러울지도 모르지만 삼등 열차 내에서 본 온갖 인정은 러시아 한구석을 알기에 충분하다. 체호프 소설에 나오는 각 계급의 평범한 인물은 예나 지금이나 그리 다르지 않다.

20일도 맑게 갠 하늘, 저녁에 볼가강에 놓인 철교를 두 개나 건넜다. 기차 창문에서 내다보니 언뜻 단둥과 비슷했고 가와사키 근처와도 닮았는데 온통 안개로 자욱했다. 공장 굴뚝에서 하얀 연기가 뭉게뭉게 피어오르고 철도 아래에는 후면을 맞댄 뗏목이며 조각배가 모여 있다. 강폭이 바다처럼 넓은 그곳에서도 여자 인부가 철도를 건설한다. 이쯤 오니 어느새 눈이 녹아 버릴 만큼 따뜻해 담갈색으로 부풀어 오른 땅이 보였다. 볼가강을 지난 작은 역에서 내 객실에 묵은 장사꾼 남자 둘이 내렸다. 그들이 가버리면 한방 쓰는 러시아 아가씨가 쓸쓸해하리라는 동양적인 해석을 내리고 귀여운 그녀를 관찰했지만, 여자는 창밖을 엿보려고도 하지 않았다. 아무 일 없던 것처럼 군함 그림이 있는 책만 들여다봤다. 기차에서 내린 두 남자는 더러워진 자루를 등에 메고 장화를 질질 끌며 역 앞에 있는 공장을 돌아 사라졌다. 제법 두꺼운 군함 책을 그녀는 열 네댓 장쯤 훑어보더니 배 위에 내려놓고는 콤팩트로 콧등을 두드린 뒤 삶은 달걀을 꺼내 우두커니 앉아 있는 내게 한 개 건넸다.

오후 4시에 모스크바에 도착할 예정이던 기차가 모스크바에 닿은 것은 밤 9시께였다. 지붕 없는 플랫폼에 기차가 들어서자 승객 대부분이 하차했다. 널빤지로 된 트렁크를 짐꾼에게 맡긴 러시아 아가씨도 기운차게 팔을 흔들며 피오네르와 함께 내렸다. 승객이 사라져버린 기차 안은 너무나 조용해 오직 저 멀리서 여인들 합창 소리만이 들렸다. 이 기차는 벨라스키 정거장을 한 바퀴 돈 다음 모스크바를 떠나기까지 세 시간 정도 시간이 있다. 그사이 만저우리에서 부탁받은 서류를 히로타 대사에게 가져다주지 않으면 안 됐건만, 너무 늦은 밤이었고 처음 찾은 땅이었다. 더욱이 개찰구에서 나갈 때 어떤 수속이 필요한지도 몰라 조마조마하며 플랫폼에 내려서는데 저쪽에서 오사카마이니치신문의 바바 씨가 뚜벅뚜벅 걸어왔다.

"아이고, 정말 다행입니다."

"뭐가 말입니까?"

나는 침착한 바바 씨에게 이끌려 플랫폼을 나왔다. 역 앞에는 삼각건을 머리에 두른 젊은 여인들의 행렬이 커다란 소리로 용맹스러운 노래를 부른다. 아, 모스크바다! 일하는 사람들의 마을이다! 바바 씨가 일주일쯤 머물러보라고 친절하게 권했지만 돈에 여유가 없어 그럴 수가 없었다. 일장기가 달린 자동차를 타고 가며 마을을 구경했다. 스키야바시 정류소 같은 푸시킨 광장이며 광장에 즐비한 상점 진열창 등등. 진열창에 담요와 가방, 셔츠 따위가 놓인 곳도 있긴 한데 대체로 붉은 천만 늘어트린 채 상품이 전혀 없는 가게들이다. 눈이 오지 않아 그런지 사람들이 굉장히 많고 다들 곰처럼 옷을 껴입고 있다.

언어가 통하지 않은 탓일까, 참으로 불가사의했다. 왜냐하면 내 눈에 들어온 러시아는 일본에서 알던 러시아와 크게 달랐기 때문이다. 일본의 무산자들이 연모하는 러시아가 이런 곳이었던가! 일본의 노동자 농민은 도대체 러시아의 무엇을 동경하는 걸까? 그럼에도 러시아는, 프롤레타리아는 변함없이 프롤레타리아다. 그리고 어느 나라든 죄다 특권자는 역시 특권자다. 3루블짜리 기차 식당에는 군인과 인텔리풍 사람이 대다수였다. 복도에 서서 잠을 청하는 사람들 중에 군인이나 인텔리는 한 명도 없었다. 대부분이 노동자의 모습이었다.

오래된 일본 신문(11월 8일 자)에서 도쿄 소비에트대사관이 다과회, 그러니까 소비에트동지회를 열었다는 기사를 읽었다. 가난한 사람들과 어울려 기차 여행을 하는 내게 이 기사는 퍽 감개무량한 소식이었다. 아자부에 있는 그 하얗고 말끔한 소비에트대사관에서 일본 소비에트 애호자를 모아놓고 다과를 내고 영화를 보여주는 그 모임에 참석한 이들은 죄다 무슨 무슨 씨나 무슨 무슨 여사겠지. 마음이 차갑게 식었다. 막대기처럼 꼿꼿이 선 채 잠들어 있는, 잠자리조차 사지 못하는 러시아인들 얼굴을 나는 눈부시게 바라봤지만…… 어찌하여 소비에트대사관은 일본 노동자 농민을 부르지 않는 건지. 무슨 무슨 씨, 무슨 무슨 여사도 좋지만 그들은 프롤레타리아 애호자이면서 유한 신사 숙녀의 또 다른 이름이지 않은가. 모스크바로 어머니를 만나러 올라온 피오네르는 몇 번이나 빵을 달라고 손을 내밀고, 식당은 돈이 있는 사람만을 위해 열차에 들러붙어 달려간다.

결코 러시아인을 나쁘게 말하는 게 아니다. 런던까지 가보고 난 뒤에도 내가 제일 좋아하는 인종은 러시아인이다. 역시 제일 좋아하는 풍경은 러시아 시골이다. 만약 언어가 통했다면 러시아의 인상이 한결 좋았을지도 모른다. 마치 활동가가 선전하는 시사회 같은 소비에트동지회 기사에도 반감을 갖지 않았을 수도 있다. 모스크바의 일류 요릿집에서 바바 씨에게 값비싼 검은 이크라연어나 송어의 알을 소금물에 절여 냉장한 음식를 성심껏 대접받는 동안 나는 함께 국경까지 갈, 기차에 남은 가난한 이들이 생각나서 눈을 감고 싶을 만큼 죄스러웠다.

기차가 벨라스키 정거장을 발차한 것은 자정쯤으로 조선인 청년 한 명이 화장실에 숨은 듯이 서 있었다. 나는 히로타 대사에게 가져다줄 서류를 바바 씨에게 맡겼기에 마음도 놓이고 루블이 없었는데 바바 씨가 용돈이라며 5루블을 주기도 해서 한숨 돌린 참이었다. 대단히 우수한 모스크바 통과였다. 조선인 청년은 반가운지 일본어로 술술 이야기를 털어놓았다. 어지간히 기구한 과정을 거쳐 여기까지 다다른 모양이었다.

객실에는 둥글고 기다란 통 같은 광주리를 든 할머니와 위쪽 침상에 중년 남자 두 명이 있었다. 담요든 뭐든 아무것도 빌려주지 않는 데다 스팀도 전혀 돌지 않으니 흡사 찢어질 듯 몸이 식어간다. 위쪽 침상을 쓰는 남자가 외투를 벗어 내 아랫도리에 걸쳐줬는데, 대장장이라도 되는지 풀무 따위를 잔뜩 갖고 있었다. 그에게 외투를 빌린 나는 괜스레 눈시울이 붉어져 판자로 된 침상 위에 가로누웠다. 벽에 걸린 커다란 괘종시계가 때때로 생각난 듯 울리고, 건너편 할머니가 어이구 하는 소리를 내며 추워 견딜 수 없다는 듯 벌떡 일어나 다리를 두드린다. 이 추위에는 젊은 사람도 잠들기 힘들 텐데 싶어 담요가 한 장 있던 나는 아랫도리를 덮은 외투를 할머니에게 살며시 던졌다. 할머니는 기뻐하며 덮고는 다시 누웠다.

이튿날 아침, 이가 부서질 듯 차가운 사과를 두 개 사서 끼니를 때우고 있자니 위쪽 침상의 남자가 검은 빵과 떫은 빨간 나무 열매를 조금 나눠주고, 할머니가 흐슬부슬한 비스킷에 버터를 발라 건네준다. 볼이 미어져라 전부 씹어 삼켰는데 맛있다기보다는 고마워 슬펐다. 이들은 나를 '후우샤'라고 부르며 무척 아껴줬다. 철길 옆에는 눈 흔적은 없고 재처럼 폭신폭신한 황토 평야에 버드나무 닮은 에리라는 나무며 소나무 닮은 페리오자라는 아름다운 나무가 즐비하다.

민스크에서 객실에 있던 사람 모두가 내렸다. 역은 노동자로 북적거리고 여자 남자 할 것 없이 활기 넘치는 마을로 뭔가 모스크바와 다른 강함이 느껴졌다. 민스크 사람들은 기질이 거칠다고 한다. 여기에서 매우 품위 없는 미국인 두 명이 객실에 올라탔고, 한 명이 토머스쿡의 얄팍한 어음을 기세 좋게 앞에서 흔들어댔다. "민스크는 좋은 곳이던가요?" 내가 묻자 눈썹을 찡그리며 웩 하고 토하는 시늉을 하고는 테이블에 수북이 쌓인 모래 먼지 위에 손가락으로 글씨를 쓰며 말한다. "이렇게 더럽다니까." 이 지역은 재처럼 보드라운 토질이라서 앉아 있으면 그곳만 빼고 나머지는 금세 모래로 까칠까칠해진다. 일본은 어떠냐고 물어보기에 말없이 웃었다. 잡화 따위를 팔러 온 듯하기에 물건이 잘 팔렸는지 물으니 떠올리기도 싫다는 표정을 짓는다. 그들은 무턱대고 "오, 아메리카!"를 남발하며 여자가 아름답다는 둥 길이 멋지다는 둥 미국의 세계 제일을 늘어놓았다. 옆 객실에 묵는 조선인 청년은 독일인 상인과 허물없이 지내고 있었다.

낮 1시쯤 네고레로에(러시아의 국경 지역)에 도착했다. 차가운 바람이 불어 트렁크를 들고 세관까지 가는데 손이 저렸다. 런던까지 긴 여행을 하는 동안 네고레로에 세관이 가장 엄중

했다. 돈을 어디에 썼냐부터 지금 얼마나 남았냐까지 한참이나 시간을 잡아먹었다. 이때 나는 러시아 동전을 몽땅 반납하고 폴란드 돈으로 60즐로티인가 70즐로티인가를 받았다. 네 고레로에는 짐꾼이 3루블로 제법 비싼 편이다. 나, 미국인 두 명, 조선인 청년, 독일인 상인, 러시아인 부부가 함께 갔는데 세관 지붕이 높아 여행자가 모두 작게 보였다. 러시아인 젊은 부부는 배우라도 되는지 이제껏 본 러시아인 가운데 최고로 아름답고 잘 어울리는 한 쌍이었다. 근데 바르샤바까지 간다는 부부의 소지품을 세관원이 나와 독일인 상인과 조선인 청년을 합친 시간보다 더 오래 조사했다. 트렁크 안에서 빛바랜 비단 슈미즈나 소매 한쪽이 해진 내의를 마구 끄집어낼 때마다 부인은 부끄러운지 어깨를 움츠리며 하얀 손수건으로 입을 가렸다. 어쩌면 백계일지도 모르겠다.

스토비츠(폴란드의 국경 지역)에 닿은 것은 오후 5시 무렵. 스토비츠는 흡사 동화의 세계로 모든 것이 자그마하고 아담해 아름다웠다. 국경선 하나로 러시아와 폴란드는 이렇게 다르구나 싶게 풍경도 다르고 인종도 다르다. 갈아탄 기차조차 굉장히 예쁘고 깨끗해 무엇이든 반짝반짝 빛났다. 이곳에서 오랜 시간 삼등 열차 동지였던 독일인 상인이 일약 일등 침대칸으로, 조선인 청년이 삼등 이인용 침대칸으로 옮기는 바람에 삼등칸 바닥에 나만 덩그러니 남았다. 밤이 가까워서인지 다들 침대권을 산 모양으로 내가 있는 보통석에는 아무도 오지 않왔다. 가끔씩 식당 보이가 소리치며 차와 과일을 팔러 다녔지만 돈을 넉넉히 환전하지 않은 나는 군침만 삼키며 가까스로 견뎠다.

폴란드는 여권 검사가 심하게 잦다. 잠들만 하면 곧 깨우러 와서는 여권을 확인한다. 수상한 남자가 뛰어가면서 전단을 주기도 하고 사복형사인 듯한 사람이 왔다 갔다 하기도 한다. 밤이 깊어지자 어느 나라 사람일까, 바다거북처럼 생긴 덩치 큰 할아버지가 옆으로 와서 흰 전등을 끄고 자줏빛 등불을 켰다. 그러고는 무언가 알아들을 수 없는 말을 중얼거리며 내 어깨에 손을 두르는 게 아닌가. 놀란 나는 뭐라 말해야 할지 몰라 그저 큰 목소리로 "논프랑스어로 '아니'라는 뜻, 논, 논"을 연발했다. 이게 기차 별이 가운데 하나인 여행자를 노린 소매치기인가 했는데, 이번에는 들입다 가슴 쪽으로 손을 내뻗었다. 때마침 검표하는 남자가 들어와 커다란 소리를 내며 전기 스위치를 누르자 바다거북 할아버지는 자는 척했다. 검표하는 남자가 나가고 바로 젊은 폴란드 순경이 들어와 내 앞 의자에 담요를 펼치고 가로눕자 할아버지는 어딘가로 가버렸다. 폴란드 순경은 반지르르한 머리털을 쓸어 올리며 빙그레 웃더니 이제 괜찮으니까 어서 누워 자라고 말하고는 자기 목에 팔을 괴어 보였다. 눈을 감고 드러누운 나는 별일도 아닌데 눈물이 나서 견딜 수가 없었다.

밤 11시 넘어 바르샤바에 다다랐다. 불빛이 환한 번화가로

역은 사람들로 붐비고 공장과 철도와 기차가 많았다. 또 근사
하게도 여인들이 유독 아름다웠다. 바르샤바에서 런던까진 입
때껏 본 적 없는 예쁘고 내성적인 아가씨와 객실을 함께 썼다.
낡은 털가죽이 달린 연한 녹색 외투를 입고 발에 아름다움을
한층 더하는 진한 갈색 양말을 신은 이 아가씨와 나는 차도 과
자도 같이 샀다. 미국 달러가 조금 있어 쓰기에 부족하지 않았
다. 빨리 쓸 걸 하고 생각했을 정도다.

22일 아침 10시께 베를린의 슈레디트 정거장에 도착했다.
거리가 건강하고 활기찼다. 어쩌면 오랜만에 일본처럼 반짝이
는 따스한 아침 햇살을 만났기 때문에 그렇게 느꼈을지도 모
른다. 창밖으로 벽돌 공장이며 맥주 공장 등이 보였다. 베를린
역은 처음으로 일본풍 지붕도 있는가 하면 플랫폼에는 매점도
있었다. 뚱뚱한 남자들이 눈에 띄었다. 프리드리히 정거장에서
는 흔치 않게 일본인 청년과 마주쳤다. 누군가를 마중 나온 듯
하기에 일본인은 나 혼자였다고 말하자 "전쟁은 어떻게 되고
있냐"며 걱정했다. 이 사람에게 달러를 마르크로 환전하고 전
보 치는 일을 도움받으며 인정이란 참으로 고마운 것임을 실
감했다. 하지만 이름 묻는 일을 그만 깜박한 채 그대로 기차는
달려갔다.

쾰른에 도착한 건 저녁 8시 반쯤, 열 명 남짓한 프랑스 군
인이 기차에 올라탔다. 멋들어진 하늘색 군복에 지갑만 한 작
은 모자를 쓴 그들은 노래를 부르고 과일을 던지며 사뭇 명랑

함을 넘어 까불댔다. 몇몇 군인은 폴란드 아가씨가 너무 아름다운지 멍한 표정을 짓고, 한 군인은 기다란 소맷자락을 펄럭이는 동양 여인이 신기했는지 홍견 안감을 댄 내 소매를 뒤집어본다. 중국인일까 아니면 일본인일까, 그들이 작은 토론을 벌이는 동안 나는 가만히 잠든 척했다. 조용해 끝났나 싶어 눈을 뜨니 내 무릎 위와 폴란드 아가씨 무릎 위에 과자며 과일이 가득했다. 프랑스 군인들은 한밤중에 프랑스의 작은 역에서 내렸다. 커다란 목소리로 노래를 부르면서.

유럽행 삼등 열차는 마치 일본의 나룻배처럼 많은 사람이 떼 지어 줄줄이 걸터앉아 있다. 새벽에는 프랑스인으로 보이는 가족과 네댓 명의 룸펜 제군이 탔다. 그들은 금세 사이좋게 이야기를 나누며 철포처럼 길쭉한 빵을 우적우적 베어 먹다가 불경기에 대해 이러쿵저러쿵 떠든다. 개중에는 고풍스러운 아코디언을 어깨에 둘러멘 예술가도 있는가 하면 붉은 목도리를 두른 아파슈파리 밤거리에 출몰하는 불량배를 일컫는 말풍 노동자, 발 한쪽이 없는 남자, 볼에 탄흔이 있는 노인, 귀여운 아이 등등 다들 가난한 사람들뿐이다. 발 없는 남자와 탄흔 있는 노인을 보니 베르됭전투제1차 세계대전 중 독일과 프랑스가 벌인 최악의 전투가 떠올랐다. 과연 독일인과 프랑스인은 기차 안에서까지 사이가 나쁜지 "이렇게 불경기인데도 구태여 옆에서 일하러 오는 건 참을 수 없어!" 건너편 칸에 있는 독일 노동자가 욕지거리를 내뱉기도 한다.

그럼에도 삼등 열차는 한 가족 같으니 어찌 된 일일까? 한가로운 익살꾼이 많은 덕에 언제까지나 명랑한 웃음소리가 끊이지 않는다. 무산자의 모습이란 아무리 인종이 다르다고 해도 보통 단벌 신사로 조선에서 파리까지 다들 같은 풍채다.

23일 오전 8시, 드디어 반가운 파리 북역에 발을 내려놓았다. 폴란드 아가씨와도 이대로 '아듀'다. 오랫동안 시베리아를 횡단한 탓인지 뭐든지 아름답게 보이는 파리 거리는 흡사 꿈속 같았다. 떫은 나무 열매나 뼈 많은 수프, 버터 바른 검은 비스킷 따위를 나눠주던 러시아인의 인정이 사뭇 그립고 더욱이 '앞으로 어떻게 될까'라는 불안한 마음마저 있었기에 싸구려 호텔에 들자마자 열흘가량 돌인 양 가만히 잠만 잤다. 나는 자면서 어렴풋이 생각했다. 언제나 진실한 것은 파묻혀 지나가고 다소 연극적인 것이, 으스대는 것이, 상스럽게 비하하는 자들이 어이없게도 어느 나라든 특권을 갖는구나. 프롤레타리아라는 하이칼라 언어를 쓰지 않아도 기나긴 삼등 열차 여행에서 굉장히 착하지만 가난한 사람을 수없이 봤다.

그럼 이제부터 파리 생활. 해님은 나를 버리지 않았으니! 나는 아직 건강하다. 해서 어디까지 삼등 여행을 계속할지 모를 일이다. 쓸데없을 성싶지만 도쿄에서 파리까지의 내 여행 경비를 적어볼까 한다.

## 도쿄에서 파리까지 - 약 379엔 95전*

11월 4일

도쿄에서 파리행 티켓 - 313엔 29전


11월 10일

시모노세키에서 연락선까지의 짐꾼 품삯(트렁크 네 개) - 30전

배의 보이에게 팁 - 50전

부산 도착, 짐꾼 품삯 - 40전

단둥에 있는 지인한테 전보 - 45전

「오사카아사히신문」, 「오사카마이니치신문」 - 10전

단둥행 급행권 - 41엔 25전

추풍령에서 차 한 잔 - 7전

잡지 『모던재팬』 - 10전

경성에서 일본 도시락 - 35전

식당에서 사과와 차 - 40전


11월 11일

단둥에서 선양까지의 급행권 - 75전

계관산에서 도시락 - 40전


*1전은 1엔의 백분의 일. 당시 물가를 보면 달걀 한 개가 4전, 도쿄-오사카간 삼등특급
권이 8엔 정도였다. 현재 화폐 가치로 환산하면 1전은 약 40엔, 1엔은 약 4,000엔이다.

차 한 잔 - 10전


11월 12일

선양에서 창춘까지의 급행권, 전시라 이등칸으로 바꿈 - 1엔 50전

선양역 카페에서 식사 - 60전

우표 - 20전

그림엽서 두 세트 - 40전

발차할 때까지 짐꾼에게 짐 보관 - 50전

인력거꾼의 안내로 성내 관광, 전시라 도중에 돌아옴 - 60전

창춘 도착, 일본인 짐꾼 품삯 - 1엔

일본관광공사 중국인 사원에게 - 50전

창춘역 대합실에서 레몬차 - 5전

차를 가져다준 중국인 보이 팁 - 20전

열차 내 러시아인 보이 팁(일본 돈) - 1엔


11월 13일

하얼빈 도착, 러시아인 짐꾼 품삯 - 40전

러시아인 운전사와 함께 북만호텔로 - 1엔

아침 8시부터 오후 2시까지의 호텔 휴식료(아침밥 포함) - 3엔

여종업원 팁(기분이 좋아 많이 줌) - 2엔

호텔 짐꾼 품삯 - 1엔

일본관광공사 사원에게 - 50전

선홍색 담요 - 7엔 50전

포도주 한 병 - 60전

홍차 한 통 - 40전

으름덩굴 바구니 - 20전

주전자 - 75전

숟가락과 포크 하나씩 - 28전

알루미늄 컵 한 개 - 20전

법랑 접시 한 장 - 40전

사과 열 개 - 50전

레몬 두 개 - 7전

서양배 다섯 개 - 25전

치즈 - 70전

캐러멜 - 20전

삼색 소시지 세트 - 80전

소고기 통조림 두 개 - 60전

버터 - 20전

각설탕 큰 것 - 40전

빵 닷새분 - 35전

그 밖에 알코올램프도 필요


11월 14일

아침 9시 넘어 하이라얼역 도착, 점심 도시락 - 1엔 40전

러시아인 짐꾼 품삯 - 3엔

만저우리 낮 1시 도착, 전시라 짐꾼 이용, 여기서 기차 환승 - 1엔

모스크바행 열차 보이 팁(일본 돈으로 보통 3엔 정도가 적당하다고) - 5엔


11월 15일

러시아 세관원이 가진 돈이 얼마냐고 묻는데 너무 적게 신고하지 않는 편이 좋음(열차 안에서 러시아 돈으로 환전, 일본 돈 20엔이 약 러시아 돈 20루블 정도)


11월 16일

열차 식당칸에서 점심(수프, 오믈렛, 밀가루 음식) - 3루블

한밤중에 바이칼호 근처에서 밀가루 튀김 두 개, 맛없음 - 1루블


11월 18일

점심(수프, 신맛 나는 밀가루 음식, 메밀과 닭 뼈 넣은 요리) - 3루블

베개 한 개와 담요 한 장의 임대료(이 값이라면 하얼빈에서 담요 한 장을 더 샀을 텐데) - 6루블

사과 두 개 - 2루블


11월 20일

모스크바, 밤 9시 넘어 도착

11월 21일

국경 네고레로에 낮 도착 - 짐꾼 품삯(너무 비싸다) - 3루블

50이라고 적힌 은화 열두 개 - 폴란드 스토비츠 저녁 도착, 짐꾼

이 그늘로 나를 부르더니 폴란드 은화를 몽땅 가져감

열차 식당칸에서 저녁으로 폴란드 요리(오르되브르, 닭고기, 달걀,

닭고기볶음밥, 푸딩, 차, 레모네이드) - 1달러(약 2엔)


11월 22일

열차 내에서 저녁으로 프랑스 요리(수프, 흰 생선 살, 채소 샐러드,

비프스테이크, 아이스크림, 초콜릿, 콜롬보 밀감, 포도주) - 15프랑

(약 1엔 20전)


11월 23일

파리 새벽 도착, 짐꾼 품삯 - 5프랑(약 40전)

찻삯 - 10프랑(약 80전)

베를린에서 파리까지 침대권 없는 삼등칸, 2주일 동안의 기차 여

행, 뜻밖에 마음이 편했음

# 게다 신고 걸은 파리

자, 파리의 첫 이야기는…… 맨 처음 일주일 동안은 터무니없이 잠만 잤다. 얼마나 밝고 너른 거리일까 상상했는데, 겨울 파리는 새벽녘이든 저물녘이든 전혀 어림잡을 수 없을 만큼 우윳빛 땅거미가 져서 잠들기에 딱이었다. "파리에 잠자러 왔냐"고 타박하는 사람도 있겠지만 어쨌든 돈도 없고 허둥대서는 일을 그르치니까. 나는 잠자는 척하면서 실제로는 파리에서의 생활을 생각했다. 물론 너무 잠만 자면 머리 건강에 상당히 나쁘다. "몇 번인가 죽으려다 죽지 못했네, 내 지난날이 우습고도 슬프구나." 이시카와 다쿠보쿠의 노래 탓은 아니지만 막상 일본을 멀리 떠나오니 이상하게 눈물이 많아진다.

지금 하숙집을 비둘기와 고양이의 보금자리라고 하면 뭔가 낭만적으로 들리겠지만, 사실 파리 고양이만큼 기분 나쁜 것도 없다. 털실 뭉치처럼 불룩해서는 밤이면 뚜벅뚜벅 집으로 들어오다가 어두운 천장에서 내 등으로 불쑥 떨어진다. 하숙집에는 길고양이가 일곱 마리나 둥지를 틀고, 개도 두 마리나 있다. 비둘기 두 마리는 아마 식용일 텐데 창문 아래 정원에 자리한 철망 속에서 아침이면 구구 하고 고운 목소리로 울어댄다.

凸형, 이것이 내 방 모습이다. 무섭고 복잡해 조금 돈을 벌면 네모반듯한 방으로 이사하고 싶지만 봄까지는 무리겠지. 처음 방을 보고 멍한 표정을 지었더니 집주인이 "350프랑" 하고 말을 던졌다. "비싸네요"라는 말을 프랑스어로 뭐라고 하는지 떠오르지 않아 안내해준 사람과 함께 얼굴을 찡그리자 300프랑으로 깎아줬다. 여하튼 손수 밥을 지어 먹을 수 있게끔 반평 남짓한 주방도 딸렸다. 나는 주방을 전화실로 착각해 파리는 정말 하이칼라적인 곳이라고 감탄하며 문을 열었는데, 떡하니 커다란 가스대와 삼단쯤 되는 선반이 벽에 걸려 있었다.

300프랑은 가구를 포함한 가격으로, 그 가구란 것이 상당히 보잘것없다. 옷장은 당장이라도 쓰러질 듯한 목재 품질을 뽐내고 두 개 있는 의자는 너무 높아 어떻게 앉아도 발이 그네를 타고 만다. 때때로 배꼽 빠지도록 웃기에 딱 맞는 의자랄까. 이 의자에서 즐겁게 일할 수 있다면 어떠한 야심을 품지 않아도 그만. 자지러지게 웃고 또 자지러지게 웃으며 죽음을 맞이할 때 제격이겠다. 옆에는 분장실 뒤쪽에서 끄집어낸 것 같은 덜커덩대는 둥근 탁자, 살짝 새우등이라 추락하는 자세로 글을 쓰지 않으면 안 된다. 내 신경을 제일 긁는 것은 일곱 면으로 펼쳐진 벽지다. 싸구려 여인숙처럼 붉은색 꽃무늬라 뭔가 어수선하고 꺼림칙하다. 대팻밥이 붙어 있는 상냥한 일본 벽이 그립기 그지없다. 아침에 눈을 뜨면 붉은색의 홍수다. 눈을 감아도 눈꺼풀 안쪽까지 빨갛게 물들 정도다. 여기서 병이라도 걸려 무일푼이라도 되는 날엔 그야말로 비참하겠지.

파리에 온 뒤 2주째, 나는 무작정 거리를 거닐기 시작했다. 걷고 또 걸으면서 목적지 없이 돌아다니는 인간의 불행을 알았다. 하숙집은 당페르 불라르가 10번지. 조금만 걸어 나가면 광장에 사자상이 있는데 엎드려 누운 형태가 긴자 미쓰코시 사자상과 똑 닮았다. 당페르는 고이시카와 주변 너저분한 동네와 마찬가지로 물건이 싸고 그다지 새치름한 사람들은 살지 않는다. 새침한 사람들은 다들 센강 건너편. 이곳은 서민 마을이라고 하는 쪽이 맞을지도 모른다. 값싼 물건을 말하자면 유독 빵이 값싸고 맛나다. 여기 빵은 장작같이 기다래 베어 먹으며 거리를 걸을 수 있기에 더없이 즐겁다. 파리 거리는 무언가를 먹으며 걸어도 상관없다.

나는 매일 아침 60상팀짜리 길고 얇은 빵을 사 와서 먹는다. 물론 한꺼번에 다 먹지는 못한다. 파리에서는 이탈리아 쌀이라 퍼석퍼석하긴 해도 밥을 해 먹을 순 있지만, 쌀밥을 먹으면 단무지가 떠오르는 탓에 그만뒀다. 파리 식료품은 빵 이외는 뭐랄까, 모두 맛이 덤덤하고 개중에 생선은 일본에 못 미친다. 장 보러 갈 때는 25전짜리 옻칠한 게다를 신고 뚜벅뚜벅 걸어가기에 다들 나를 알고 있다. 너무 자주 마카로니를 사러 가는 통에 이탈리아인이 하는 식료품 가게에서는 "당신의 혀는 이탈리아가 잘 이해하지" 같은 알랑거리는 말까지 듣는다. 이탈리아어와 일본어는 모음 등이 굉장히 닮았다고 생각한다. 초여름에는 이탈리아를 가보고 싶다.

날씨가 약간만 좋으면 파리 거리에 헌팅캡을 쓴 아코디언 악사가 종종 찾아온다. 맨 처음 파리다운 기분을 안겨준 것도 그들이었다. 길거리 연주자가 오면 다들 창문에서 내려다본다. 창 하나가 한 집이라서 저마다 창문에서 다른 인종이 내비치는 풍경은 자못 흥미롭다. 하숙집이 자리한 건물은 세 채로 나뉘어 오층까지 있기에 여러 창문에서 수많은 사람이 구경할 때면 마치 벌이 붕붕 소리 내는 듯하다. 내 방 창문 바로 맞은편에는 아름다운 처녀가 산다. 아를 지역 여인으로 쭉 내민 가슴이 참 보기 좋다. 그녀는 밤이 깊어질 즈음 언제나 노래를 부르며 돌아오고 공동 수도에서 마주치면 하얀 이를 보이며 해죽 웃는다. 상점 판매원으로 근무한다는데, 귀가가 새벽녘일 때도 있는 걸 보아 아마도 오랜 시간 문을 여는 가게이지 싶다.

하숙집에서 전찻길 쪽으로 몇 걸음만 나가면 '유니프리'라는 상점이 있다. 10프랑 넘는 물건은 팔지 않는 균일상점으로 꽤 번창한 가게다. 일층 식료품 매장에서 아침 커피가 포도 넣은 빵을 합쳐 50상팀이고, 점심 식사가 맥주 한 잔을 더해 3프랑 50상팀이다. 접시에는 샐러드며 햄이며 정어리며 달걀이 담겼을 뿐만 아니라 15센티미터쯤 되는 빵까지 딸려 온다. 가까운 시일 내에 사전을 뒤적이며 먹어볼 작정이다. 요전에는 아이스크림이 먹고 싶어 죽을 뻔했다. "돈네 모아프랑스어로 '달라'는 뜻, 아이스크림" 따위를 말해봤자 통하지 않는다. 하룻밤 내내 사전을 뒤적이니 웬걸 우아한 단어로 '글라스프랑스어로 '아이스크림'이란 뜻'가 있었다. "돈네 모아, 글라스"라고 말하면 되는 셈이다.

당페르에서 몽파르나스까지는 대여섯 블록밖에 안 되기에 자주 걸어간다. 지하철이나 자동차를 타지 않고 마냥 걷는다. 지금은 걷는 일이 제일 행복하고, 걷는 것 외에는 안정감을 느낄 수 없다. 그렇다고 교외에서 그럴싸하게 살고 있다는 기분도 들지 않으니, 하루빨리 불우한 살림살이에 적응하는 길밖에 다른 도리가 없다. 창밖 전망이 좋지 않아 불빛 없는 행등에 머리를 처박고 있는 듯 방이 어둡기 짝이 없다. 이렇게 파리 지붕 아래 삶은 간단치 않지만 파리 거리에는 벌써 아코디언 악사가 노래를 부르며 돌아다닌다.

어제는 올랭피아라는 극장에 들어갔다. 「무명의 음악가」

라는 영화를 상영했다. 영화 내용은 보잘것없었음에도 노래가 좋아 나름 감칠맛이 났다. 그리고 영화 사이사이 버라이어티쇼를 했는데 일본에서 본 레뷰보다 본고장다운 멋이 있었다. 다리를 홀딱 내놓는 춤이 유행인 일본과 달리 파리는 치마나 바지를 입은 채 상반신만 드러낸 춤이 대부분이었다.

첫 무대는 일인 아파슈 댄스로 검은 공단 바지에 붉은 삼각형 천을 머리에 두른 무용수는 가슴을 은색 띠로 살짝 가렸다. 두 번째 무대는 부채춤. 무용수들은 끝단에 선명한 주황색 천을 오겹 덧댄 나팔꽃 모양 하얀 치마를 입고 같은 색 헝겊으로 가슴을 감았다. 부채는 사람 키보다 크고 하얀 깃뿌리가 달려서 학이 춤추듯 아름다웠다. 무희 일곱 명의 허리가 가로줄로 가지런히 모인 장면은 무척 화려했다. 전기 조명 하나가 색비름처럼 붉게 물들거나 연기처럼 보랏빛을 띠거나 해도 배경이 거무스름한 덕인지 전혀 눈이 피곤하지 않았다. 세 번째 무대는 기차춤으로 열다섯 명 남짓한 무용수가 검은 배경 뒤 가운데에서 잇따라 나왔다. 터널에서 나오는 모습을 표현한 걸까. 헐렁헐렁한 파란 바지를 입고 칙칙 소리를 냈다. 네 번째 무대는 벌춤. 검은 몸통에 갈색빛이 도는 붉은 천을 허리에 두르고 가슴에 노란 띠를 맨 무희들이 이때만은 아름다운 다리를 한껏 드러냈다. 이윽고 벌로 분장한 무용수들이 춤을 다 추고 흩어져 분장실로 가버리자 곧장 하얀 막이 내려지더니 그녀들이 대화하는 장면을 비추기 시작했다.

"어머나, 누가 내 드로어즈 가져갔어!"

"이런, 바지가 터져버렸네."

"내 넥타이 맨 녀석 누구야?"

바로 토키유성영화였다. 무용수들이 벌 복장을 벗으니 바지와 와이셔츠 차림에 넥타이를 매고 중절모를 쓴 멋진 양복 신사와 분홍색 기다란 치마를 입고 작은 모자를 머리에 달랑 얹은 숙녀가 탄생했다. 이어 막이 스르르 올라가자 한 숙녀가 소리쳤다. "가슴 가리개를 아직 못 찾았단 말이야!" 관객이 웃는 사이 어느덧 무대에 환한 빛이 켜지고 눈앞에 스크린에서 본 신사 숙녀가 새치름하게 서 있었다. 사실 별것 아니다. 어린 시절 구경한 연쇄극무대에서 나타낼 수 없는 장면을 미리 촬영해 극과 극 사이에 틀어주는 연극이지만 꽤 기발하고 많은 사람이 노래하는 코러스가 청명해 마음에 들었다. 무엇보다 몸 상태가 좋아진 점이 더없는 소득. 나는 눈이 어찔어찔해서는 흥분해버렸다.

어째서 파리에 왔을까? 아가씨나 학생 같은 사람들이 오는 곳이구나 싶은데. 어느 인종이 프랑스 파리를 지탱하고 있을까? 누군가는 소수의 지식계급이라고 하지만 흥, 놀라운 이야기다. 프랑스를 지탱하는 건 백성과 이방인이다. "게을러 못쓰는 마음 약한 젊은 남자와 울기보단 다정한 할아버지와 웃어봅시다, 어차피 세상은 운수소관, 게을러서는 밥 못 먹습니다." 어떤 사람이 직역해준 가사를 내가 그럴듯하게 고쳐봤다. 지금 파리에선 이런 노래가 유행한다.

파리에 오고 난 뒤 일본이 조금 건강하게 보인다. 왜일까? 다른 나라에서 온 이방인들도 같은 말을 할지 모른다. 파리는 너무 화려하고 거친 느낌이다. 일본에서는 조금만 비가 내려도 길이 질척인다는 둥 별나게 푸념을 늘어놓았건만, 파리 보도는 너무 단단해 몸에 쾅쾅 자극을 줘서 4킬로미터만 걸어도 지쳐버린다. "그렇게 파리를 나쁘게 말할 건 없잖아." 파리에 사는 일본인 가운데 이렇게 꾸짖는 이도 있을 텐데, 혹여 자신을 프랑스인이라고 여기는 건 아니겠지?

파리 여인의 화장으로 말할 것 같으면, 여기 할머니 한 분을 일본으로 모시고 가서 긴자를 걷게 한다면 모두 도깨비라며 웃을 게다. 원숭이 같은 볼연지며 입술에 칠한 빨간 루주며 눈가에 바른 파란 가루까지, 그야말로 대단치 않은 유화의 한복판이다. 물론 어느 나라든 젊은 여인은 아름답고, 화장이 도드라지지 않는 일하는 여인은 매우 풋풋하다. 파리 생활이 일천한 나는 아직 일하는 파리 여인에게 얼마만큼 자각이 있는지 가늠할 순 없다. 다만 몽마르트르 아래 신주쿠와 비슷한 거리를 밤에 거닐 때면 노점을 연 젊고 예쁜 여인과 종종 마주치는데, 살짝 치장한 채 카페에서 남자를 찾아도 그만일 텐데 싶을 만큼 다들 무척 사랑스럽다. 그녀들은 유례없이 기분 좋은 얼굴을 하고 있다.

길가에 자리한 꽃 가게에는 카네이션, 제비꽃, 국화, 미모사 등이 한창이다. 흙이 보이지 않는 탓인지 활짝 핀 꽃잎 색깔을 보면 생기가 넘쳐 기분이 좋아진다. 또 거리를 걸으며 오랜 건축물을 구경하는 일도 즐겁다. 이끼 낀 고풍스러운 길목에 있는 수도꼭지 하나마저 뭔가 특별하다. 겨울 파리도 살다 보면 사랑스러워질까. 이른 봄철 나무에 새싹이 솟아나는 파리는 마음에 든다. 파리가 거칠어 보이는 이유는 밤이 길기 때문이다. 파리는 화가들이 오는 동네다. 작가가 와봤자 프랑스어를 잘하지 못하면 금세 쓸쓸해진다.

파리에서 처음 사귄 친구인 데이몬드는 "당신이 점점 좋아져서 곤란해. 어서 말을 배우라고!" 같은 한껏 간지러운 말을 건넨다. 이런 다정한 여인이 있으니 파리는 상냥하고 그리운 곳이다. 그녀가 조만간 에펠탑에 데려다준다길래 에펠탑에 올라가도 별로 재미있지 않을 것 같다고 했더니 "밑에서 바람이 불어 올라와서 얼마나 기분이 좋은데"란다. 파리는 가벼운 곳이다. 그녀는 품위 없는 곳만 바라본다. 누군가는 눈살을 찌푸릴지 모르지만, 나는 불우하기에 품위 있는 곳과 인연이 없다. 여하튼 빵이 60상팀, 생정어리가 세 마리에 60상팀. 이만큼으로 파리에서 살아가야 하니 즐거운 교제는 잠시 휴식이다.

# 거리 천사, 매춘부와 순경

　　너무 오랫동안 기차 여행을 계속해온 탓일까. 나는 파리에 도착하자마자 매일매일 잠만 잤다. 왜 잠만 잤느냐 하면 그간 의 피로가 몰려온 것도 하나의 이유이긴 하지만, 실은 호텔을 잡고 난 뒤 날이면 날마다 밤뿐이라고 말하고 싶을 만큼 어두 운 파리의 하루에 멍해져버렸기 때문이다. 이러니저러니 하는 참에 아침이 오고 낮이 오고 밤이 오는, 상당히 자유자재한 일 본 풍토에 익숙한 몸이 느닷없이 어둠침침한 파리에 와서 밤 만 이어지는 시간을 맞닥뜨리니 마치 근시가 안경을 잃어버린 듯 종잡을 수 없어 어찌할 도리가 없었다.

　　"아이고, 겨우 아침이 됐네. 파리의 아침 풍경을 한번 볼까!" 첫째 날 아침, 그렁저렁 12시 가까이 됐을 무렵 일어나 먼저 두꺼운 커튼을 젖히고 레이스 틈새로 밖을 내다봤다. 창밖은 매우 어두웠다. 나는 몇 번이나 손목시계를 귀 옆에 대고 흔들어 시간 검진을 해봤지만 시계에는 어떠한 고장도 없었다. 어긋나 있는 것은 파리 하늘 아래로, 꼭 일본 저녁 빛깔이다. 이런 날이라면 그냥 한숨 더 자야겠다고 마음먹고 다시 잠을 청하거나 아무 일도 하지 않은 채 밤부터 밤까지 깨어 있는 지독한 절름발이 생활을 한 달 가까이 했다.

내가 파리에 도착한 건 11월 하순으로 마로니에 거리 오래된 가로수는 이미 죄다 벌거숭이였고 길가 곳곳에 등장한 군밤이 맛있는 계절이었다. 슬슬 잠자는 일에도 싫증 나서 살림살이를 사러 거리에 나가야 했는데, 어쨌든 거리를 다니려면 언어가 필요했다. 게다가 프랑스 시골이라면 대단한 일도 아니겠지만 여기는 파리. 본고장에 오니 일본에서 배운 프랑스어로는 왠지 무서워 좀처럼 말참견하기 힘들었다. 그래서 저녁밥을 먹으러 가든 살림살이를 사러 가든 호주머니에 연필과 종이를 준비한 채 일일이 배우며 걸었다. "주세요, 철솥." "주세요, 나에게, 블랙커피." 어쩌다 이렇게 더듬더듬 말하면 파는 사람도 당황해서는 눈을 끔뻑끔뻑하고, 사는 나도 멍하니 얼어버려서는 "꼼사프랑스어로 '그러니까'라는 뜻"만을 연발하기 일쑤다. 그래도 궁하면 통한다고, 어찌어찌 주방용품도 전부 갖춘 김에 매일 장을 보러 다녔다. 이게 또 꽤나 허를 찔렀다. 일껏 양파를 사러 가서는 채소 장수의 늠름한 얼굴을 보자마자 쩔쩔매다가 양파를 감자로 잘못 말하는 일은 한두 번이 아니었고 계량을 틀려 양파를 1엔어치나 사 들고 오는 일도 있었다.

일본 태생의 내 프랑스어로 말할 것 같으면 더 어찌할 나위 없을 만큼 엉망진창이다. 우선 안부 인사쯤은 익숙해지려고 하숙집 아주머니들 얼굴을 보는 즉시 말을 건네보지만 프랑스 태생 인간에게는 도저히 대적할 수가 없다. 내가 입을 떼는 사이 "사 바 비엥프랑스어로 '잘 지낸다'라는 뜻"을 던져버리니 내 프랑스어는 점점 비참한 꼴이 돼버린다. 귀부터 익히지 않고 눈으로만 배운 것이 원인이겠지만, 척하면 착일 만큼 숙달하려면 남다른 노력이 필요하다. 밤에서 밤까지, 파리 가을에서 겨울은 이런 느낌이었다. 겨울 파리는 '밤에 피는 거리'라고 듣긴 했는데 그리 과장된 거짓말은 아니다.

파리에 도착하고 얼마 안 돼서다. 크리스마스가 가까운 어느 날 밤, 몽파르나스 묘지 근처 거리에서 몹시 야윈 여인이 어깨를 두드리며 "아침부터 아무것도 먹지 못했어"라며 다가왔다. 놀란 내가 어쩐지 기분이 나빠 묵묵히 발걸음을 옮겨도 그녀는 "2프랑, 주지 않을래?" 하며 뒤를 졸졸 따라왔다. 젊은지 늙었는지 전혀 가늠할 수 없는 붉은 입술의 여인이 뒤쫓아오는 게 그다지 기분 좋은 일은 아니기에 나는 2프랑을 얼른 건네주고 잰걸음으로 걷기 시작했다. 그러자 2프랑 받은 여인이 재빨리 달려와서는 "너 뭐야?"라고 따졌다. 돈을 받고 너 뭐야

라니 부아가 치밀어 "작가"라고 으스대며 대답했다. 그 말이 제법 효과가 있었던 걸까. 2프랑을 달라던 여인은 매우 세차게 내 어깨를 붙잡더니 이삼일 함께 살며 자신의 사연을 들어주지 않겠냐고 간청했다. 어처구니없는 일이 벌어져 난감했지만 이미 행차 뒤에 나팔 불기. 그 야윈 여인은 결국 2프랑을 받은 것도 모자라 내 침실까지 따라왔다.

"작가라고 말했지만 거짓말이야." 이렇게 정정해봤자 비교적 아늑해 보이는 방 안이나 두 사람쯤은 거뜬히 누울 만한 침대를 이미 본 그녀는 나를 얕봤는지 장갑을 벗으며 하소연을 늘어놓는다. "요즘은 거리의 남자들이 나를 보고 되돌아보지도 않아요. 하루걸러 한 번씩 밥도 못 먹고. 방에서 진즉에 쫓겨나 지금은 친구 방에서 신세를 지고 있는데, 그것도 이젠 싫어하는 기색이 역력해요. 아주 죽을 맛이랍니다." 그러고 나서 젊은지 늙었는지 종잡을 수 없는 이 여인은 작은 소리를 내며 울었다. 우는 모습을 보니 나가달라고 내쫓을 수도 없는 노릇이라 그대로 모르는 체하며 밥을 짓고 있자니 "내가 맛있는 요리를 해줄게"라며 버터를 거침없이 잔뜩 녹여 청대콩을 졸였다. 어쩔 수 없이 무뚝뚝한 표정으로 마주 앉아 저녁밥을 함께 먹었고, 그게 고질이 되어 그녀가 내 방에서 사흘이나 더부살이하는 바람에 곤란하기 짝이 없었다.

여인의 진짜 나이는 서른여덟 살, 남프랑스 출생으로 묘하게 뻔뻔한 구석이 있는 그녀에게는 아이가 두 명 있지만 어렸을 때 양육원에 보내버렸단다. 그래서 요즘 적적한 마음이 든다는 그녀는 다정한 마음도 있어 한밤중에 아이들 꿈을 꿨다며 울곤 했다. 또 수많은 일본인에게 몸을 판 적이 있는 듯 상당한 지명인사를 알고 있어 저런 사람마저 싫을 정도로 놀랄 만한 명사 이름을 입에 올렸다. 내가 흰 버선을 어지른 채 내버려두면 버선코 쪽에 장미 조화를 붙여 천장에 매달아놓는 등 다소 동심도 남아 있었다. "그렇게 날마다 밤거리에 나가지 말고 일을 찾아 조금쯤 안정된 삶을 살면 어때?"라고 말해봤지만 내 생활을 보고 우습게 여기는지 "일을 해봤자 어떤 희망도 없는걸!" 하고 받아치며 거꾸로 나를 꼼짝 못 하게 했다.

　　그녀의 생활은 정오쯤 일어나 담배를 피우고 시시한 노래를 흥얼거린 뒤 산발을 한 채 우유를 사 갖고 와서 꿀꺽꿀꺽 다 마셔버리는, 그런 매일이다. 밤이 오면 온몸을 로션으로 닦고 두꺼운 화장을 하고 집을 나섰다 돌아오는 시간은 언제나 1시나 2시께로 그땐 입술 색깔 따위 똑바로 쳐다볼 수 없을 정도다. 집에 돌아온 그녀는 흡족하다는 듯이 내 이마에 키스를 했는데, 나는 일부러 담요를 뒤집어쓰고 상대해주지 않았다. 그럼 멋쩍은지 고양이 울음소리를 흉내 내며 낮 옷차림 그대로 침대 안으로 들어온다. 그녀의 지갑 속에 10프랑짜리 지폐가 들어 있던 적은 한 번도 없었다. "그게 말이지, 여자가 정말 많아, 이길 수가 없어"라며 자기 얼굴을 거울에 지그시 비추며 푸념할 때도 있다. 그 여인은 사흘째 되던 날, 인도인 할아버지를 만나 내 방에서 산뜻하게 나가버렸다.

당페르 안쪽인 불라르 거리는 대체로 일본인이 많다. 길을 걷다 보면 어김없이 한 명 또는 두 명의 일본인과 마주칠 정도다. 낯익은 미술학교 제복을 입은 옻칠장이나 보자기로 감싼 검정무black radish를 껴안고 걸어가는 만물상, 살짝 반가우면서 애수를 자아내는 풍경이다. 나도 한 달 가까이 이 거리에서 지냈는데 물가도 싸고 일본인에 대한 평판도 그리 나쁘지 않아 퍽 살기 좋은 곳이라고 생각한다. 일본에 돌아오니 파리에 있는 일본인을 싸잡아 헐뜯는 사람들이 적지 않다. 그다지 좋은 일은 아닌 게 뭐든지 험담을 늘어놓기 시작하면 끝이 없는 법이다. 막상 장점을 캐다 보면 그건 그것대로 대단할 때도 있다. 여자에게 홀딱 빠져서는 아무도 없는 틈을 타 가재도구를 갖고 달아나버린 화가나 여자에게 돈을 몽땅 털리고는 니스에서 권총 자살을 시도했다가 눈알을 잃어버린 사진가, 끼니를 굶을 지라도 뚜벅뚜벅 전시회를 보러 가는 화가 등등. 일본인은 어쩜 이리 정다운 인종일까?

파리에 가면 이시구로 게이시치라는 유도를 아주 잘하는 훌륭한 사람이 있다. 훌륭하다고는 해도 터키에서만 인기 있던 정도로 파리에서는 그렇지 않은 것 같지만, 좌우간 노래를 무척 좋아한다. 서양음악이 담긴 대형 레코드판을 틀면 "좀체 끝나지 않네요"라며 지루해하지만 일단 오케사부시일본 니가타현 민요 레코드판을 올리면 어린아이처럼 고개를 까딱이며 노래를 따라 부른다. 하물며 술이라도 한잔하고 있으면 누구도 말하지 못하게 한 채 혼자 유쾌하게 노래를 불러 젖힌다. 또 상당한 고물 수집가로 한번은 도장에서 수집한 것을 보여줬는데 흡사 클리냥크르로 벼룩시장인 양 흥미진진한 물건이 가득했다. 우시하라 기요히코일본 영화감독 씨도 이시구로 5단의 도장에서 만났다. 이 무리는 더할 나위 없이 명랑한 사람들로 해골 옆에 나비 표본이 놓여 있으면 누가 먼저랄 것도 없이 잽싸게 "어리석음의 최고봉이군"이라며 실없는 소리를 해대려고 필사적이었다. 개중에 이시구로 5단은 파리 생활이 상당히 길기에 이제는 파리 명물로 손꼽아도 이의는 없을 테다.

몽마르트르 뒤쪽 언덕에는 재미있는 흥행업이 아주 많다. 친구 데이몬드와 함께 저녁에 간 적이 있는데, 술집 입구를 통해 지하실에 자리한 영화관으로 들어가니 화면은 마침 다리 없는 남자가 의족을 벽에 박힌 못에 살며시 걸고 연인의 침실로 들어가는 광경. 이어 눈뜬장님인지 마치 수박이 쪼개진 것처럼 입술에 루주를 징그럽게 바른 침실 안 중년 여인이 남자를 쳐다보는 무섭고 그로테스크한 장면이 나왔다.

"어머, 꽤 충격적인데."

"일본에도 이런 영화가 있다면 어떨까?"

나도 친구도 감탄하는 말을 아끼지 않았다. 그다음 장면은 남자가 깡충깡충 뛰어 창가에 다가가면 커다란 달이 창문 위로 얼핏 모습을 드러내고, 여인이 화를 내며 남자에게 덤벼

들자 남자는 한 발로 온 방 안을 도망쳐 다니고, 그 뒤를 눈이 보이지 않는 여인이 정신없이 쫓아다니다 가구에 발이 걸려 넘어지고, 이윽고 치마가 말려 올라가면서 몹시 장엄하고 아름다운 그녀의 허리 부분이 드러난다. 파리는 일본보다 당국의 시달이 느슨하다고 해야 할지, 샹젤리제 영화관에서도 에로틱한 단편을 다수 봤다.

그중 하나가 폭풍우가 치는 밤, 동네 파출소에 잠옷 차림의 여자가 "제가 한 남자를 죽였습니다"라고 호소하며 찾아오는 장면으로 시작하는 영화였다. 순경은 그녀의 맨발을 바라보며 "이런, 그냥 흘려 넘길 일이 아니군요" 말하고는 물을 마시게 한다. "저는 회사원의 아내입니다. 남편이 출장으로 집을 비운 사이 친한 남자를 집에 머물도록 해줬는데 한밤중에 갑자기 그 남자가 죽어버렸어요. 이제 곧 돌아온다는 남편의 전화가 걸려 와 어쩔 수 없이 이렇게 달려왔습니다." 실로 방자하고 무사태평한 영화로 순경과 여자가 죽은 남자를 창문에서 내던지면 흐물흐물하던 그 남자는 기기 시작하고, 전화가 울려 받으니 하룻밤 더 늦겠다는 남편의 연락이며, 느닷없이 우렛소리가 세차게 들려오자 순경은 여자와 함께 커튼 뒤로 몸을 숨기는 등 정말 말도 안 되는 이야기가 이어졌다. 이런 영화들이 파리에는 수두룩하다. 나는 아이를 데리고 영화를 보러온 부모들을 새삼 놀란 눈으로 물끄러미 바라보곤 했다.

몽마르트르로 말할 것 같으면 우선 일본 아사쿠사 같은

곳. 완전히 국제적이며 장난감 상자를 뒤집어엎은 듯한 번화가다. "우아, 당신 가슴보다 따뜻해요!" 폴란드 여인이 과자를 굽는 제과점, "당신의 사랑스러운 연인에게!" 소리치는 제비꽃 장수, 푸른 달팽이랑 레몬이랑 굴을 파는 노점상, 사거리에는 작은 유령기차나 범퍼카가 자리 잡고 있다. 좁은 골목으로 한 발짝 들어가면 파란 눈동자의 여인들이 마치 비 온 뒤 뒤뜰 여기저기서 솟아나는 죽순처럼 가득하다. 카바레도 일본의 카페만큼이나 즐비하다. '샤누아르화가 살리가 보헤미안과 진가를 인정받지 못한 예술가를 위해 세운 최초의 카바레'란 가게는 멋모르고 들어가면 무대 위 여인들에게서 초장부터 들입다 욕지거리를 듣는다. 시골내기들은 얼굴이 새빨개져서는 곧장 문밖으로 도망쳐버리기 일쑤.

카바레 하면 생미셸의 제비 골목, 옛날 감옥이 있던 지하 움막을 술집 겸해 쓰는 가게가 떠오른다. 마쓰오 씨의 안내로 밤늦게 가봤는데 출입구에 빨간 손수건을 두른 아파슈 남정네가 서 있었다. 문짝에는 트럼프가 흩어진 화려하고 야한 그림이 그려져 있고 한 걸음 안으로 더 들어가면 싸한 공허감이 느껴진다. 묘하게 조용하고 한가한 분위기를 풍기는 이 카바레 겸 술집은 한창 잘나가던 시절에는 샤를 보들레르나 아르튀르 랭보가 드나들던 모양으로 돌기둥에 적힌 문인들 낙서가 눈길을 끈다. 지하로 내려가면 칸델라르풍 전등이 켜져 있고 낮은 무대가 보인다. 내가 갔을 때는 아코디언 한 대에 맞춰 어떤 여인이 시 비슷한 것을 읊조리고 있었다. 이런 가게에서는 맥주를 주문하는 것이 제일이다. 마쓰오 씨 왈, 짐짓 젠체하며 칵테일 따위를 시켰다가는 초상화 그리는 사람이 달라붙어 아주 성가신 입장에 놓인다고. 나 같은 사람에게도 엉성한 파스텔 초상화를 억지로 사게 해서 5프랑을 뜯어가는 곳이다.

파리 카페는 참 멋지다. 더욱이 번화한 거리 뒤편 작은 카페라면 분위기는 더없이 한적하면서도 커피 한 잔이 1프랑 20상팀. 그곳에는 손자 녀석의 흉을 보는 할머니들도, 체스에 온통 정신이 팔린 청년들도, 맹연습을 거듭하는 어린이 음악단도 없다. 그 밖에 트럼프를 하는 사람들이나 농을 주고받는 하녀들도 없다. 참으로 느긋하기 짝이 없으니 배만 안 고프면 한잔의 커피로 아침부터 밤까지 눌러앉아 있을 수 있다.

나는 방에 달린 전등 불빛이 어두워 일할 때면 대개 카페에 갔다. 이상하게도 일본에 비해 소음이 신경 쓰이지 않는 데다 카페에서 부지런히 일하는 사람들을 보면 이 모습이 자연스러운 일상일지 모른다는 생각마저 들었다. 차를 나르는 보이는 남자, 팁은 커피값의 십분의 일이라 마냥 천하태평하게 굴기 좋다. 다만 밤에 여자 혼자 카페에 드나들면 어딘가 좀 색다른 일을 하는 여자라고 착각한 남자들이 윙크해 깜짝 놀라기도 하지만, 그런 건 아무래도 상관없다. 여하튼 거리 뒤편으로 들어가면 들어갈수록 한가로운 카페가 많다. 뭐가 맛있을쏘냐 해도 파리 커피만큼 맛있는 것도 없다. 나는 아침마다 작은 카페에 크루아상 한 개를 갖고 들어가 커피를 홀짝홀짝 마시며 끼니를 때웠다.

　파리에서 아파트를 네 번가량 바꿨는데 어느 집이나 전부 애수가 깃들어 좋았다. 파리 거리에 갓 온 어느 신사가 이렇게 말한 적이 있다. "파리에는 두 종류의 거리 천사가 있어요. 하나는 매춘부고 다른 하나는 순경이지요. 그렇게 생각하지 않나요?" 과연 그 말을 들으니 파리만큼 매춘부가 많은 곳은 없을 듯하다. 또 파리만큼 짧은 망토를 걸쳐 입은 순경이 상냥한 도시도 없지 싶다. 야학을 마치고 돌아오는 늦은 밤이면 망토 입은 순경이 나를 아파트까지 자주 바래다줬다. 팁으로 1프랑을 건네면 수위가 나올 때까지 호위해주기까지 한다. 파리의 경찰관 아저씨는 매우 귀중한 보물이다. 유럽을 통틀어 파리는 가장 자유로운 나라이자 시골내기가 기뻐할 만한 거리다. 이 자유로운 거리에 여덟 달 남짓 살았지만 일본에 돌아올 때까지 프랑스어가 서툴렀다. 어쩌면 지금 이렇게 파리에 대해 쓰는 글도 결국 서툰 단계를 벗어나지 못했을지 모른다.

# 파리 부엌, 도쿄 부엌

　　파리 골목길에서 눈에 띄는 가게는 기성복 치마 판매점이다. 이 기성복 치마가 어느 계급의 여인들에게 팔리는가 하면 대체로 상점 안주인이나 월급쟁이 아내가 입는다. 그 모습이 매우 편리하고 세련돼 보인다. 내가 사는 아파트 여주인도 기성복 치마를 입고 위에는 같은 색 재킷을 걸친 채 "별로 비싸지도 않고 시크하니 너도 실내복으로 입어봐"라며 자랑한다. 그리하여 결국 기성복 치마를 사러 가긴 했는데, 막상 걸쳐보니 허리가 두 개나 들어갈 정도로 큰 것만 있어 단념하고 말았다. 목공단으로 만든 녹색 플레어스커트니 회색 서지로 만든 스커트니 검은색이니 흰색이니 자유롭게 고를 수 있고 가격도 대개 2엔에서 3엔 사이인 데다 겉보기도 그럴싸해 근처 극장 쯤은 너끈히 입고 나갈 수 있다.

근데 이 기성복 치마를 파는 가게란 곳이 또 꽤 흥미로운 곳이다. 예전에 긴자 미쓰코시 사자상 옆에 세계에서 제일 작은 상점이라던 넥타이 가게가 있었다. 그 가게처럼 골목 모퉁이나 건물 출구에 자리 잡고서는 문에 색색의 치마들을 걸어 놓는다. "허릿매를 좀 손봐야겠네, 남편이 싫어하겠어." 문 앞 의자에 걸터앉은 가게 주인이 너스레를 떨며 장 보는 아낙네들을 부른다. 가게에 들어가면 싸구려 양말부터 솜을 넣어 누빈 재킷까지 다 갖추고 있어 그럭저럭 가벼운 실내복 정도는 살 만하다. 어수선한 뒷거리를 산책하다 이런 치마 가게 앞을 지나칠 때면 나는 이상하게 레뷰를 보는 것 같아 살짝궁 흐뭇한 미소를 지었다. 마치 잘록한 허릿매의 살림 냄새 나는 여인네가 매달려 있는 듯해 오랫동안 그 모습에 관한 익살스러운 이야기를 생각하며 걷곤 했다.

일본에서는 백화점 식료품관에 가면 커틀릿이며 샐러드가 나무 상자 안에 담겨 진열돼 있다. 그 외에도 초밥이든 과자든 회든 모두 나무 상자에 담아 팔지만, 파리 식료품 가게에는 그런 담음새의 음식이 없다. 따라서 20전이나 30전으로 균일한 가격도 붙어 있지 않다. 가게 유리문 너머로 들여다보면 커다란 법랑 접시에 조개 요리, 샐러드, 고기 요리 등이 가지런히 놓여 있고 부인들이 먹을 만큼만 킬로그램 단위로 자유롭게 산다. 나도 곧잘 빵집에서 가늘고 긴 빵을 산 다음 식료품 가게에 가서 샌드위치로 만들어 먹었다. 빵 옆구리를 칼질해 닭고기나 토마토, 오이나 소금에 절인 돼지고기 따위 넣어주는데, 15전 남짓으로 꽤 맛있는 샌드위치가 탄생한다. 잼을 다 바르고 나서 빈 컵을 돌려주면 컵값을 빼주고 괜찮은 요리 만드는 법까지 친절하게 알려주니 제법 재치 있는 부엌국局이다.

파리 주택은 거의 아파트라서 일본처럼 그렇게 널찍하고 틀에 박힌 부엌을 소유한 집은 별로 없다. 게다가 집 밖 레스토랑을 이용하는 가족이 많은 탓에 굳이 엄청난 부엌을 필요로 하지도 않는다. 일본에서 레스토랑을 여전히 사치스러운 존재로 여기는 동안에는 가정주부가 부엌에서 해방되는 일은 아주 먼 이야기겠지. 잠시 유럽에 살다 돌아오고 나서야 깨닫고 놀란 것은, 주변 여인들이 아침부터 밤까지 부엌에서 줄곧 일한다는 사실이다. 예를 들면 지금 도쿄 이웃집은 식구가 여섯 명으로 아이 세 명과 할머니 한 분 그리고 남편과 아내인데, 남편이 외출하고 나면 아내는 뒤치다꺼리를 하느라 낮까지 부엌에 눌러앉아 있다. 점심은 아이들과 함께 부엌에서 먹고 얼마간 빨래를 한 다음 잠깐 낮잠을 자고 나서 바로 저녁 식사 준비에 이어 목욕물 준비며 밤에는 바느질을 한다. 내가 아침부터 밤까지 처마를 잇대고 바라보는 딱한 이웃집 주부에게 뭐라고 경의를 표해야 할지 적절한 표현이 생각나지 않는다.

그에 반해 파리 이웃집은 아이 세 명과 남편과 아내 다섯 식구로 토요일과 일요일을 제외하면 늘 집에서 식사하지만, 아침은 커피와 빵으로 때운 뒤 아내는 아이 세 명을 데리고 가까운 공원에서 뜨개질이나 독서를 하며 시간을 보낸다. 그사이 아파트 청소부가 집 안을 청소해놓기 때문에 아이들을 남겨두고 어디론가 외출도 한다. 외출했다 돌아오면 아내는 옷을 갈아입고 남편의 휘파람을 기다린다. 창문 아래에서 휘파람 소리가 나면 세 명의 아이와 함께 밖으로 나가 남편의 팔에 기댄 채 근처 식당으로 향하고 밥을 먹고 나면 다 같이 음악을 들으러 가거나 거리를 산책한다. 이런 파리 주부들이 나는 정말 부러웠다. 부엌이란 곳을 상당히 사무적으로 여기기에 이처럼 간편하게 하루하루를 보낼 수 있는 것이겠지. 일본 부엌은 접시가 몇 장이니 밥상이 몇 개니 하며 쓸데없이 너무 잘고 번거롭다. 일본 주부가 부엌에서 해방되는 날은 언제쯤일까?

일인 자취생이던 나에게 파리 식료품 가게는 아주 고마운 존재였다. 밖에 나갔다 돌아오는 길에 잠깐 들러 오이초절임이나 소금에 절인 돼지고기를 사 오면 차만 끓여 바로 먹을 수 있으니까. 덕분에 파리에서 생활할 때는 부엌을 귀찮다거나 원망한 적이 한 번도 없다. 식료품 가게 음식이 싫증 나면 주변 레스토랑에서 값싼 식사를 하는데, 앞에는 그날의 메뉴가 적혀 있다. 정말이지 파리 식당은 남자와 여자를 위해 있다기보단 가족을 위해 있는 느낌이다.

옆방에는 의과대학생 형제가 살았다. 크리스마스 저녁에

내 집에 잘못 들어온 일을 계기로 말을 텄는데, 파리 대학생은 일본 대학생과는 다르게 아침부터 밤까지 다사분주하다. 밤이면 내과 전공인 형은 취미 삼아 천문학을 공부하러 다니고, 안과 전공인 동생은 자동차 학원에 간다. "앞으론 한 분야만 전문해서는 생활하기 힘든 데다 삶이 금세 공허해지잖아요. 학비만 허락된다면 아직 연구해보고 싶은 일이 태산같이 많지만……"이라면서 넉넉하지 못한 학비 사정을 푸념하기도 한다. "한 달에 얼마로 사는데요?" 어느 날 내가 형에게 노골적으로 물었더니 둘이서 800프랑이라고 대답했다. 현재 일본 돈이 지독하게 값어치가 없어 비교하기 뭣하지만 일본 돈으로 치면 약 70엔 남짓할 터. 침대 하나, 책상 하나, 옷장 하나. 혼자 사는 나와 같은 수준인 방을 두고 둘은 그저 잠만 자는 곳이라고 말했다.

형제는 아침 일찍 나갔다 밤까지 돌아오지 않았다. 일요일에 가끔가다 노래를 흥얼거리는 소리가 들릴 뿐 두 남자의 방이라고는 생각할 수 없을 만큼 조용했고 손님을 부르는 일도 없었다. "우리 방은 객실이 아니라 서로 휴식을 취하는 공간이니까 연인이나 친구는 밖에서 만나기로 했어요." 나는 대단히 명쾌한 생각이라며 감탄했다. 일요일이면 동생이 자동차를 타고 와서 자주 나를 불러냈는데, 인종을 차별하지 않는 참 명랑한 사람이구나 싶었다. 그에게 조금씩 일본어를 알려줬더니 기억력이 좋아 맨 처음 숫자부터 외우는 데에는 혀를 내둘렀다. 형은 피아노도 배우러 다니는지 틈틈이 악보를 보고, 동생은 향수 만드는 일이 좋다며 늘 향수 책을 사 온다. 때때로 연인이 찾아와도 절대 집에 들이는 일 없이 밖에서 기다리게 한 뒤 짐만 놓고 얼른 나간다. 그네들 방은 항상 청결해 마치 무예 도장 같았다.

프랑스 여학생이랑은 그다지 알고 지내지 못했지만, 파리에 오고 얼마 지나지 않아 프랑스어를 배우고 싶다는 광고를 신문에 냈더니 예순 명가량의 응모자 가운데 절반이 여학생이라 깜짝 놀랐다. 개중에 열일곱 살 먹은 여학생을 불러 오랜 기간 개인 지도를 받았는데, 브르타뉴 출신의 바다 내음 가득한 이 아가씨는 무척 성실해 자신이 모르는 건 일부러 선생님한테 물어보기까지 해서 가르쳐주곤 했다. 또 수요일에는 모자 가게에서 판매원으로 일하는 등 굉장히 부지런한 사람이었다. "당신의 종교는?" 만나자마자 그녀가 처음 던진 질문이다. 내가 불교라고 답하자 『방장기』승려 가모노 초메이가 쓴 수필에 대해 알려달라고 해서 놀랐다. 일본인을 가르치려면 조금이라도 일본을 알아둬야 할 듯해 소르본대학에서 동양 종교라는 강의를 별도로 듣기 시작했다고 자랑스레 이야기했다.

아무리 봐도 열일곱 살짜리 선생은 너무 착실하고 학생인 나는 무사태평하니 난처한 노릇이다. 어쩌다 내가 부엌일을 하고 있을 때 오면 이 귀여운 선생은 요리 두세 가지를 뚝딱 만들어주기까지 하는 좋은 친구였다. "내 꿈은 스스로 일해 번

돈으로 당신의 나라에 가보는 거야." 이것이 열일곱 살의 꿈으로 내가 결혼을 어떻게 생각하느냐고 물으니 문명이 이토록 우리 젊은이들을 즐겁게 해주기 때문에 서두를 필요는 없단다. "남자 친구는 많이 있나요?"라고 묻자 "남자든 여자든 친구는 많죠"라며 뽐냈다.

파리에서 생활에 쪼들리다 못해 전당포에 뛰어든 적이 두 번 있다. 첫 번째는 시민권을 얻지 못한 상태라 거절당했고, 두 번째는 통과하긴 했지만 말도 안 되게 적은 돈을 받았다. 흡사 관공서 같은 파리 전당포는 일본과 달리 전부 시가 운영하기에 품위가 좀 있는 편이다. 내가 갖고 간 물건은 비단으로 만든 기모노였는데 값을 매기는 할아버지가 "이건 확실히 역사적인데"라고 말했다. 음, 일본 기모노를 들고 온 사람은 필시 내가 처음인 듯했다. 줄 서 있는 수많은 사람이 신기하다는 듯 붉은 비단 기모노에 모여들어 "오, 아름다워라!" 감탄하며 소곤댔다. 아름답긴 해도 별 쓸모는 없는지 빌려준 돈은 기모노 세 벌에 50프랑 남짓, 그래도 이 돈으로 장시간 단식에서 구제받았다. 담뱃대를 맡기러 온 노인, 피아노를 갖고 온 가슴에 훈장 달린 남자, 은 포크를 합쳐 열 개쯤 되는 포크를 들고 온 아주머니 등등. 천장 위에는 램프나 촛대 따위가 매달려 동화 속 한가로운 풍경이다.

50프랑을 빌리고 전당포에서 나오는데 수상한 남자가 계속 뒤를 따라오며 "전당포에 맡기는 것보다 내게 파는 쪽이 더

고가일 텐데" 하며 말을 걸었다. 내가 "논, 논, 그 기모노는 다시 입어야 하니까"라고 떠듬떠듬 말해도 "네 방에 동양의 다른 진기한 물건은 없어?" 하며 끈질기게 물고 늘어졌다. 자칫 이런 놈의 말에 보기 좋게 걸려들면 전당포보다 더 헐값에 물건을 가져간다는 말을 들은 적이 있다. 이자는 일본과 마찬가지로 복리로 지불하는 모양이다.

도쿄 긴자에 가면 귀여운 아가씨들이 납종이로 싼 10전짜리 꽃다발을 파는데, 어지간한 살림꾼이 아니라면 그 멋없는 꽃다발을 사는 사람은 거의 없다. 멋쟁이 산책인들은 10전짜리 꽃다발을 품에 안은 채 걷고 싶지 않을 테니까. 해서 살짝 파리 흉내를 내서 긴자인의 가슴을 장식할 수 있도록 작은 꽃다발로 만들어 팔면 어떨까? 파리 저녁 산책로에는 제비꽃이며 카네이션이며 장미를 두세 송이씩 남옥처럼 둥글게 묶은 꽃을 든 장사꾼들이 여자와 함께 지나가는 남자들을 치근치근 따라다닌다. 그러면 남자들은 신문값 정도의 잔돈푼을 주고 그 꽃을 사서 연인 품에 또는 제 가슴에 꽂고 걸어간다. 꽃이 이렇게 세력을 넓혀 나가니 거리는 꽃향기로 넘쳐흐른다. 나도 혼자 걸을 때 쓸쓸하다 싶으면 이 꽃을 사서 가슴에 꽂고 산책을 즐겼다. 파리는 화초가 많은 거리, 여자도 남자도 화초를 사랑하는 마음에 익숙하다.

광고술이 일본 백화점만큼 어설픈 곳도 없지 싶다. 다달이 무엇에 역점을 두고 팔아야 하는가, 이 모토를 정하지 못해 항상 신문 광고에 '대규모 창고 떨이 판매'란 문자뿐 이 백화점이나 저 백화점이나 모두 똑같다. 마침 내가 파리에 도착한 달은 11월, 크리스마스가 가까워서인지 어떤 백화점은 '장난감의 달', 또 다른 백화점은 '아동복의 달', 심지어 장갑을 주제로 한 곳까지 저마다 흥미로운 취향을 한껏 뽐냈다. 게다가 입구나 출구에 놓인 그 백화점에서 만든 무료 월간지를 보며 자유롭게 구매할 물건을 조사하거나 유행을 파악하거나 그달 역점을 두고 판매하는 상품이 무엇인지도 알 수 있다. 특히 크리스마스가 다가오면 일제히 일기장을 늘어놓고 파는데, 일본이라면 2엔이나 3엔은 줘야 할 일기장이 겨우 30전 남짓하니 일기장 매장에는 수많은 사람이 모여든다.

봉마르셰에서 산 일기장은 은색 표지에 빨간 꽃이 한 송이 그려져 있고 크기는 부인 잡지의 두 배쯤 된다. 첫 페이지를 넘기면 우선 백화점 설명과 사진, 다음 페이지에는 꽃말, 그다음 페이지에는 여류 예술가들의 괜찮은 말과 사진이 나온다. 일기 쓰는 빈 페이지에는 어김없이 백화점 상품을 사용하는 아름다운 그림이 실려 있다. 여름이면 수영복을 입은 여인이 모래 위에 뒹구는 모습과 함께 여행을 찬미한 시 등을 곁들이는 식이다. 이런 광고 그림이 365일간 일기장 페이지에 펼쳐져 무척 아름답다. 한 사람의 손으로 그려서인지 그림 흐름도 거슬리지 않고 맨 끝에는 커다란 파리 지도까지 붙어 있으니 상당히 빈틈없는 광고술인 셈이다. 아울러 파리에는 빈민을 주로 상대하는 곳, 판매원이 남자밖에 없는 곳, 상류층만을 위한 곳 등 제법 궁리한 백화점이 많다.

파리 거리도 동네 곳곳에서 때때로 축제가 열리는 건 일본과 비슷한데, 사거리마다 어린이 목마가 걸려 있고 아코디언 연주자가 등장하며 싸구려 바지 멜빵을 파는 장사치가 나타나는 등 몹시 떠들썩하다. 내가 즐겨하는 놀이 가운데 하나인 구슬치기는 물론이고 과자 가게, 과일 가게, 진흙 가게 등으로 좁은 가로수 길이 마치 장난감 상자를 뒤집어엎은 듯하다. 또 공원 입구에는 철로 만든 아령을 든 힘센 광대가 판을 펼치고 만화 잡지를 파는 여자가 재미있는 몸짓으로 통행인을 풍자하는 등 일본 마을 축제와 조금도 다르지 않다.

프랑스인들은 일요일과 축제일을 태양처럼 반가워하는 국민이다. 일요일이면 생선 가게도 정육점도 채소 가게도 오전 중에는 모두 문을 닫는 탓에 처음 갔을 땐 잠깐 불편한 곳이라고 느꼈지만 익숙해지니 그 규칙이 나쁘지만은 않았다. 일본처럼 늦은 밤 가볍게 한잔하는 선술집 같은 곳은 물론이거니와 밤 11시까지 문을 연 식료품 가게도 혈안이 돼 찾아봤지만 없다. 이렇게 몇 시부터 몇 시까지란 느낌이 강한 파리지만 카페만은 밤샘 가게가 많은 점이 여행자에게는 무엇보다 편리하다. 일본처럼 여자를 둔 카페도 아니기에 팁 걱정 없이 마음 편히 휴식을 취할 수 있다.

파리에서 가장 즐거웠던 곳 가운데 하나가 카페였다. 파리에 가을이 오면 길거리마다 군밤 장수 앞 커다란 철솥에서 밤 타는 냄새가 뭐라 말할 수 없을 정도로 향기롭게 피어오른다. "앗 뜨거, 앗 뜨거 군밤! 당신 마음보다 뜨거운 군밤!" 재치 있는 군밤 장수 아저씨가 외친다. 그립디그리운 파리 군밤을 생각하면, 젊고 아름다운 여인이 이울어가던 마로니에 가로수 길을 우적우적 볼이 미어지게 군밤을 씹으며 걸어가는 사랑스러운 풍경이 떠오른다.

봉마르셰 백화점에서 구입한 일기장

# 낮 목욕탕, 밤 카바레

파리 번화가에는 고무관으로 레코드판을 들려주는 축음기 가게가 어김없이 한 집 또는 두 집 있다. 싼 곳은 25상팀, 비싼 곳은 50상팀 정도로 일본으로 말하자면 「당신과 함께라면 어디까지나」 같은 옛 노래까지 있어 언제 가더라도 사람들이 가득하다. 근데 노래를 듣는다고 해도 리시버 두 개를 귀에 갖다 대고 듣기에 혼자 들으면서 내키는 대로 히쭉댈 수 있다. 가게에서 산 금화를 상자에 집어넣으면 상자 아래에서 레코드판이 뱅글뱅글 돌아간다. 팔을 얹는 유리 받침대 위에는 노래와 악보 그리고 가수 사진이 놓여 있어 시골 사람에게는 매우 편리하다. 저녁밥을 먹긴 했지만 영화를 보기에는 아직 이를 때,

아파트에 돌아가면 방값을 달란 시끄러운 잔소리를 들어야 하는 대학생이나 담배조차 못 사는 노동자처럼 무언가 침침하고 따분한 시간을 보내는 사람들이 하품을 억지로 참는 듯한 얼굴로 꿈실꿈실 악보를 들여다본다. 나 역시 그 으스름한 사람 가운데 한 명일까. 저녁이면 집 열쇠를 호주머니에 넣고 매일 거리로 레코드판을 들으러 갔다.

처음 발견한 곳은 몽파르나스 '쿠폴피카소와 사르트르 같은 예술가들이 드나들던 아지트로 유명하다' 카페 골목에 있는 가게, 맨 먼저 들은 것은 「나, 외로워」라는 노래였다. 그다음 몽마르트르에서 조세핀 베이커가 부른 「나에게는 두 개의 사랑이 있어요」를 들었다. 아무래도 파리 거리 그 자체가 감미롭기 때문인지 묘하게 이런 노래에 끌렸다. 조세핀의 「나에게는 두 개의 사랑이 있어요」 가사는 "뭐니 뭐니 해도 그건 파리가 제일, 파리가 없다면 나는 상사병으로 죽을 테죠. 파리는 나의 좋은 사람. 그렇지만 나에게는 바다 저쪽에 남기고 온 과거가 있어요. 그건 내 검은 몸을 낳아준 고향. 하늘이 푸르고 꽃이 붉은, 사람들이 꼭 어린아이 같은…… 아, 이 사랑은 두 개이기에 애달픕니다." 뭐, 이런 식이다. 그 밖에 「땅콩의 노래」나 「다 알고 있네」 따윌 쓸쓸해지면 자주 들었다. 「다 알고 있네」는 파리에서 한창 유행하는 노래로 처음 들은 곳은 물랭루주 댄스홀이었다. 아무튼 너무나 많은 사람으로 복작거리는 그 큰 홀 천장에는 노랫말을 적은 유리판이 매달려 있는데, 사방에서 잘 읽을 수 있도록 환해 그걸 보고 다들 춤을 추며 따라 불렀다. 마치 모파상의 『벨아미』 첫머리에 나올 법한 정경이랄까.

> 맨 처음 나온 곳은 약국이요!
> 약사 놈이 푸줏간 주인에게 재잘거리고
> 푸줏간 주인이 기꺼이 석수장이에게 말하고
> 석수장이가 펄쩍 놀라 촌장에게 귀엣말하고
> 촌장이 큰일 났다 싶어 직공 영감에게 털어놓고
> 직공 영감이 박장대소할 일이라며
> 마을 악대에게 수다를 떨어대고
> 악대가 동네방네 붕붕 떠들고 다니니
> 이젠 온 동네가 그 녀석의 비밀을 다 알고 있네

대충 이런 식의 동화 같은 곡으로 그 녀석이 처음에 약국에서 나왔다는 대목에 이 노래가 노리는 웃음 포인트가 숨어 있다. 프랑스답게 유쾌하고 가벼운 노래였는데, 크리스마스 저녁에 아코디언 악사가 곧잘 연주하고 다녔다. 나는 파리를 떠올리면 아코디언 악사가 그립다. 작은 축제라도 열리는 날이면 발끝으로 북을 치고 손으로 아코디언을 켜는 재주 좋은 악사도 등장한다. 파리는 어디에 가도 음악이 들리는 도시. 일본 카페는 흡사 전차 안에서 술을 마시는 듯 축음기를 쉴 새 없이 트는 데다 확성기라든가 뭔가를 달아놓은 탓에 사자 소리를 들었을 때처럼 공포심이 이는 반면 파리 카페는 음악에 개성이 있다. 축음기 대신 으레 음악가 네댓 명을 두고 있으며 또 어떤 곳은 여자만으로 구성된 오케스트라마저 있다. 달콤하고 조용한 파리 카페라면 누구라도 술 한잔하고 싶지 않을까.

파리 목욕탕에는 일본풍 푸른 포렴이 걸려 있지 않다. 마치 산부인과라고 할 법한 구조로 문을 열면 정면에 표를 사는 곳이 있고, 그곳에 1프랑짜리 탄산소다 봉지가 산처럼 쌓여 있으며, 여주인은 잡지인지 뭔지를 읽는다. "세 콩비앙프랑스어로 '이거 얼마'라는 뜻?" 이렇게 말해봤자 아직 상대방 말을 정확히 알아듣지 못하는 내가 5프랑 지폐를 건네고 눈치를 살피는 사이 여주인은 안경 너머로 털색 다른 동양 여인을 힐끗 쳐다보다가 뭔가 간살부리며 푸른 지폐를 내준다. "메르시프랑스어로 '고맙다'는 뜻!" 거스름돈은 1프랑 50상팀. 파리에선 목욕탕도 그리 간단히 얕볼 수 없는 존재다. 일본 돈으로 40전 남짓이니 말이다. 여종업원에게는 50상팀을 팁으로 주고 삼층 욕장으로 가는데 꼭 하숙집 복도를 걷는 듯한 기분이 들어 견딜 수 없다.

어찌 됐든 여종업원은 뜨거운 물은 틀어주고 밖에서 열쇠를 꽉 잠근 뒤 돌아가고, 나는 일단 외투를 벗어 벽 못에 건다. 욕장은 다다미 석 장 정도 크기로 시시하기 그지없다. 구멍 뚫린 의자가 두 개, 사방 30센티미터 크기의 거울, 하얀 욕조. 고작 그것뿐이다. 딱히 크게 불평할 일은 아니지만 일본처럼 느굿함이 없는 점이 좀 못마땅했다. 기름때가 덕지덕지한 욕조 안에 잠시 멍하니 서 있다가 마냥 그러고 있을 순 없는 노릇이라 살짝 몸을 꺾어 누웠는데, 뜨거운 물이 적은 탓에 간장 속에 뜬 하잘것없는 생선회처럼 축축하기만 했다. 재채기를 하며 탁해진 욕조 물을 뺀 뒤 뜨거운 물을 다시 틀었다. 샘물이 솟아나듯 졸졸 나오는 물줄기의 늑장에 기가 차서 "어머나, 파리란 곳은 시골이었구먼"이라고 혼자 분개하며 가까스로 어깨까지 물에 담갔다. 이래서는 목욕의 즐거움을 만끽한 기분이 안 드는 데다 덜 마른 발로 구두를 신을 때는 민달팽이를 밟은 것보다 불쾌하기만 하다.

파리 목욕탕도 정월에는 1프랑어치 탄산소다를 새해 선물로 준다. 여종업원에게 탄산소다를 건네면 그걸 욕조 안 물에 떨어뜨려 잘 섞어주는데, 탄산소다를 넣은 덕인지 금세 때가 밀려 몸이 점점 반들반들해진다. 마치 온몸이 세탁물처럼 깨끗해진달까. 그 이후로 나는 목욕탕에 갈 때마다 탄산소다를 꼭 샀다. 파리에선 한 달에 세 번씩만 목욕탕에 갔다. 먼지가 별로 없어 비교적 더러워지지 않아서.

목욕탕과 미용실에 가는 일은 파리 생활의 즐거움 가운데 하나. 짧은 머리를 한 지 벌써 4년이나 됐지만 파리에 오고서야 처음으로 머리가 가벼워진 느낌이었다. 일본 미용실에서는 머리칼을 가로로 사각사각 자르지만 파리 미용실에서는 세로로 솎아 자르기에 도적 고에몬처럼 덥수룩하던 내 머리털도

「판도라의 상자」의 주인공 루이즈 브룩스처럼 머리에 착 들러붙어 조금이나마 보기 좋다. 파리 미용사는 회전의자에 나를 앉히고 빙글빙글 돌려가면서 머리칼을 자르는데, 흡사 돌림판을 돌리는 것 같다. 또 일본 미용사는 대부분 여자지만 파리는 남자가 많다. 샹젤리제 근처 대부호 사모님이며 인기 여배우가 즐겨 다니는 일류 가게에서는 알몸을 모래로 문지르는 마사지까지 해주는 모양이다. 내 머리칼을 잘라주는 남자 미용사는 영화배우 아돌프 멘주와 똑 닮은 데다 붙임성도 좋았다. 한번은 일본에서 온 화보 속 올림머리 여인과 단발머리 여학생을 보여줬더니 겉보기엔 그럴싸해도 중심이 제대로 잡혀 있지 않다면서 화가가 데생을 중요하게 여기듯 머리를 할 땐 얼굴에 중점을 둬야 하는 것이 핵심이란 꽤 흥미로운 얘기를 했다. 물론 통역의 도움을 받아 알아듣긴 했지만 제법 신통한 말을 하는구나 싶었다. "이렇게 머리숱이 많으면 고데기 선이 뒤엉키는 것도 무리는 아니에요." 무슈 멘주는 언제나 싹싹했다.

마쓰오 씨의 안내로 판테온 뒤편에 있는 작은 댄스홀에 놀러 간 적이 있다. 남자가 남자를 껴안고 춤을 추고, 여자들은 상점 직원이든가 싸구려 매춘부든가 늙은 과부이며, 남자들은 거리의 불량 청년으로 보이는 이들이 대부분이었다. 개중에는 루주를 진하게 바르거나 여자처럼 빨간 허리띠를 팔랑팔랑 나풀대는 남자도 있었다. 맥주를 홀짝거리면서 그 모습을 바라보고 있자니 옆 칸에서 홀로 우두커니 앉아 있던 중년의 미국 신사가 "또 다른 재미있는 가게를 알고 있는데 안 갈래?"
하고 물었다. 아마 혼자서는 위험하단 말을 들은 탓에 같이 가
자고 권유한 것이겠지. 우리는 자동차를 타고 먼 데까지 갔다.
밤이라서 그런지 지리를 전혀 파악할 수 없었다. 여하튼 내린
곳은 어떤 거리의 입구인 듯했고 노동자풍 아파슈들로 북적댔
다. 멋들어지게 붉은 손수건을 목에 친친 둘러맨 그들은 세 명
의 희귀한 이방인을 보자 흘깃거리며 뒤따라왔다. 가스등 아
래에는 순경 두세 명이 권총을 들고 서 있었다. "저기요, 손님.
나랑 호텔, 어때요?" 함께 간 미국 신사를 물주로 점찍었는지
어리고 나긋나긋한 남자들이 다가와 자꾸 치근댔다.

　"미안하지만 오늘 밤은 여자를 찾고 있어."

　"에이, 그러지 말고, 돈 조금만 줘."

　"미안하지만 돈이 빠듯해서……."

　"쩨쩨한 남자네. 그러지 말고 술이라도."

　"값싼 술이라면 한 잔쯤이야. 담배는 어때?"

　홀에는 나이 든 아주머니들이 젊은 남자를 부둥켜안고 지
저분한 바닥을 걷어차며 춤을 추고 있었다. 마치 이가 우글우
글하는 것 같았다. "그쪽의 무슈, 오늘 밤 호텔에 데리고 가줘.
사흘이나 공쳤거든." 어두운 곳에서 들으면 여인이라고 착각
할 법한 말투였지만, 동양인 무슈는 매우 시골스러운 사람이
라 팔짱 낀 채 어처구니없다는 표정을 지었다. 그런 말을 던지
는 남자들 중에는 열네댓 살쯤 되는 소년까지 있었다. 그들은

도도하게 담배를 피우며 남자 손님에게 어깨를 바짝 기댔다.

생미셸역을 올라가면 바로 '제비'라 불리는 작은 거리가 있다. 이름은 제비 골목이지만 고풍스러운 정취를 풍겨 밤에는 빈집 같은 건물 앞에 아파슈들이 서성거린다. 나는 종종 친구에게 이끌려 그 제비 골목에 있는 카바레에 가곤 했다. 입구부터 바로 스탠드바가 있어 마치 빈집에 걸상을 나란히 늘어놓은 듯한 분위기다. 그리고 한쪽 구석에 있는 구부러진 사다리를 빙빙 돌아 내려가면 돌벽으로 둘러싸인 높은 천장의 작은 방이 나온다. 돌벽에는 보들레르 서명이 새겨져 있다. 그것 말고도 진짜인지 가짜인지 모를 예술가들 서명이 가득해 제법 풍취가 감도는 곳이다. 그 작은 방구석에 있는 또 다른 사다리를 타고 내려가면 천장이 낮은 움막 방이 있다.

내가 찾아갔을 땐 맥주 상자처럼 생긴 무대 위에 검은 신사복을 입은 금발 여인이 "아히! 아아!" 하고 노래를 부르고 있었다. 별 선율 없는 엉터리 창법이지만 여름 해변에 바람이 불어오는 듯했다. "저건 어부의 시를 노래하고 있는 거야." 친구가 그렇게 말하자 역시 첫 느낌이 맞았구나 싶어 나는 조금 우쭐했다. 나이 든 여인이었음에도 제스처가 매우 품위 있어 느낌이 참 좋았다. 얼마 지나지 않아 보이가 매실이 든 술을 가져왔고 초상화가가 파스텔로 새내기 손님의 얼굴을 그렸다. 일본에도 자유롭게 시를 들려주는 이런 작은 가게가 있다면 좋으련만. 반주는 오직 아코디언뿐이다. 어부의 시가 끝나자 스무 살가량의 귀여운 여인이 무대에 올랐다. 무대에 오른다고는 해도 분장실에서 나오는 건 아니고 객석에 앉아 있다 무대 쪽으로 걸어가는 식이다. 돌벽 뒤편으론 아파슈의 얼굴이며 칼이 그려진 종이가 드리워져 있다.

"온몸이 후들후들 떨리는데요."

"뭐든지 상관없으니 좋은 시 하나 들려줘."

"잊어버렸는지도 몰라요, 옛날 거라."

무대에 선 보라색 레이스의 여인은 부끄러운지 씩 웃고는 「파리의 추억」이란 노래를 부르기 시작했다. 달콤한 목소리, 애수 가득한 아코디언 연주…… 도중에 몇 번인가 끊어지기도 했지만 모두 즐겁게 들었다. 혀 위에 매실을 굴리며 "잘한다, 잘해!"라고 칭찬도 하고 이따금 박수도 치면서. 일본에서는 볼 수 없는 시적 만담이다.

"웃으면 안 돼요."

"그렇긴 한데 다들 얼굴이 이상해서요."

더없이 평온한 시간 속에서 입을 벌리고 웃는 동안 종이 오리기 공예를 하는 남자가 내 얼굴을 꾸며줬다. 일본 만담에도 종종 이런 공연이 있긴 해도 잔재주인 데다 시간이 다소 짧은 편이다.

전차가 들어오는데 키스를 주고받는 파리의 느긋함에도 놀랐지만, 식당에 저녁밥이라도 먹으러 가면 이쪽저쪽에서 밥한 숟갈 떠먹고는 입을 쪽 맞추거나 음식 하나를 주문하고는 손을 목에 두르며 머리를 어루만지거나…… 나는 될 수 있는 한 보지 않으려 항상 주의를 기울이지만 무심코 넋을 잃고 바라보고야 만다. 하물며 두 사람 모두 아름답기라도 하면 탄식이 저절로 나온다. 파리만큼 키스가 많은 도시는 없다. 런던에도 가봤는데 그 점에서 런던은 엄격한 질서가 있다. 파리는 혼자 공원을 어슬렁어슬렁 걷고 있으면 이쪽이 부끄러워서 얼굴이 빨개질 정도다. 이곳저곳에서 밀어를 속삭인다. 영화관에서 바로 눈앞에 그런 쌍쌍의 남녀가 앉으면 뭘 보러 왔는지 은막 따위는 어느새 뒷전으로 밀려나고 두 사람이 입술 박치기 하는 검은 그림자가 머리에서 떠나지 않는다. 그만 멍해져선 마치 키스를 보러 온 듯한 기분이랄까.

친구 중에 사랑스러운 프랑스 여인이 있어, 이 사람만이 파리에서 내게 키스를 해줬다. 말할 것도 없이 뺨에다 하는 우정의 입맞춤. 가벼운 소리를 내며 안도감을 선사하는 기술이 참 능숙했다. 화려한 루주가 내 뺨에 묻는 게 딱 질색이라 처음에는 거절하지만 막상 당하고 나서 콤팩트를 열어 살피면 그다지 붉은 자국이 남아 있지 않다. 동양 남자가 홀딱 반하는 것도 무리가 아니다.

"아, 키스의 슬픈 연정이여. 앞뒤가 맞지 않는 마음을 끌어모아 아름다운 열매를 빨아 먹네." 어릴 때 이런 시를 지은 적이 있지만, 파리처럼 키스를 닥치는 대로 싸게 팔아서는 오히려 질려 기절할 것 같다. 일본은 거리에서 키스라도 할라치면 잠깐 이리 좀 오란 말을 듣는 데 반해 파리는 경찰관 아저씨도 그냥 인사하며 지나간다. 아니, 경찰관조차 슬렁슬렁 돌아다니다 채소 가게 여종업원과 키스하는 판국이다. 정말이지 파리는 한가롭기 짝이 없는 곳이다.

파리 카페에 앉아 잡지를 읽으며

# 나 홀로 런던 여행기

 

 

 

파리를 떠나 런던으로 옮겼다. 런던은 평온한 거리, 과연 왕자님이 계시는 곳답다. 무엇보다 프랑스 뒹케르크 항구 마을에서 한밤중에 출항하는 밤의 해협 풍경이 썩 근사하다. 런던에선 일을 많이 할 수 있을 것 같은 느낌이 든다. 파리에선 기분이 엉망진창이었다. 그래도 오페라나 영화, 음악회를 한껏 다녔기에 즐거웠다. 일전에 프랑시스 카르코의 『거리』란 책을 보냈는데 잘 도착했는지? 당신후미코의 남편인 데쓰카 마사하루를 가리킨다은 오랫동안 프랑스어를 공부하고 있지만, 『거리』는 확실히 재미있는 책이다. 저자는 요즘 한창 잘나가는 중년 작가로 매우 기교가 뛰어난 데다 사전에 없는 프롤레타리아 방언을 잔뜩 쓴다. 파리에 다시 가면 이 작가만큼은 무슨 일이 있어도 꼭 만난 뒤 일본에 돌아가고 싶다.

　런던 숙소는 켄싱턴에 있는데 대공원인 하이드파크가 가깝다. 동네는 켄싱턴 지구에서도 가장 으스대지 않는 월급쟁이들이 대거 사는 홀랜드 거리, 하숙집은 '세실하우스'란 곳이다. 집주인은 아직 '미스'이긴 해도 나이는 쉰 살쯤 됐지 싶다. 동생인 것 같은 마흔 살가량 되는 여성과 단둘이 살고 있고, 두 사람 다 고양이처럼 조용하다. 하숙비는 일주일에 2파운드 50펜스로 아침, 점심, 저녁은 물론 오후 4시께 차까지 내준다. 다만 일주일에 약 25엔 남짓해서는 형편상 버틸 재간이 없기에 일주일이 지나는 대로 방을 옮길 작정이다. 나는 고풍스럽고 큼지막한 이 방에 오고 나서 태어나 처음으로 꿈처럼 폭신폭신한 침대가 있단 사실을 알았다. 런던이 견디기 힘들면 배를 타고 나폴리나 지브롤터 아니면 모로코에 가고 싶으니 누가 뭐래도 돈이 몹시 필요하다. 정말이지 달콤한 말 따윈 싫어하지만 잠시라도 귀부인을 만날 순 없는 걸까?

　짐을 몽땅 되돌려 보낸 덕에 손은 가볍다. 어쨌든 입은 옷 말고는 아무것도 안 갖고 있기에 작은 슈트케이스 안에는 차마 버리지 못한 파리의 찌꺼기들, 접시 한 장과 전골냄비, 포크와 스푼, 밥솥과 밥그릇 따위가 들어 있다. 그러니까 아직은 팔팔하다. 까짓것! 좀 낑낑거리기는 해도, 이따금 눈물이 한가득 고이긴 해도 말이다. 죽을 각오쯤 돼 있긴 한데 이 편지는 대

체 언제쯤 일본에 도착할는지, 장시간 비바람을 맞으며 아득히
먼 일본에 다다를 테니 어지간히 미덥지 못한 이야기다. 어머
니도 뵙고 싶지만 이 또한 아주 먼 이야기. 앞으로 내 몸이 며
칠이나 버틸는지…… 지금은 램프를 더욱 환하게 켜고 마음에
드는 소설 한 편을 완성하고 싶다. 아직 이틀째긴 해도 런던은
뭔가 진정되는 듯한 기분이다. 파리처럼 식민지적이지 않다.
식민지라고 하니 파리 카페에서 내게 말을 건 어떤 신사가 떠
오른다. "마드무아젤, 당신은 인도차이나에서 왔나요? 요즘 식
민지는 어떤가요?" 실크해트에 턱시도 차림의 남자는 절대 금
물. 더군다나 단안경을 걸치고 내려다보는 모습이라니, 아무리
봐도 눈에 거슬렸다. "논, 논! 무슈. 나는 자포네제프랑스어로 '일
본 여인'이라는 뜻랍니다."

　파리도 벌써 바다 저편으로 지나갔다. 런던에서의 맨 마지
막 날이 온다면 긴 일기라도 보내야지. 근데 거리가 이렇게 멀
어지니 인간의 기억력이란 녀석을 믿지 못하겠다. 왠지 모르게
모든 것이 얼떨떨한 상태다. 어쩌면 외국에 있는 일본인이 어
리석어지는 이유는, 외국에 머물면 햇볕을 많이 쬔 귤처럼 일
본이란 나라는 반짝반짝 빛나지만 그 섬 위에 사는 사람의 얼
굴은 전부 흐릿하게 보여서일지도 모른다. 동양의 붓다로 하
여금 외국에 대해 말하게 하면 과연 뭐라고 할까, 아마 붓다
는 웃으며 눈을 감아버리지 않을까? 앞으로 사오일 후면 드디
어 무일푼 신세가 된다. 물론 돈이 없다고 해서 죽어버리는 시

시한 짓은 안 할 생각이다. 런던은 매일매일 안개가 자욱하다. 아, 진짜 좋은 일을 하고 싶다! 1월 28일 일기.

완전한 만성 고독. 밖에 나가는 것도 싫고, 사람을 만나는 것도 싫다. 때문에 식사로 말할 것 같으면 아침과 점심과 저녁 죄다 달걀뿐. 내 위는 흡사 달걀을 넣는 바구니. 이따금 13시에도 시계가 울린다고 동양의 문호 사토 하루오가 말했던가. 지방으로 눌러대든 힘으로 뽑아내든 사기꾼이나 저지를 법한 생각 따위 하지 않는 편이 좋다. 마침내 2월이 곧 온다. 저녁 식사 전에 안개 속을 금붕어처럼 둥둥 헤엄쳐 우체통에 갔다 왔다. 안개가 아무리 짙다고는 해도 집배원이 우체통을 그냥 지나치진 않겠지. 몹시 추운 저녁, 누군가 나를 들이받고 지나갔다. 아임 소리! 몸성히 지내야 하건만. 아, 정말 좋은 일을 하고 싶다. 이곳저곳을 뛰어다니는 분주한 여행길이지만, 이렇게 그 나라의 생활에서 내 일까지 조용하다 보면 푸념 한마디라도 말하고 싶어진다. 하여 내가 가장 두려운 것은, 입체각 소설을 쓰고 싶다는 기분이 금세 엉거주춤해져서 눈앞의 일에 으라차차 해버리는 일이다. 오늘은 조금 일을 시작했다.

일이란 건 '일월의 흔적'이란 제목의 글로 고작 두세 줄밖에 쓰지 못했지만 실마리가 풀려 기쁘다. 마음이 따스해지는 글을 쓰고 싶다! 저녁때 북적이는 보도블록 위에서 나는 15전이나 하는 복숭아 한 묶음을 바라봤다. 이 거리 이름을 뭐라고 말하려나. 런던에 오니 일본에 대해 잔뜩 쓰고 싶다. 편지와 함께 런던 헌책방에서 산 보나르의 화집을 보내야지. 이곳은 그림도 참 좋고 음악도 좋다. 거리 간판에 쓰인 글자도 곧잘 읽는다. 영어는 여학생 같아 무척 맘에 들지만, 발음이 너무 어려워 그리 만만한 상대는 아니다. 나는 런던에 와서 새로이 체호프나 발자크를 독파했다. 앙드레 지드도 읽고 싶긴 한데 여태 첫인상이 나쁘다. 그 책들은 일역본이지만 일본에서 읽을 때와 다소 기분이 다르다. 번역한 사람이 일본식으로 묘사한 부분이 꽤 많다. 아아, 나도 올해는 힘내야지! 좋은 일을 할 수 있는 때가 있는 법이니. 일본은 요사이 어떨까? 또 이상한 이즘이 유행하고 있을까? 일본의 유행 변화는 참으로 조릿대 잎이 바람에 나부끼는 감각이다.

블랙드래곤이란 이름을 종종 런던 신문에서 보는데 도대체 뭘 말하는 걸까? 런던의 일부 평화주의자는 대장 나라 일본이라고 낙인찍고 있건만, 청일전쟁부터 이노우에 장관 암살까지가 일본을 점점 대장 나라로 만드는 듯하다. 싫증 나는 이야기다. 억지 이론이 통하지 않으니 정치가도 인민도 검술을 배우나 보다. 돌아오는 13일 일요일에 트래펄가 광장에서 중국 공산당 데모가 있다. 아마 일본과 중국 간 문제를 연설하겠지. 나는 들으러 갈 작정이다. 요전에 후지모리<sub>일본 소설가</sub> 부부를 만났다. 미국에서 건너오는 길이라고 해서 약간 부러웠다. 상당히 성실한 사람들인 만큼 일을 가득 들고 일본으로 돌아갔으면 좋겠다. 대륙에 와서 알게 된 건 유행 속도가 극히 느리다는 점이다. 문학은 더욱 그래서 일본처럼 무슨 무슨 이즘이 쉽게 생기지 않는다. 그만큼 예술가들도 어딘가 느긋하다.

아침이다. 안개가 굉장히 짙다. 런던 안개는 마치 색을 칠한 것 같다. 창 아래로는 이층 빨간 버스가 천천히 달려간다. 런던에 오고 나서 담배를 끊었다. 술 따윈 훨씬 오래전에 머릿속에서 지웠고. 그저 지금은 뜨거운 물이 가득한 욕조에 몸을 담그고 싶다. 목욕탕이 70전에서 80전이나 해서 3주간 물에 못 들어갈 때도 있다. 이렇게 엔값이 떨어져버리면 나처럼 자력으로 온 사람은 어찌할 도리가 없다. 어머니에게 후미코는 건강히 잘 있는 모양이라고, 기회가 생기는 대로 편지를 보내주길. 이부세 마스지 씨는 안녕하신지? 후지모리 부부가 묵던 런던 일본 민박에 갔을 때 응접실에 오래된 『분게이슌주』가 있어 '시구레섬'인가 뭔가 하는 이부세 씨의 소설을 봤다. 반가웠다. 엽서라도 보내 대신 안부를 전해주길.

나도 좋은 글을 쓰련다. 기필코 건강하게 지내련다. 그러니 아무 걱정 말길. 편지도 이 답장이 간다면 충분하다. 40일이나 잡아먹는 편지보단 짧게나마 전보로 당신의 근황을 알려주는 쪽이 더 좋다. 이제 지브롤터에 갈까 싶어 가방을 정리하다 편지가 나왔는데 "파리 안착, 다행입니다. 자취 생활은 재미있나요?" 같은 완전히 김빠진 이야기들뿐이다. 진즉에 파리를 떠나 런던에 와 있고, 앞으로 지브롤터에 갈까 말까 하는 참이건만. 지도를 보고 있으면 유쾌하다. 인간이 커지는 느낌이랄까.

별이 제법 따뜻해졌다. 창밖으로 중산모자를 깊이 쓴 촌부자풍 넝마장수가 짐수레를 비칠비칠 끌고 간다. "헬로, 무슈!" 뭘 팔아야 할까. 나는 빈손으로 삼층에서 달려 내려가 손목에서 금시계를 벗은 뒤 교섭에 들어갔다. 짐수레 안에는 해진 망토, 다리 부러진 의자, 줄 없는 비올라, 빨간 여자 장화 따위가 들어 있다.

"나는 이런 금속물은 잘 모르는데."

"영감님, 외국인이니 좀 사줘요. 아무것도 먹지 못해 차가운 몸이 되면 어떡해요."

"저런, 거기까지 갔다면 지옥이나 마찬가지겠군. 알았으니 여권이나 보여줘. 10실링에 사줄게."

10실링으로 손목시계 흥정을 끝낸 나는 처음으로 커다란 목소리로 노래 한 곡조를 불렀다. "오늘 하룻밤은 비단 베개……." 정말이지 세계 어디를 가나 넝마장수는 참 자상하다. 외치는 소리마저 일본의 넝마장수와 닮았다.

이 10실링이란 돈이 있는 동안, 당신과 친구들에게 좋은 소식을 써보련다. 편지를 쓸 때만은 모두의 얼굴이 뚜렷이 기억난다. 나는 의기소침해져 어느 것에든 희망을 품지 못하면 방 안을 이리저리 걷다가 갖가지 가구를 손으로 만져본다. 한 세기 전 물건이라고 여주인이 알려준 적갈색 식기대에 손가락을 대면 박하수에 손을 담근 것처럼 차갑다. 또 구석구석 먼지가 두껍게 쌓여 있다. 바닥에 깔린 카펫 무늬는 하숙인들에게 대대로 유린당한 탓에 꽃인지 동물인지 모를 정도. 회의할 때나 쓸 법한 커다란 원탁, 지저분한 대리석 난로, 그 위에 얼룩투성이 벽 전체에 거울이 있다. 거울은 난로 받침이 꽤 높아 내 어깨 윗부분만 비친다.

사실 나는 그 거울에 되도록 시선을 두지 않으려 애쓴다. 왜냐하면 때때로 무심코 놀라기 일쑤라서. 밤에 난롯불을 쬐다가 견딜 수 없어 벌떡 일어나면 대리석 난로 위에 동그란 여자 머리가 올려 있다. 으스름한 삼백안三白眼. 맞다, 바로 내 머리다. 깜짝 놀라 몸을 뒤로 빼면 그 머리도 건너편으로 떨어진다. 밤이 점점 무섭다. 밤이 오면 내 그림자만 봐도 소리를 지를 정도. 방구석에는 이가 빠진 양 고음의 검은 건반이 없는 피아노가 있다. 그 위에는 격자로 촛대가 빽빽이 놓여 있는데 오랜 시간을 보냈는지 동록마저 슬었다. 나는 피아노를 볼 때마다 우물 두레박의 도르래가 돌아가는 소리와 함께 무수한 손이 연상된다. 그럼 창문을 열고 그 소리를 불어 내보내려 노력한다. 벽지가 파란색인 탓에 때론 바닷바람이 부는 듯하고 종종 배가 난파하는 꿈을 꾸기도 한다.

세실하우스 주민은 여주인 자매와 하녀와 나 그리고 다락방에 사는 할아버지다. 이들은 종일 웃지 않는다. 요전에 사층 위 화장실에 갔다가 문이 안 열려 비관하고 있는데 문밖에서 누군가 일본어로 "밀어, 반대"라고 소리치는 게 아닌가. 그래서

반대 방향으로 힘껏 밀고 나왔더니 키가 큰 할아버지가 무뚝뚝한 표정으로 서 있었다. 이것이 그 할아버지와의 처음이자 마지막 대면이었다. 일본에 갔다 온 적 있는 사람인지 "밀어, 반대"라는 일본어에는 방긋 웃었지만 나도 저런 영어를 쓰고 있는 걸까? 여하튼 나는 밤에는 될 수 있는 한 마음을 가라앉히고 일찍 잠자리에 든다. 잠들기 전에는 책을 읽는다. 프랑스어를 조금 공부한 다음 아무것이나 닥치는 대로 독서를 해서 이젠 읽을거리가 거의 떨어져 오카구라 덴신의 『차의 책』을 읽는 참인데 상당히 재미있다.

근데 오늘 아침에 은행에서 붉은 봉랍으로 봉한 편지를 받았다. 마치 동화 같지 않나? 파리에서 전보로 가이조샤 출판사에게 부탁한 만큼의 돈이 들어 있었다. 정말이지 기적이다. 아무 일도 손에 잡히지 않고 그저 표범처럼 날뛰었다. 사람에게는 아주 다양한 모습이 있나 보다. 피아노 뚜껑을 열고 일직선으로 손가락을 힘차게 달려보지만 지금의 내 마음과 닮은 소리를 내주지 않는다. 우물 밑바닥으로 돌을 던지는 듯한 소리다. 가벼운, 바람 부는 소리는 이 세상에 없는 걸까? 나는 있는 힘껏 피아노를 경멸하기로 한다. 몇 번이나 매트리스를 뒤집었더니 네 모서리 용수철이 기분 나쁜 소리를 내며 운다. 자, 그럼 파리까지 일직선! 그다음 베를린, 모스크바…… 일본까지는 약간 부족하군. 전보를 쳤을 때는 돈을 좀 갖고 있었는데. 자, 자, 돌아가지 못하는 것보단 다행! 기운을 차리고 한 달간의 런던 생활과 결별하기로 마음먹는다. 막상 헤어지려고 하니 런던은 아직 반가운 도시다.

런던에서는 박물관을 구경했다. 이스트엔드도 걸었다. 유대인 거리를 기웃대거나 피커딜리 광장 지하철에서 매춘부와 친해지거나 옥스퍼드대학 도시도 템스강 어시장도 마르크스 묘지도 또 연극도 봤다. 나는 바지런히 돌아다녔다. 말이 통하지 않아 종이와 연필을 들고 걷다 귀가하는 날 184번 빨간 버스가 홀랜드 거리 모퉁이까지 데려다준다. 런던 버스는 한 구역에 4전 남짓 즉 1페니다. 런던 박물관은 멋지다. 큰 목소리로 말할 순 없지만 잘도 세계 각국에서 큰 도둑질을 했구나 싶다. 고대 일본의 청동기도 많다. 벽이란 벽에 빈 곳이 없을 정도로 풍성하다. 내가 가장 감탄한 건 도기의 방이었다.


낮부터 대영박물관에 간다. 도기의 방이 맘에 든다. 특히 동양의 것이 좋다. 남색 한 가지 색깔의 청초한 색조는 머지않아 담게 될 맛있는 음식을 연상시킨다. 서양 도기의 맛은 어떨까. 그건 혀에서 멀리 벗어나 눈의 감상에 맡겨야 한다. 한 장의 접시조차 색을 흠뻑 입히거나 요철을 만드는 등 내내 뭔가 이야기를 하지 않으면 직성이 안 풀리는 서양 접시. 나는 방구석에 있던 낡은 중국산 항아리에 살짝 뺨을 대봤다. 차갑고 꾸밈없이 둥글다. 어깨 부근에는 새 두 마리가 남색으로 그려져 있다. 너무나 조용하다. 나는 왠지 일본에 있는 어머니가 떠올랐다. 노란빛 매화 가지 두세 개를 이

항아리에 아무렇게나 꽂아도 그 아름다움에 사람들은 얼마나 놀랄까?

　박물관을 구경한 날에 쓴 일기. 런던 대영박물관은 파리 루브르박물관도 이길 수 없다. 진짜로 1월에는 아무런 일도 하지 못했는데, 요사이 백 매 가까이 글을 썼다. 어머니께 조금 보내고 싶다. 백 매라고 간단히 말해도 여행지에서는 여간한 일이 아니니. 피곤해 멍하기도 하지만 기운을 내고 있다.

　그건 그렇고 상하이까지 전쟁이 번질 모양인데 대체 어찌 될까. 외국에 나오니 매일 신문에서 일본 평판이 나쁜 것이 신경 쓰인다. 트래펄가 광장의 중국공산당 데모에는 별로 확 타오르진 않았지만, 중국 부인의 불을 뿜는 애국 연설에는 감격했다. 그렇다, 누구라도 나라를 사랑하는 법이다. 나라를 사랑하지 않는 사람이 어디에 있을까? 나라며 돈이며 인민을 장난감처럼 갖고 노는 ××들은 어떻게든 안 되는 걸까? 세계대전 이후 대체 어디에 평화가 왔나? 각국의 인민은 녹초가 됐다. 유럽을 걸어보면 지금도 베르됭의 피비린내가 난다. 발 없는 남자, 한 손 없는 남자, 한쪽 눈 없는 남자, 이런 베르됭의 유물이 무얼 하고 있냐면 대개 샌드위치맨이거나 걸인 또는 비올라 켜는 광대다. 과거 인기가 높던 어느 인간의 말로末路, 그 모습의 사람들이 유럽 각국에서 우글거리며 배출구를 찾고 있다. 파리 직업소개소도 그랬지만, 런던 직업소개소도 시루에 콩나

물 박히듯 어느 곳이나 매일 아침 실업자가 행렬을 짓고 차례를 기다린다. 전 세계가 굶주리고 있는 느낌이다. 옛날에는 일본에서도 평화박람회가 열렸는데. 대관절 누굴 위해 배를 주리고 저 긴 줄을 이루는 걸까?

일본은 따뜻하다고 하는데 런던은 올해 눈의 날이 많다. 회오리바람처럼 눈이 빙글빙글 춤추듯 내려와 가득 쌓이는 통에 꼼짝 못 하고 있으면 석탄 장수가 마차 위에서 "석탄 어 명이요" 하며 말을 끌고 눈 속을 지나간다. 요 근처 동네는 모두 알뜰한지 아주머니들이 빛바랜 모자를 태연히 쓰고 있다. 조만간 드디어 런던을 떠날 작정이다. 얼마 안 있은 주제에 런던을 논하는 일은 좀 뻔뻔하지만 요컨대 연극도 문학도 예절도 영국은 시골스러운 느낌이다. 연극을 보러 갈 때도 옷을 갈아입고 가니 좀처럼 간단하지 않다. 문학도 그러한데 현대 영국 문단은 대체 무엇인가. 일본 쪽이 훨씬 눈부시다고 생각한다. 버나드 쇼가 있다고? 난 그 사람 작품이 마음에 들지 않는다. 조금 뒤틀려 있거든. 요즘은 한창 러시아 욕을 하는 모양이지만. 그는 상당히 줏대 없는, 그저 좋은 영감이다.

나는 실례를 무릅쓰고 입던 옷 그대로 연극을 보고 왔다. 아델필이란 일류 소극장으로 역사극인 「헬렌」을 공연하고 있었다. 어쩐지 활인화배경을 꾸미고 그 앞에 분장한 사람을 세워 그림 속 사람처럼 보이게 만든 구경거리처럼 아름답기만 한 것이 파리에서 본 샬리아핀러시아 오페라 가수의 「돈키호테」와는 천양지차였다.

목소리는 작고 노래는 거칠거칠 건조했다. 런던은 문밖보다는 가정이 진정되는 곳이다. 내게 난롯불은 유럽의 추억 가운데 가장 그리운 존재다.

런던에서 가장 흥미롭게 본 것은, 수많은 균일가 백화점. 일본에도 있을까? 틀림없이 아직 없으리라 생각한다. 마을 하나에 반드시 균일가 백화점 한 채가 있기에 프롤레타리아 계급에게는 여러모로 편리하다. 절대로 6펜스 이상의 제품은 없고 전부 6펜스 이하다. 비누, 백분, 목걸이, 반지, 실, 잡지, 아동용 레코드판, 레이스, 천, 꽃씨, 그릇, 철물, 전등갓, 냄비, 바구니, 문방구, 과자, 입식 식당용 커피와 빵, 샌드위치, 채소, 건어물, 식료품, 조화, 장난감, 소풍 도구, 단행본, 속옷, 바지, 안전면도기, 유리 등등. 실로 풍부한 6펜스 가게는 1페니짜리 휴지까지 있으니 그야말로 귀중한 보물이다.

그래서인지 이곳만은 사람들로 북적북적 날로 번창한다. 게다가 입식 식당 점심밥은 6펜스로 배가 통통해지니 사람이 늘 많다. 일본에 이런 값싼 백화점이 한 개쯤 생겨도 재미있을 듯하다. 레이스로 말할 것 같으면 1야드에 1페니부터 있고 그외에 매일 아침 2펜스짜리 홍차를 마실 수 있다. 참으로 자잘한 데까지 세심하고 판매원도 예쁘다. 쇼윈도에는 그달에 팔릴 만한 인기 상품이 수북이 진열돼 있다. 아무쪼록 누군가에게 이런 가게를 열라고 권해주길. 50전 이하의 균일상점이라면 틀림없이 유행하리라고 보증한다. 단 가게 구조는 대단히 큰 편이다. 물론 런던 물가는 뭐라고 해도 비싸다. 환율이 일본과 똑같다고는 해도 여기의 10엔은 일본의 5엔가량 가치다. 일본의 신선한 식품은 도저히 외국에 비할 바가 아니다.

밤 10시 30분, 나는 뉴헤이번 항구에서 프랑스 디에프행 배를 탔다. 도버해협을 건너면 기껏해야 다섯 시간에서 여섯 시간이면 갈 수 있지만, 발길을 재촉할 필요 없는 여행이기에 나는 멀리 돌아가는 코스를 선택했다. 런던과 파리 간에는 여러 개의 코스가 있고 가격 역시 가지각색으로, 내가 산 표는 뉴헤이번과 디에프 경유의 제일 시간이 길고 제일 값이 싼 코스다. 저녁 8시 50분 기차로 런던 빅토리아 정거장을 출발해 다음 날 아침 6시에 파리 북역에 도착한다. 뉴헤이번 항구는 아주 좋은 곳이다. 야경이 히로시마의 오노미치와 비슷했는데 낮에는 어떤 풍경일까? 파도도 바람도 무척 조용해 진눈깨비가 해면에 닿는 소리마저 들린다. 이 배는 생선과 사람이 동거하는 화물선이다. 파리에서 런던으로 갈 때는 세관이 심히 까다로웠지만, 파리로 돌아오는 디에프의 프랑스 세관에는 여성 세관원이 있어 여성 여행자인 나는 마음이 편했다.

새벽 배를 타는 여행은 따분하다. 하물며 나 홀로 여행이다. 얼음 아래로 흘러내리듯 헤엄치는 물고기 냄새를 피부로 느끼며 이대로 아무렇지 않게 바다에 뛰어드는 건 아닐까 생각했다. 내 머릿속에는 절대로 죽고 싶지 않다는 감정이 허세를 부리고 있지만⋯⋯. 이럴 때 위스키라도 갖고 있다면 한층 즐겁겠지. 나는 입술을 벌리고 진눈깨비를 혓바닥으로 받아 봤다. 진눈깨비는 눈과 코, 입술과 어깨를 보슬보슬 두드리며 사라져갔다. 배에는 스팀도 무엇도 돌지 않는다. 일곱에서 여덟 명쯤 되는 승객이 다들 뚱한 표정으로 갑판을 걷는다. 걷는 것 말고는 이 추위를 참고 견딜 만한 방도가 달리 없다. 담요를 꺼내 허리에 감고 의자에 누워보지만 온몸이 나뭇조각처럼 딱딱해질 뿐이다. 의자 위에 누워 있는 것보다 오히려 화장실 안이 더 따뜻하다. 슈트케이스 안에서 커다란 단과자빵을 꺼내 씹어 먹는데 너무 추웠다.

디에프항에 도착한 것은 새벽 5시께, 어렴풋이 디에프 부두가 보였다. 어딘가 부산항을 닮았다. 이 배는 사람보다 물고기 쪽이 단골인 모양인지 우리가 내릴 땐 이미 기중기로 물고기가 담긴 나무통을 내린 뒤였다. 기차에 오르자 안도의 한숨이 나왔다. 더럽긴 해도 따뜻했다. 일본 기차로 따지면 이등칸쯤 되겠지. 사인용 객실로 니스의 소학교 교사 부부와 함께였다. 축음기를 틀어 활기찬 음악을 들려주건만, 난 머리가 터질 듯했다. 갑자기 따뜻한 곳에 들어온 탓일까? 하지만 곧 온몸이 녹아버릴 정도로 기분이 좋아져 슈트케이스 위에 발을 올린 채 꾸벅꾸벅 졸기 시작했다.

"마드모아젤! 당신은 파리에서 내리는 거죠?" 검표하는 남자가 내 어깨를 흔들어 깨웠다. 역의 대형 시계 아래에 '생라자르'라고 나와 있다. 아이고, 맙소사! 마들렌사원에 가까운 역이

잖아. 파리 북역에 간다고 말했더니 이 기차는 그곳에 들리지 않는다며 리옹역으로 가라고 알려줬다. 당황한 나는 슈트케이스를 짐꾼에게 맡기고 인기척 없는 쓸쓸한 생라자르역에 내렸다. 이곳은 낮에는 신주쿠역처럼 북적이는 정거장이다. 무엇보다 기차와 지하철이 있는 데다 조금만 나가면 마들렌사원이나 오페라극장도 있다. 어찌 됐든 기진맥진할 때까지 자고 싶었다. 나는 새벽이 가까워진 역에서 잠시 난로를 쬐며 숙소에 대해 이리저리 궁리했다.

파리는 매일 비가 온다. 결국 옛 보금자리로 돌아왔다. 단거리는 같지만 방은 다르다. 이번 '호텔 플로리도르'는 예전 하숙집보다 값이 두 배가량 비싸다. 무슨 연유인지 알 순 없지만 다다미가 몹시 그립다. 런던에서 꽃인지 동물인지 애매한 낡아빠진 카펫 깔린 방에 머문 탓인지 앉고 싶어 미치겠기에 깔개 있는 방을 잡았다. 나는 매일 책상다리를 한다. 바닥에 앉아 있는 게 제일 편안하다. 왜 옛날에 '미야코'에서 나오던 꽃비누라고 있지 않나, 그 상자 겉면처럼 분홍빛을 띤 방이다. 파리 호텔 벽지는 너무나 화려하다. 항상 레뷰가 펼쳐지는 장막 뒤에 있는 기분이랄까. 눈을 뜨면 언제 막이 오를까, 터무니없는 상상에 빠지기도 한다. 요사이 엔값이 폭락했다. 지난해는 꽤 버텨준 덕에 100엔이 1,200프랑 남짓했는데, 올해 들어 환전해보니 300엔이 2,400프랑 안팎이다. 1,200프랑이나 차이가 나는 셈이다. 엔값도 떨어졌으니 괜찮은 일거리라도 생겼으면 좋겠다. 이래서는 파리에 있는 유학생들도 고될 게 뻔하다.

정말 날이면 날마다 비다. 오층 창문에서 내려다보면 당페르공원 잔디가 하루가 다르게 짙은 녹색으로 바뀌니 머지않아 마로니에 싹도 돋아날 터. 일본도 지금쯤 오동나무 싹과 벚꽃이 폈겠군. 일본에서 하얀 배꽃이 만발하는 시골집에서 잠깐 산 적이 있는데, 마로니에 싹이 나오면 어떤 기분일지. 일본에 돌아가고 싶어 아무 일도 손에 안 잡힐까. 참, 당신의 포피는 건강한지? 개 울음소리는 일본이나 파리나 같다. 다만 모습을 보면 파리 쪽이 더 희귀한 종이 많다. 도마처럼 생긴 개며 털실 뭉치 같은 개를 데리고 부인들이 종종 산책로를 걸어 다닐 때면 어째 이상한 기분이 든다.

파리에는 기록영화만 트는 가설극장이 있다. 얼마 전부터 청일전쟁을 기록한 영화를 상영해 곧잘 보러 가는데, 전쟁터에서 일본군이 철포를 쏘면 파리인은 "싫어"라고 소리친 뒤 대거 휘파람을 분다. 우스꽝스러운 일이다. 또 사회주의자들을 크게 비추면 휘파람 소리가 커진다. 색다른 광경이다. 때때로 찾아가는 당페르 근처 영화관에서 간혹 웬 떡이냐 싶은 재미있는 작품을 만나기도 한다. 타고르가 시를 읽거나 간디가 실을 뽑으며 웃거나. 이외 인도 사원 사진, 남아프리카 탐험 등도 유쾌하다.

3월 3일은 일본에선 히나마쓰리라고 여자아이를 위해 복숭아꽃을 꽂는 날이지만, 파리에선 미카렘이라고 어린이 축제를 하는 날이다. 잡화점에서 시라노나 익살맞은 채플린 가면, 주름 종이로 만든 모자나 작은 새, 무처럼 생긴 붉은 고추나 풍차 따위를 팔며 부모들은 가장한 아이들을 자랑하러 거리로 데리고 나온다. 샹젤리제 부르주아 거리에는 실크해트를 쓴 꼬마 신사와 로브데콜테를 입은 꼬마 숙녀가 많은 모양인데, 이 근처 거리에는 네덜란드 시골 아가씨나 승마 복장, 피에로 등 변변찮아도 각양각색으로 차려입은 어린아이와 풍선이 복작댄다.

나는 요즘 알리앙스 야학에 다니고 있다. 내가 속한 반은 열 명이 채 안 되어 굉장히 한가하다. 수업료는 한 달에 100프랑으로 꽤 싸다. 처음 가벼운 단편을 배우기 시작해 지금은 부인이 손수건을 사러 가는 이야기까지 왔다. 부끄럽지만 내가 가장 서툴고 발음이 나쁘다. 옆에 앉는 폴라티 입은 신사는 내 노트에 배운 내용을 전부 베껴 써주고 초콜릿까지 주는 등 참 친절하다. 교실 분위기는 오래전에 잠깐 다녔던 와세다대학과 비슷하다. 이 야학에서 에스토니아 부인 두 명과 친해졌다. 에스토니아는 지도에서 보면 러시아 위쪽에 위치한 작은 나라로 대단히 추운 곳인 모양이다. 그런데 문장紋章의 아름다움을 따지자면 세계 제일이지 싶다. 삼 획 글자 안에 사자 세 마리가 그려져 있고 주황, 파랑, 초록이 섞여 있다.

한번은 두 에스토니아 부인 가운데 젊은 쪽 여인이 사는 집에 놀러 가봤다. 아주 예스러운 집이라 왠지 런던 하숙집이 떠올랐다. 흐트러진 쿠션을 몇 년이나 놔둔 듯한 방이었다. 이미 세상을 뜬 남편이 소설가였다며 『NEDJMA-RAOUL DE RIVASSO』란 책을 한 권 줬다. 제목인 'NEDJMA'는 여자 이름이란다. 이야기를 들어보니 이 여인의 고향이 또 멋졌다. 갑자기 에스토니아에 가고 싶어진다. 보리 추수 때 찍은 자매 사진을 봤는데 맨살을 드러낸 손과 발이 발랄해 보였다. 나는 양말 신는 일이 정말 싫다. 이렇게 손도 발도 모두 드러내놓고 보리 다발 위를 뒹굴고 싶다. 그녀의 이름은 힐다로 프랑스어는 한참 선배. 방값은 현관, 살롱, 침실, 주방, 벽장까지 딸려 400프랑. 두 끼를 더해 450프랑. 방만 넓을 뿐 오래된 역사 전시장 상태라서 나라면 일주일 안에 미친 여왕님이 되리라. 이 집에도 털실 뭉치처럼 생긴 하얀 개가 있었다.

오늘은 바람이 세다. 나는 감기에 걸려 누워 있다. 여기는 오층이다. 창밖에는 파란 하늘과 구름뿐이다. 저 구름은 일본에서 온 걸까. 당분간 침대에서 휴식을 취하며 네모난 푸른 창문이나 보고 파리 거리 소리나 들어야겠다. 실은 너무 슬퍼 머릿속이 뭔가 생각할 일로 가득하다.

# 퐁텐블로 숲을 거닐다

파리에서는 하루하루가 무위한 날들의 연속이다. 알리앙스 야학이 일단락되면 파리를 떠나 시골에 잠깐 다녀오는 것도 나쁘지 않다고, 늘 마음의 준비를 하며 꽤나 공상의 나래를 펼치지만 프랑스란 곳은 아시다시피 세계에서 기차 요금이 가장 비싼 나라로 고작 2엔이면 갈 곳이 그 두 배나 든다. 정말이지 길에 비료를 뿌리는 기분이라 견딜 수가 없다. 하지만 기차비를 향한 불평은 제쳐놓고 새하얀 마로니에 꽃송이가 피어나고, 여름이 가깝다는 듯 커다란 구름이 무수히 늘어선 귀여운 주황 굴뚝 위를 흐르기 시작하면 누구라도 산과 들이 보고 싶어지지 않을까. 그건 그렇고 내 어학 능력에 대해 말하자면,

본디 만사태평한 성격인 데다 알리앙스 야학에서 실력을 조금 길러서인지 어설프고 떠듬거리긴 해도 제법 말이 통한다. 아름다운 산야의 마을에서 소중히 따로 간직해둔 한마디의 말을 써보고 싶은데…… 이것이 야심에 찬 여행가의 속셈이다.

친구가 알려줘서 지도에 처음 별표를 단 곳은 몽모랑시라는 산속 마을. 지도에서 봐도 상당히 깊은 산속에 있는 듯하고 안내서에는 복숭아 명소라고 나와 있다. 파리 북역에서 한 시간 남짓 거리니 도쿄로 치면 사이타마 부근쯤 되겠지. 그렇게 어지간한 고심 끝에 가까스로 열차에 올랐는데 하필이면 비가 엄청나게 쏟아졌다. 창밖으로 보이는 경치는 무척 동양풍이었다. 렘브란트의 풍경을 기억하는지? 흰색과 에메랄드그린과 검은색이 조화를 이룬 렘브란트 그림 같은 풍경 속 비에 젖은 북행 열차는 동양 여인에게 무척 즐거운 곳이다. 자못 평온한 가운데 나는 지도와 시간표를 잠시도 손에서 놓지 못한 채 엉거주춤한 자세로 역 이름 하나하나에 신경을 곤두세운다. 앞에 있던 화가처럼 보이는 노인이 방정맞은 나를 보다 못해 어디서 내리냐고 묻는다. "저, 몽모랑시에서 내려야 하는데 초행길이라 잘 모르겠어요." 그러자 노인은 이 열차는 몽모랑시에 안 간다고 말한다. "다음 역인 앙기엥에서 내려 갈아타야 해." 말할 수 없이 절망한 나는 그저 "위, 무슈!"를 연발했다.

앙기엥이란 역은 대합실에 남포등이 달려 있는 고풍스러운 곳으로 내리는 손님이라고 해봤자 고작 두세 명뿐이었다. 플랫폼의 모래땅 위로 안개비가 내리고 푸른 잎 울창한 나무들은 반들반들 윤이 나서 눈이 부셨다. 빗속에서 우왕좌왕하고 있자니 뚱뚱한 역장이 "마드모아젤!" 하고 말을 걸지만 세상만사가 다 귀찮아진 난 판잣집 같은 플랫폼 의자에 주저앉고 말았다. 옆에 앉아 있는 산촌 농가의 부부가 내 쪽을 가끔씩 훔쳐보다가 남편이 "베트남 처녀겠지"라고 부인에게 아는 체를 했다. 그들은 흡사 오리 부부 같았다.

올해 파리는 비가 많이 내리는 편이라는데, 일본은 요즘 어떨까. 필시 맑고 화창한 날들이 이어지고 있겠지. 나 홀로 여행은 무척 고된 일이다. 하물며 말이 서툰 여행자라면 엉뚱한 실수를 저지르기 마련. 다행히 앙기엥역에서의 낭패는 친절한 역장이 몽모랑시로 가는 길을 알려줘 벗어났다. 역에서 1킬로미터쯤 논두렁길을 따라가면 몽모랑시행 승합차가 있다고 해서 일단 빗속을 무거운 슈트케이스를 들고 걷기 시작했지만 빗줄기가 점점 굵어져 얼굴을 들 수 없을 정도였다. 마침 그때 기찻길 근처에 중국 인형처럼 빨간 간판을 내건 담배 가게 겸 카페가 보이기에 잠시 쉬어 가려고 들어갔다. 가게 안에는 사람이 두 명, 마차꾼인 듯한 튼튼한 남자가 적포도주를 마시다가 좀처럼 본 적 없는 황색 인종이 들어오니 이상하게 여기며 쳐다봤다. 뜨거운 커피를 마시며 예의 어눌한 말투로 짐을 맡기려는데 어머 세상에! 운 좋게도 마차꾼이라고 생각했던 남자가 택시 운전사였다. 나는 앙기엥역에서 약 15분 만에 몽모랑시 언덕 위 호텔에 도착했다.

호텔은 시골 호텔로 일본으로 말하자면 여관 같다. '파피용 드 플뢰르프랑스어로 '꽃의 나비'라는 뜻'라는 거창한 이름이건만 남포등이 허무하기만 했다. 그래도 삼시 세끼 포함 2프랑 남짓인데다 붉은 재킷이 잘 어울리는 안주인은 바지런하고 자기 집에서 먹을 법한 맛있는 요리를 내놓았다. 세차게 내리치는 빗소리를 들으며 남포등 아래에서 식사하는 일은 어쩐지 문학적이라 발자크 소설 속 풍취가 감돈다. 이 호텔은 언덕 위 외딴집에 가깝지만 밤이 깊도록 시골 아낙네들이 스탠드에 기대 커피를 마시며 잡담을 나눈다. 내 방 뒤쪽 창을 열면 종비나무 따위가 산 가득히 우거져 있고 새벽녘에는 뻐꾸기 우는 소리도 들린다. 몽모랑시에서는 완전히 비에 갇혀 지냈다. 여기까지 적포도주만 마시러 왔나 싶을 정도였다. 이래서는 안 되겠다 싶어 숙소에서 우산을 빌려 숲 깊숙이 들어갔다. 시꺼먼 나무와 나무 사이로 백랍 같은 자두나무꽃이 싸라기눈이 내린 것처럼 피어 있어 비 오는 산중에 꽃향기가 넘쳐흘렀다. 마음속까지 스며들 정도로 꽃의 공기를 한껏 들이쉬었다. 산골짜기 숲에는 성터였는지 돌담이 있고 일본풍으로 해자가 에워싸고 있었다.

눈물에 젖어, 가을 여인이여
내 환상 속으로 사라지네,

눈물에 젖은 가을 여인을

난 가을 소낙비라 생각하네,

한바탕 나를 울리고

또 달래는 가을 여인이여,

처참히 시든 고성 거리를

난 나의 마음이라 생각하네.


사토 하루오 시인의 시집 속에 아마 이런 구절이 있었지. 고성을 둘러싼 물 없는 못가에 서서 우중 뻐꾸기 우는 소리를 듣고 있자니 신슈에 있는 듯 비몽사몽. 지금 이 시만큼, 이 풍경만큼 나를 위로해주고 달래주는 것이 없다.

다시 파리. 파리에 돌아올 때마다 벽의 차가움이 자꾸 내 신경을 건드린다. 당신이 보내준 멘델의 『식물의 잡종에 관한 실험』은 참 고마운 책이다. 모르는 땅에 오니 모르는 잡초나 잡목에 마음이 끌린다. 나는 파리에서 이틀 정도 머문 뒤 이번에는 리옹역에서 출발해 퐁텐블로 숲으로 향했다. 퐁텐블로에 도착한 건 늦은 밤, 전차 안내양이 마음을 써줬는지 신용 있는 호텔을 알려줬다. '호텔 사보이'라는 대궐 같은 숙소로 내 평생 두 번 다시 찾아오지 않을 대단히 호사스럽고 아름다운 곳이었다. 그날 밤에는 잠을 이루지 못한 채 방의 긴 소파를 베란다로 끌어내 시원한 바람을 쐬며 이슥한 숲에 둘러싸인 마을을 바라봤다. 밤꾀꼬리며 뻐꾸기가 세차게 울어대서 깊은 우물 속에 있는 듯했다. 퐁텐블로는 옛날에 퐁텐블로파의 회화와 문학이 발전한 고장으로 장 콕토는 퐁텐블로 숲을 '샘의 숲'이라 말한 바 있다.

이튿날 아침, 나는 일찍 일어나 세수를 하고 일본과 닮은 형석螢石이 많은 퐁텐블로 숲을 나뭇잎이나 풀을 만지작거리며 거닐었다. 숲속에는 찻길이 한 줄기의 강처럼 맑고 푸르게 뻗어 있고 떡갈나무, 너도밤나무, 자작나무, 종비나무, 밤나무가 수두룩했다. 이따금 카미유 코로의 그림에서 볼 법한 풍경이 펼쳐져 놀랐다. 호텔 점심은 80프랑 남짓으로 산속 호텔치고는 맛도 좋고 만듦새도 근사하다. 나라의 와카쿠사산처럼 비탈면이 정원으로 꾸며져 있고 넓은 식당에는 연미복 차림의 남자가 시중을 든다. 내가 찾아간 계절은 아직 여름휴가가 시작되기 전이라 영국인 노부부와 미국인 신사 두세 명만 있어 무척 한산했다. 일생에 다시 없을 사건, 마지막 코스 요리까지 먹어 치운 나는 처음으로 유람 기분을 만끽했다.

하지만 이래서는 일주일 치 예산을 하루에 다 써버리니 호텔 사무소에 가서 지도를 펼쳤다. "바르비종 마을에 가시면 지금 자두나무꽃이 한창입니다만……." 이 말에 나는 바르비종행을 결정하고 자동차로 16킬로미터 남짓한 산길을 달려갔다. 이 산길은 딱 나라의 오쿠야마와 견줄 만하다. 바람에 흔들흔들하는 나무 사이를 자동차가 꽤 빠른 속도로 가는데 마음이 아련해진다. 나그네의 심약함이겠지. 조릿대처럼 나긋나긋한 애나무들을 지나칠 때는 하늘만 쳐다봤다. 마치 내가 여울을 거슬러 오르는 은어가 된 듯한 기분마저 들어 '물고기의 마음으로, 물고기의 모습으로 차가운 여울을 헤엄친다면 즐거울까?' 이런 공상도 해본다.

바르비종에서 이틀째를 맞았다. 일전에 보낸 이쪽의 갖가지 엽서들은 받았는지? 지금 묵고 있는 호텔은 '서프 로주망'이라는 오래된 여관으로 사슴의 집이란 뜻이란다. 바르비종은 띠처럼 길고 가느다란 모양새로 작은 마을임에도 호텔이 네 곳이나 차양을 치고 있다. 호텔 여주인은 기모노를 입고 온 나를 보고 동화 속에서 나온 공주님인 양 무척 정중히 대우해준다. 식당에 걸린 밀레 그림이 눈길을 사로잡기에 "저 그림, 밀레의 그림 맞죠?"라고 묻자 여급은 어처구니없는 표정으로 "당신, 밀레 집을 보러 온 거 아닌가요?"라고 되묻는다. 저녁 식사 후 안내서를 받아 사전을 찾아가며 읽어봤더니 이곳은 유명한 예술 발생지로 바르비종파라고 불리는 하나의 유파가 탄생한 곳이었고, 그 중심인물로 장 프랑수아 밀레와 테오도르 루소가 있다.

무슨 행운이 깃들었는지 홀로 여행길에 만난 우연에 너무 기쁜 나머지 해 질 무렵 밀레의 화실을 찾아갔다. 호텔 건너편에 있는 밀레의 화실은 상당히 고풍스러웠지만 이미 8시를 넘긴 탓에 문은 닫혀 있었다. 나는 화실 옆 샛길을 돌아 넓은 들길을 걸었다. 작은 새가 어깨 가까이 내려와 좋은 소리를 냈다.

틀림없이 해거름이 길기 때문에 작은 새들도 좀처럼 잠들지 못하는 것이겠지. 바르비종 마을의 집들은 거의 농사짓는 사람들로 밭이란 밭에는 온통 보리가 파릇파릇 펼쳐져 있고 샛길 근처 집을 따라 애나무가 뒤얽히듯 무성했다. 고즈넉한 동네이면서도 곳곳에 문을 굳게 잠근 술집도 있어 '개구리'란 이름의 가게에서는 램프 아래 작부로 보이는 여인이 멀겋고 졸린 목소리로 노래를 부르고 있었다.

어느 고장을 가든 젊은 남자들이 목에 손수건을 두르고 호텔 술집에 삼삼오오 모여 있지만, 내가 간 날이 월야라 그런지 정원 테이블에는 젊은 연인들과 가족들이 바싹 붙어 앉아 즐겁게 식사를 한다. 그 수많은 사랑 속에 끼여 덩그러니 식사하는 나, 이런 고요한 기분은 두 번 다시 맛보지 못하리라. 낡은 피아노 위에 켜진 촛불이며 샛노란 커튼 달린 내민창에 있는 색색의 꽃이며 하얀 식탁 위 붉은색 조명까지 곧 사라질, 가슴 아픈 추억이다.

아침에 창문을 활짝 열면 맞은편 고물상 뒤란 자귀나무의 분홍색 꽃이 보인다. 색채가 상당히 선명하다. 울퉁불퉁한 밤자갈 깔린 시골길을 자동차가 하얀 연기를 뿜으며 지나간다. 바르비종이여! 바르비종의 시골길이여! 너무 감미롭긴 해도 이 달콤함을 후회 없도록 다 써 없애고 싶다. 시골 공기를 잔뜩 들이마셨더니 헬쑥한 뺨에 붉은빛이 돌고 마음마저 차분하다. 런던에서 자살까지 생각했던 나도 이 신선한 풍경 앞에서는 그런 생각 따윈 "개나 줘버려"다. 호텔은 두 끼니에 30프랑 정도로 요리가 제일 훌륭한 숙소, 닭고기와 채소로 만든 포타주는 볼이 떨릴 정도로 맛있다. 아침에는 근처 카페에 서서 커피를 마시는데 "일본이란 나라는 손톱을 30센티미터나 기른다면서?"라는 것밖에 일본 관련 지식이 없는 노인이 있었다. 그는 내 소매를 흔들며 "하늘을 달리는 거야?" 하며 웃었다.

밀레의 화실은 감탄스러웠다. 여학생 방에 어김없이 걸려 있는 「만종」이나 「이삭 줍는 여인들」도 그의 만년 이야기를 들으니 저기 어디쯤 널린 프로 화가에 비할 바 아니라고 생각했다. 밀레 집안은 소작인으로 상당히 가난했던 모양이다. 화실 흙마루 입구에는 일인용 침대가 있었는데, 밀레는 비에 젖어가며 그림을 그리다 감기에 걸려 이윽고 그 침대에서 세상을 떠났다고 한다. 방 안에는 먼지를 뒤집어쓴 커다란 거울이 한 개, 흙 인형이 일고여덟 개 나뒹굴고 밀레가 엉덩이로 꿰뚫기라도 한 듯 볏짚 의자가 너덜너덜했다. 현재 밀레 자손은 밀레 위조품까지 만들어 판다고 한다. 잡초가 빽빽한 뜰은 아무래도 밀레만의 취향이었는지 달랑 기다란 흰 의자가 놓여 있을 뿐이다. 뺨을 원숭이처럼 붉게 칠한 여자 안내원은 그림을 강매할 작정으로 밀레 친구들이 그린 그림을 모아놓은 화실로 나를 이끌었지만, 어떠한 것도 마음에 들지 않았다. 그보단 우연히 밀레 집을 바라보며 어린 시절부터 알던 그의 그림과 생활을 다시금 알게 된 것이 커다란 공부였다.

테오도르 루소의 화실에도 가봤는데 내가 좋아하는 그림은 아니었다. 루소는 소지주로 집 구조도 꽤 크고 인공적인 화원에는 제비꽃 같은 보라색 꽃이 만발했다. 밀레와는 둘도 없는 친구였기에 무덤에 함께 묻혔다고. 오래된 대들보가 튀어나온 중이층 화실에는 루소가 말년에 그리다 만 그림과 소박한 세간이 그대로 있었다. 밀레 그림은 보고 있으면 마음이 맑아지는 데 반해 루소 그림은 다소 신사적이라 그리 좋지만은 않았다.

퐁텐블로에서 이틀, 바르비종에서 사흘이니 실로 팔랑개비처럼 분주한 여정이지만 파리 같은 도시에서보다 시골에서 알고 얻은 것이 더 많다. 일본에 돌아갈 때는 뱃길을 택할까 한다. 마르세유 해변 마을에 잠깐 살아 보고 싶은 마음도 있다. 칸이나 니스를 구경해보라고들 하는데, 지금은 그런 곳에 조금도 매력을 느끼지 못한다. 변하지 않는 풍경, 변하지 않는 인심에 굶주려 있기에 당분간 시골구석을 찾아 걷고 싶을 뿐이다. 참, 풀잎 수집도 하고 있는데, 제법 상당한 양을 모았다.

# 아듀 마르세유, 아듀 프랑스

마르세유를 떠나는 날, 굴을 먹고 적포도주를 마시며 최후의 추억을 거리낌 없이 남겼다. 나는 막상 프랑스에 안녕을 고하고 일본으로 향하려니 눈꺼풀 안쪽이 괜스레 뜨거웠다. 배가 항구에서 출발하는 순간까지 홀로 마르세유 거리를 이리저리 돌아다니다가 배에 올라탄 것이 출항 10분 전. 요란하게 출항을 알리는 징이 울렸다. 이제부터 34일간의 항해, 생각만 해도 머리가 아팠다. "어찌 지내야 하나?" 창문이 하나 달린 얇은 찬합 같은 침상에 드러누웠지만 기분은 점점 무거워졌다. 언제까지나 무거운 마음으로 있어 봤자 소용없는 일. 움막처럼 생긴 삼등실에 짐을 내팽개친 채 B갑판으로 나왔다. 새파란 하늘에 새파란 바다, 부두는 부활의 거리. 아듀, 마르세유! 아듀, 프랑스! 이 배는 우편선 하루나마루호, 30파운드에 나를 마르세유부터 고베까지 데려다주리라.

나는 쉰두 살의 꽃꽂이하는 부인 A씨와 하프를 연주하는 아가씨 S씨, 니시린 지역 출신 하녀와 함께 선실을 썼다. 어두운 삼등실도 여자 넷이 있으니 꽤 명랑해 종일 노래를 부르며 지냈다. 이틀째부터 슬슬 배에서의 식사가 위에 부담을 줬지만 파도가 잠잠해지고 풍경이 좋아져 세토내해를 여행하는 듯했다. 밤에는 옆의 삼등실 손님으로부터 초대받아 마르세유에서 산 굴과 문어로 만든 초무침을 맛있게 먹었다. 옆방 주인들은 대학 선생과 음악가와 두 명의 변호사로 상당히 활기찼다. "독일 여인은 정말 멋져요", "독일 맥주는 아주 맛나요" 등등 대학 선생도 두 명의 변호사도 독일에서 오랫동안 머문 만큼 독일 예찬에 목소리를 높였다.

나폴리에 도착한 건 마르세유를 떠나고 나서 사흘째. 나는 곧장 상륙해 이제 막 날이 밝아오는 나폴리 거리를 뚜벅뚜벅 걸었다. 파리 여인과는 또 다른 예쁜 남국 여인이 창문에서 내려다봤다. 이탈리아 산타루치아 처녀의 살결은 아직까지도 내 머릿속에 깊이 새겨져 있다. 같이 배를 탄 사람들 가운데 돈이 있는 사람은 자동차로 폼페이를 보러 갔지만, 나는 폼페이 역사의 향내를 맡기보단 살아 있는 나폴리 거리 쪽에 더 흥미를 느꼈다. 나폴리 거리는 마치 계단처럼 산으로 뻗어 있기에 고

개를 올라가면 올라갈수록 뛰어난 경치가 펼쳐진다. 이 나폴리에 '오소메·히사마쓰'라는 찻집이 있다고 들은 터라 그 가게가 있다는 사마리탄 언덕을 찾아다녔다. 그 찻집의 하얀 테라스에 서니 베수비오 화산이 한눈에 들어왔다. 참말로 전망이 상쾌하고 아름다웠다. 내려다보이는 수많은 창문에서는 아주머니들이 바구니 안에 동전을 달아매고는 장을 보고 있었다. 거리에 자리한 생선 가게에는 정어리, 오징어, 고등어 따위가 일본풍으로 늘어서 마치 한 폭의 그림 같았다. 그림 같긴 해도 나폴리는 서양의 중국 같은 느낌으로 무솔리니 사상과는 다르게 더럽고 꾀죄죄한 걸인이 많은 거리였다. 이곳에서 오징어 튀김과 명물인 마카로니 요리를 맛봤다. 『즉흥시인』으로 유명한 카프리섬에도 가고 싶었지만, 배가 정박한 게 아니기에 그저 산타루치아 항구에서 카프리행 작은 배를 바라보는 데 그치고 말았다.

나폴리를 출항해 사흘 뒤 포트사이드에 입항했다. 유럽 추억에 젖은 채 우리는 얌전히 바느질 따위를 하며 하루하루를 보냈다. 요사이 밤마다 뜨는 달은 그야말로 커다란 쟁반 같은 달이다. 포트사이드에서는 이집트 담배와 오렌지를 샀는데, 대만 정자각처럼 불룩 나와 있는 집들이 거리에 음양을 만들었다. 홍해를 항해한 지 벌써 사흘째, 바다 색깔은 진한 자줏빛이다. 저녁나절 갑판에 나가 바라보면 하늘과 관계가 있는 건지 다홍빛마저 감돈다. 무더위에 답답함을 느낄 즈음, 옆방 대학교 정치학 선생이 삼등실 손님들만의 전골 모임을 열어보지 않겠냐면서 수고스럽게도 한 사람 한 사람에게 찬반을 묻고 다녔다. 아, 전골은 그렇다 치고 어찌 됐든 죽을 것 같은 더위였다. 삼등실도 이렇게 더운데 기계실 화부나 석탄 운반부, 요리사들은 오죽 숨 막힐까? 다행히도 우리 삼등실 손님들은 일등실 손님처럼 일일이 예의를 갖춰 식당에 갈 필요가 없다. 삼등실 식당으로 말할 것 같으면 요즘 시골 이발소에도 없는 예스러운 널빤지 모양의 좁은 거상, 수술대처럼 인조가죽을 씌운 탁자, 마르세유 출발 때부터 7시 30분을 가리키는 시계뿐이다. 나처럼 시계 없는 여행자는 이 7시 30분 때문에 적잖은 곤란을 당했다.

식사를 향한 불평이야 진즉부터 매일 쏟아지건만 선원들은 모두 한가롭고 귀항하는 길이라 그런지 기운찼다. 달력을 넘기는 일이 최고의 즐거움이라고 말하는 애처로운 사람들이다. 삼등실 보이는 두 명밖에 없다. 보이 하면 팁 이야기를 빼놓을 순 없다. 나는 나폴리를 떠날 때 선실과 식당과 목욕 담당 보이들에게 1파운드를 건넸다. 같은 값이면 반이라도 먼저 주는 편이 보이들도 좋아할 것 같았다. 보이를 부릴 만큼 부려 놓고는 상륙 직전에 약간의 팁을 쥐여주며 어물쩍 넘어가는 사람들도 있지만 어쩐지 싫다.

인도양에 들어선 지 이틀째, 드디어 우려하던 계절풍을 만났다. 머리 위 작고 둥근 선창으로 보이는 바다는 흡사 수족관 같다. 선실의 여자 세 명은 침상에 기어들어 죽은 듯 가만히 있고 하녀만이 이리저리 뛰어다닌다. 배에 강한 나조차 아무리 해도 몸을 가누기가 어려워 A여사에게 배운 대로 매실장아찌를 배꼽 위에 올려보며 견뎠다. 시베리아의 눈길 여행이 절실히 그리웠다. 배 안에서는 뭔가 쓰고 싶다거나 계획하던 일도 머릿속에서 싹 사라져버려 뜻밖에 무위한 매일이다.

인도양에서 열흘 동안 보낸 해상 생활은 정말이지 싫은 기억뿐이다. 그나마 무전으로 육지 뉴스를 알려주는 것이 즐거워 이등실 게시판을 곧잘 읽으러 갔다. 이누카이 총리가 사살당한 일이나 채플린이 하코네를 드라이브한 일 등을 인도양 위에서 알았다. 긴 시간 일본을 떠나 있던 사람들이 오랜만에 일본에 돌아오는 참에 갖가지 사건이 돌발하니 다들 헛간 같은 삼등실 식당에 모여 일본에 대한 억측을 쏟아냈다. 상륙한 뒤의 생활, 일, 가정 등이 왠지 마음에 깊이 스며들어 멍하니 여러 가지 생각을 하다 더위와 거센 파도에 녹초가 될 때면 후부 갑판을 걸어보지만 더욱더 바다에 뛰어들고 싶어질 뿐이다. 일종의 신경쇠약이거나 운동 부족 탓이겠지.


바야흐로 내일은 콜롬보. 육지에 발을 딛는 일은 즐겁다. 아침에는 첼로를 연주하는 음악가에게 레코드를 빌려 들었다. 더위는 누그러들지만 마냥 기분 좋은 여행은 아니다. 한 다발의 꽃이 핀 것처럼 화려한 꿈, 무서운 바다, 바람과 비가 전혀 없는 하늘, 이집트의 바람에도 나부낀다. 아, 역사란 이처럼 아름답고 덧없는 것인가?
내일은 과일을 사야지. 오늘도 한 일 없음.

콜롬보에 입항하는 전날에 쓴 일기인데 어지간히 더위에
약해져 있었나 보다. 콜롬보는 아름다운 항구로 맑게 갠 날씨
에 하늘도 바다도 남국 색채를 띠고 있다. 마을에는 고갱이 그
린 두툼한 꽃잎이 가득하고 녹음이 마치 분수처럼 쏟아지며
새들이 태연하게 땅을 쪼다 날아간다. 남자 여자 할 것 없이
옷자락이 긴 옷을 입은 사람들은 미목수려하지만 거리에는 식
민지 냄새가 농후하다. 어딘지 영국풍 관료 느낌이 나서 눈살
이 찌푸려졌다. 알이 작은 바나나를 나뭇가지 채 한 무더기 들
고 배에 돌아오다 렝게지와 비슷한 절을 봤는데 식민지 바람
이 이런 곳에까지 휘몰아쳐서 부처 등 뒤 벽면에 페인트로 그
림이 그려져 있었다. 흰 피부의 천녀가 춤을 추는 천박한 풍경
인 데다 강한 바탕색에는 정말이지 질려버렸다. 상당히 흥을
깨는 추억이다. 거리에는 선홍색 자귀나무꽃이 한창이었다. 칸
나 같은 꽃은 사시사철 피는 모양이다. 여기서 올림픽에 나가
는 인도 하키 선수 일행이 승선했다. 하늘색 유니폼이 무척 화
사했다.

매일 밤, B갑판은 삼등실 손님으로 북적거렸다. 일을 마
친 선원들도 유카타 차림으로 모여 잡담을 나눈다. 어쩌다 선
들바람이라도 불어오는 달밤이면 누군가 "술은 눈물인가 한

숨인가, 시름을 떨쳐버릴 곳이던가" 하는 노래를 튼다. 그러면 10년이나 유럽에 있던 사람들은 마음을 뺏긴 듯 축음기에 달라붙어 넋 놓고 듣는다. "일본도 꽤 좋은 곳이죠." 뭐가 좋은지는 모르지만 「술은 눈물인가 한숨인가」를 들으며 마치 어린 아이처럼 손뼉을 치며 감탄한다. 고향! 고향! 배 안은 전부 나그네! 오랫동안 다정한 고향의 풍물로부터 떨어져 있던 탓인지 이 사람 저 사람 다 "이제 며칠만 지나면 고향, 고향이야"라며 배의 속도를 마음속으로 세고 있다.

**마르세유에서 고베까지 - 약 426엔**

5월 13일

하루나마루호를 타고 마르세유 출항

마르세유에서 고베까지의 삼등실 - 30파운드(350엔)

프랑스 출국세 - 45프랑(약 6엔)

우편선 부두까지의 차비 - 30프랑(약 4엔)

부두 식당에서 점심(포도주와 굴) - 7프랑(약 90전)

실내화 한 켤레 - 30프랑(약 4엔)

치마 두 벌 - 35프랑(약 4엔 70전)

그림엽서 - 2프랑(약 30전)

배에서 영화 한 편 - 60전

5월 15일

나폴리 오전 7시 30분 입항

나폴리에서 오징어튀김, 마카로니, 커피 등 – 25프랑(약 3엔)

그림엽서 두 세트 – 3프랑(약 40전)

앵두와 비슷하게 생긴 과일 – 2프랑(약25전)

'마케도니아'라는 이름의 담배 – 3프랑(약 40전)


5월 19일

포트사이드 오전 6시 30분 입항

콜롬보 밀감 다섯 개 – 4프랑(약 55전)

베개처럼 생긴 멜론 한 개 – 4프랑(약 55전)

삼등실 보이(식사, 청소, 목욕)들에게 팁 절반 선불 – 1파운드(약 20엔)

배의 미장원에서 머리 자름 – 80전

유카타 세탁료 – 15전

맥주 두 병 – 80전

콜롬보 바나나 한 봉 – 10프랑(약 1엔 30전)

밀감 한 개 – 1프랑(약 13전)

나무 퍼즐 쌈지 세 개 – 10프랑(약 1엔 30전)

색색의 담배 네 상자 – 15프랑(약 1엔 90전)

차비 – 6프랑(약 80전)

전차비 – 1프랑(약 13전)

맥주 두 병 – 80전

레모네이드 두 잔 – 40전


6월 4일

싱가포르 오전 6시 30분 입항

차비 – 30전

그림엽서 – 40전

맥주 두 병 – 80전

맥주 한 병 – 40전


6월 9일

홍콩 오전 6시 입항

빅토리아피크까지 차비(사인승 차량) – 80전

중국 담배 다섯 상자 – 1엔 80전

아이스크림 사인분 – 80전

삼판선 요금 – 10전

타오타오시엔에서 중국 요리 일인분, 한 테이블에 여덟 명이 둘러

앉아 – 10달러 35센트(1엔 20전)

유카타 세탁료 – 15전

맥주 한 병 – 40전

레모네이드 한 잔 – 20전

6월 12일

상하이 오전 8시 입항

쓰촨로 우치야마서점, 루쉰 집까지의 차비 – 1엔 30전


6월 15일

고베 입항

보이 세 명의 팁 – 20엔

맥주 두 병 – 80전

이외 우푯값이 2엔 남짓, 각 항구마다 잔돈으로 지불해 잘 기억나

지 않음

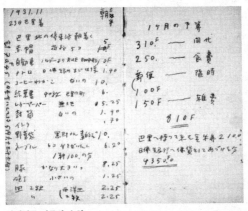

여행비를 기록한 수첩

# 여덟 달 동안 구두 네 켤레

삽시간에 프랑스에서의 생활이 지나갔다. 집 옆 둑을 따라 뻗은 하얀 강줄기를 보니 지난해와 같은 자태로 소리를 내고 반짝반짝 빛나며 흘러간다. 고작 가을과 겨울과 봄을 걸렀을 뿐인데, 일본에 돌아온 나는 어쩐지 눈부셔 눈을 뜨는 일조차 고통스럽다. 눈부심을 참고 눈을 활짝 뜨면 눈꺼풀을 억지로 쳐올린 것처럼 눈물이 넘쳐흐른다. 마르세유에서 배에 오를 때 사진에 찍히는 순간 몹시 거북해 눈을 내리깐 내 모습이 신문에 실려 흥을 돋우기도 했건만, 지금은 정말 견딜 수가 없다. 옛날 그대로의 때투성이 마음과 얼굴인데 왜 그럴까?

고베 부두에 내리니 남은 돈은 달랑 30전 남짓. 일단 인파로 뒤덮인 부두를 등지고 휘파람으로 「아를의 여인」을 부르며 흰 시멘트 바닥을 유쾌하게 걸었다. 일본에 도착하자마자 맨 먼저 가락국수가 먹고 싶어 견딜 수 없었기에 먼지 쌓인 포장 마차에 머리를 들이밀었다. 잘게 썬 파란 파를 얹은 가락국수를 먹으며 물었다.

"아주머니, 요즘 경기 어때요?"

"경기라고 해봤자, 거참, 말도 안 되지라, 가락국숫값도 1전 떨어졌당께."

"한 그릇에 얼마인데요? 전쟁이니 경기가 좋으면 좋으련만……"

"흥흥."

가게 주인장은 웃었고, 한 그릇에 4전짜리 가락국수는 흡사 불꽃이 날아가듯 목구멍으로 휙 넘어갔다. 때투성이 마음, 때투성이 차림, 으스스한 기분이다. 일본에 돌아오는 여비만 마련한 나는 가족들에게도, 친구들에게도 알리지 않은 채 비 내리는 도쿄에 발을 디뎠다. 반가운 도쿄 거리, 마침내 일본에 귀환했다! 너무 기뻐 어찌할 줄 모르겠다. 1년 동안 나는 파리에서, 런던에서, 바르비종에서 구두 네 켤레를 신고 버렸다. 지금은 마르세유 태생의 하얀 해변 신발이 발을 감싸고 있다. 이런 싸구려 신발까지 일본으로 건너오고 말았지만, 먼 여행을 했다고 해서 하얀 해변 신발에 따로 엄청난 모놀로그가 있진 않다. 다만 이 신발 녀석은 내가 해온 일을 전부 알고 있는 데다 "음, 저쪽에서의 수확은 말이야"라고 말하며 우스꽝스럽게 꺼내놓기에 그야말로 제격인 물건이다. 아, 근데 이 파리를 향한 연모의 정은 어찌 된 걸까? 유독 소중히 여기는 것도 아니고, 별로 돈을 실컷 쓴 것도 아니건만 파리는 참 좋았다.

파리를 떠나온 날은 5월 12일. 마로니에의 새하얀 꽃이 안개처럼 탐스럽게 피어 있었다. 파리는 한창 꽃의 계절, 그 아름다운 거리에서 값싼 호텔 라벨이 덕지덕지한 트렁크 하나를 들고 파리의 역들을 분주히 뛰어다녔다. 영국 런던에도, 뉴헤이번 항구에도 갔다. 또 파리 북쪽 몽모랑시에도, 남쪽 퐁텐블로에도, 바르비종에도 갔다. 다 좋았다. 도회인이 복작복작 찾아가는 곳이 아닌 만큼 추억이 굉장히 맑고 깨끗하다. 파리에서 만난 사람들, 이젠 옛날이야기처럼 기억 속에 어렴풋이 떠오른다. 자드킨의 화실 정원에서 본 스포츠셔츠 한 장만 입고 자전거에 올라탄 콕토 모습은 참으로 활력이 넘쳤다.

프랑시스 카르코도 만났다. "나는 당신의 작품을 잘 알지 못하기 때문에 방문했습니다." 통역해주는 젊은 청년이 사뭇 솔직하게 내 뜻을 전달했건만, 카르코는 매우 기분 좋게 책장에서 책 여러 권을 꺼내 와선 추억의 한 구절을 적어줬다. 또 자기 얼굴을 그리면서 "사나이다운 풍채죠? 일본 작가 가운데도 이런 얼굴을 한 사람이 있으려나" 따위의 농담을 던지기도 했다. 그의 서재 창문을 열면 센강이 한눈에 들어온다. 멍하니 창문을 바라보는데 이 씩씩한 소설가가 내 어깨를 두드리며 물었다. "몇 번의 사랑을 했나요?" 내가 "수많은 사랑을 하긴 했지만 죄다 사랑이 아니었던 것 같아요"라고 대답하자 그는 내 어깨를 토닥이며 미소 지었다. "당신은 일본에서 어떤 글을 쓰나요?"란 질문도 받았다. 책상 위에는 전화기며 커다란 중국제 재떨이, 그 뒤로 붉은색 가죽 의자, 녹색 책장, 축음기가 있어 서재는 언뜻 고상한 주식 매매상의 저택 같은 느낌. 느닷없이 욕실에서 슈미즈 차림의 여인이 "아이고, 실례!" 하고 엿보는 통에 놀라는 것도 잠시 그가 또 물었다. "콜레트는 어때요?" 일류 여류 작가라 할 만한 사람이지만 "뭔가 달려들기 어려운 작가이지 싶어요"라고 말하자 카르코의 얼굴에 청초한 미소가 번졌다.

앙리 브뢰이유프랑스 고고학자를 만난 것은 4월 하순의 어느 추운 날이었다. 그는 파리 14구의 너저분한 신개지, 구둣방이 있는 건물 삼층에 딸처럼 보이는 아내와 세 살짜리 딸과 셋이서 살았다. 혼고 시절에 만난 시인 하기와라 교지로의 집처럼 아이와 아내와 남편이 방 하나에서 함께 지냈다. 변변찮은 가운데 먼지투성이 축음기가 한 대 보였고 검은 표지의 책이 벽 한쪽에 넘치도록 가득했으며 창밖에는 어린아이 속옷이 깃발인 양 널려 있었다. 방문했을 때 이미 작가 네다섯 명이 탁자를 둘러싸고 서서 무언가 열띠게 의논하고 있었기에 나는 두 시간 남짓 방구석에서 아이와 놀며 코냑을 마셨다. 아이는 줄곧 빨래집게를 입 안에 넣고 빨아대고, 작은 재떨이는 순식간에 담배꽁초로 산을 쌓고, 토론은 끝없이 이어지고, 브뢰이유는 가끔 나를 보며 미소를 띠었다. 브뢰이유의 아내가 보여준 앨범에는 도쿠나가 스나오 작가의『태양이 없는 거리』표지 속 유카타 입은 일본 여인 그림이 붙어 있었다.

브뢰이유가 이런 말을 꺼냈다. "내 친구 가운데 벌써 쉰 살 가까이 됐지만 건널목지기를 하는 여류 작가가 있는데 만나볼래요? 처녀 시절부터 건널목지기로 일하며 건널목에서 바라본 기차를 소재로 한 소설을 몇 권쯤 냈어요. 그중『건널목의 여인』이란 작품은 아주 뛰어납니다. 가령 베르됭행 전용 기차가 전쟁터로 향할 때는 생기발랄한 젊은 남자를 가득 싣고 있지만 수개월이 지나 전쟁터에서 돌아올 때는……. 이렇게 건널목에서 우연히 본 기차 모습을 묘사하는 글을 20년 넘게 쓰고 있지요. 지금은 벨기에 국경 근처의 건널목에 있답니다." 이 건널목지기 겸 여류 작가에게 보내는 브뢰이유의 첨서까지 받은 나는 몹시 만나러 가고 싶단 열정이 솟구쳤지만 이윽고 돈이 다 떨어져 만나지 못했다. 지금 생각해도 만나지 못하고 돌아온 게 분하기 짝이 없다. 20년이나 건널목에서 바라본 세계를 쓸 수 있는 정열에 마음을 빼앗겼다. 책상에만 달라붙어 글을 쓰는 나는 그야말로 지로支路일 뿐이다. 브뢰이유로부터는『매일의 빵!』이란 저서를 받았다.

몽모랑시, 바르비종, 퐁텐블로, 베르됭 등 프랑스 시골도 돌아다녔다. 일본 시골과 마찬가지로 풍경은 아름답고 인정은 순

박하다. 도쿄만으로 일본을 논할 수 없듯 파리만으로 프랑스를 다 알 순 없다. 대륙을 여행하며 나는 시골 생활이 제일 잘 맞음을 알았다. 주먹밥을 만들어 베르됭에 갔던 일이 기억난다. 당시 파리에서는 「일해도 먹지 못하네」라는 가요가 유행했지만…… 베르됭의 망막한 광야에 서 있는 전투 기념비를 본 나는 동양의 베르됭, 만주 하늘이 떠올라 몸과 마음에 무언가 스며드는 기분이었다.

인간의 영혼이란 어떤 것일까요. 영혼은 형태도 없고 빛에도 보이지 않으며 또한 솔직합니다. 나는 어린 시절부터 영주永住의 집이나 땅을 알지 못했기에 늘 여수旅愁에 가까운 감정을 품고 살았고, 지금도 그렇습니다. 물질적으로 사치스러운 여행을 한 번도 해본 적 없지만, 여행 경험만은 제법 풍부해 그 추억은 내 생애에 걸쳐 가장 부귀한 것입니다. 일간 기회가 생기면 외국항로 짐배라도 올라타 세계 작은 항구나 거리를 돌아보고 싶다고, 줄곧 공상하며 고대합니다. 나는 사람에게 지치고 세정에 질리면 여행을 떠올립니다. "사람은 그리하여 있는 그대로의 일을 이야기한다. 뜰에서 딴 과일에 대해, 푸른 이끼 사이에서 핀 꽃에 대해." 에밀 베르하렌의 시 중에 이런 구절이 있는데, 나에게는 여행을 가서 객지의 허망 속에서 '있는 그대로'를 찾아내는 즐거움이야말로 그리운 천국이기에 여행벽은 점점 심해집니다. 내 영혼은 애수의 소용돌이 안에서만 생기가 넘치는 모양입니다. 사람과 사람과의 관계에도 이젠 별 매력을 느끼지 못합니다. 여행만이 내 영혼의 휴식처가 되어가는 듯합니다.

하야시 후미코

1903년 12월 31일 후쿠오카현 모지 출생. 그러나 본인은 1904년 5월 5일 야마구치현 시모노세키에서 태어났다고 쓴 바 있다. 친어머니는 가고시마의 온천 여관 딸이던 하야시 기쿠, 친아버지는 행상을 하던 미야다 아사타로. 둘은 가족의 반대로 정식 결혼하지 못한 채 동거하며 그녀를 키운다.

1904년 친아버지 아사타로가 시모노세키에 포목 도매상을 열면서 이사한다.

1910년 친아버지가 게이샤와 동거를 시작하자 친어머니 기쿠는 후미코를 데리고 쫓겨나다시피 집을 나온다. 이후 의붓아버지 사와이 키사부로를 따라 노가타, 나가사키, 사세보 등을 옮겨 다니며 생활한다.

1916년 가족이 함께 히로시마현 오노미치에 정착한다.

1918년 오노미치시립고등여학교 입학, 도서관에서 수많은 책을 읽으며 작가의 꿈을 키운다.

1921년 아키누마 요코라는 필명으로 지방 신문에 시와 단가를 투고한다.

1922년 고등여학교 졸업 후 연인을 따라 도쿄로 올라와 공장 직원, 카페 여급 등을 전전한다.

1923년 연인과 헤어진 뒤 도쿄로 올라온 가족과 함께 살다가 간토대

지진으로 인해 오노미치로 피신한다. 이 무렵부터 후미코라는 필명으로 『방랑기』의 원형이 되는 일기를 쓰기 시작한다.

1924년 도쿄로 홀로 돌아와 여러 문인과 교류하며 시 동인지 『두 사람』 간행. 배우이자 시인인 노무라 요시야와 2년 남짓 동거하다 헤어진다.

1926년 12월 화가 지망생 데즈카 마사하루와 결혼한다.

1928년 2월 『여인예술』에 시 「수수밭」을 발표한다. 10월 『여인예술』에 '방랑기'란 제목으로 그동안 써온 일기를 편집해 연재한다(총 20회에 걸쳐 1930년 10월까지).

1929년 6월 첫 시집 『푸른 말을 보며』를 자비 출판한다.

1930년 7월 『방랑기』(가이조샤), 11월 『속 방랑기』(가이조샤)를 출간한다. 대공황의 와중에도 60만 부나 팔리며 일약 베스트셀러 작가로 등극한다. 이후 두 달 동안 혼자 중국 여행을 다녀온다.

『방랑기』 출간 당시

1931년 11월 4일 조선과 시베리아를 경유하는 파리 여행을 떠난다. 11월 23일 파리 도착, 이후 파리와 런던에 체류하며 글을 써 일본 잡지사에 보내 송금받아 생활한다.

1932년 5월 13일 마르세유를 출항해 나폴리, 포트사이드, 콜롬보 등을 거쳐 6월 15일

파리에서의 송별회

고베에 입항한다.

1933년 4월 『청빈의 서』, 5월 『삼등여행기』를 출간한다. 9월 공산당의 캠페인을 도모했다는 혐의로 나카노경찰서에 유치됐다 풀려난다.

1935년 사소설적인 소설에서 벗어난 작품 「굴」을 발표하는 한편 교토현과 효고현 등지를 여행한다.

1937년 『하야시 후미코 선집』(가이조샤, 전 7권)을 출간한 이후 12월 신문사 특파원으로 상하이, 난징을 돌아다닌다.

1940년 1월 만주 여행, 5월 교토 여행, 11월 조선 강연 여행을 다녀온 뒤 『일인의 생애』, 『청춘』 등을 출간한다.

중국 주장의 부두에서

1941년 『방랑기』, 『울보 소승』이 판매 금지당한다.

1943년 남자아이를 입양해 '타이'라는 이름으로 호적에 올린다.

1944년 가족과 함께 나가노현 온천장으로 대피한다.

1945년 10월 도쿄로 돌아와 작품 집필에 몰두한다.

1947년 『일본소설』에 「방랑기」 3부를 연재하는 한편 하코네, 가나자와 등을 여행한다.

1948년 제3회 여류문학자상을 수상하며 작가로서 인정받는다.

1949년 11월 『풍설』에 「뜬구름」 연재(1950년 9월부터 1951년 4월까지는 『문예계』에 연재), 이후 『만국』, 『두 번의 결혼』, 『소고기』 등을 출간한다.

1950년 『주부의 친구』의 특파원으로 야쿠시마, 나가사키 등지를 여행하며 기행문을 연재한다.

1951년 1월 「아사히신문」에 「밥」 연재, 4월
『뜬구름』 출간, 6월 28일 『주부의 친구』 연
재 기사 취재를 마치고 집에 돌아온 뒤 심
장마비로 갑자기 세상을 떠난다. 사후 『부
러진 갈대』, 『잔물결』, 『밥』 등이 출간된다.

도쿄 집에서 그림을 그리며

**여행하는 여성,**

**나혜석과 후미코**

초판 1쇄 발행 2023년 2월 21일
초판 2쇄 발행 2023년 6월 30일


지은이 | 나혜석, 하야시 후미코
옮긴이 | 안은미

펴낸곳 | 정은문고
펴낸이 | 이정화

등록번호 | 제2009-00047호 2005년 12월 27일
주소 | 서울시 마포구 동교로13길 60 503호
전화 | 02-392-0224
팩스 | 0303-3448-0224
이메일 | jungeunbooks@naver.com
블로그 | blog.naver.com/jungeunbooks
페이스북 | facebook.com/jungeunbooks

ISBN | 979-11-85153-54-4  03800


책값은 뒤표지에 쓰여 있습니다.